錦繡芳華 5 完

粉筆琴 著

文創風 125

目錄

第六十八章　鳳頭釵

新皇登基後，自然改號新元，只是還在喪期裡，這一年都不可能會出現什麼喜慶之事，因此就算一天頒布三項新的規章制度，又大赦天下，又減免賦稅的，依然聽聞不到爆竹之聲，也看不到什麼歡喜慶典，只有一隊隊的人馬拖著安靜的儀仗在那裡走馬上任或是遷搬。

這個時候就是這樣，百官忙著調配換任，朝臣忙著調整出新的節奏，反正都是忙，還得哭著臉懷舊帝，堆著笑讚新皇。

謝慎嚴這個幕僚換了新主，一樣的跟著轉，至於林熙因著懷孕，自是以將養的姿態窩在謝家的主房大院裡，時而繡花時而歇息，但才三天的工夫過去，她的舒坦就黃了，她開始嘔吐了。

林熙的孕期反應有些劇烈，別人隔三差五的嘔吐個早晚就是了，她卻是一會兒一陣子的向上反。說吃的，吐；聞到點味，還是吐；不說了成吧，灶房都停了火也成了吧，可四奶奶照樣吐，急得花嬤嬤是掛著個拉長的臉，在屋外不停的轉圈子。「這可怎麼辦？這樣下去，姑娘不得餓成空殼子癟皮糠？」

四喜聞言咧了嘴。「有那麼嚴重嗎？」

花嬤嬤瞪她一眼。「妳一頓不吃都喊著餓，姑娘這兩天裡吃過些什麼？妳這沒心肝的小蹄子！」

四喜縮了脖子，一言不發。花嬤嬤這種抓狂的狀態，惹不起總躲得起，何必送上去當她出氣的靶子呢？

林熙在裡面乾嘔得聲聲響，花嬤嬤的心跟著一陣陣抽，最後終於是捏了拳頭，奔出了院子，她打算去找徐氏說說，想謝家這麼大門大戶定然有法子解脫了林熙的苦，就算真沒法子了，至少也得弄個太醫來瞧瞧不是？

可是等到她氣喘吁吁的奔到太太的院落裡時，太太卻不在院裡，落了空的花嬤嬤當即扯了徐氏院子的丫頭雨燕言語。「太太是去哪裡了？謹四奶奶害喜太過嚴重，我得跟她討個法子！」

雨燕瞧著花嬤嬤那急切的樣子，忙是言語。「花嬤嬤您別急，這會子太太在老太太跟前伺候呢，要不您先回去，等太太回來了，我再傳話……」

「哎喲，我的雨燕姑娘，還等什麼呀，妳快陪著我去找太太和老太太吧，我家姑娘肚子裡的可是謝家的子嗣，她吐成那樣，兩天都沒吃下東西去，哪裡還耽擱得起！」花嬤嬤一臉焦急。

雨燕一聽還真不敢耽誤了，她雖是一等丫頭知道輕重緩急，但這些日子，太太是何等的關心在意，她是全看在眼裡的，耳聽著謹四奶奶都兩天沒吃東西下去，她也急了，哪裡還敢耽擱，生怕太太回來知道了，數落她的不是，畢竟謝家的子嗣，從老太太到太太哪個又能不上心了？

於是她立刻帶著花嬤嬤就往侯爺夫人那邊奔了過去。

而此時侯爺夫人的院落裡，這婆媳兩個臉色卻不大好看，因為莊家太太嚴氏來了，而她的身邊還跟著一個她們並不陌生的嬤嬤。

自莊貴妃成了淑貴太妃、三皇子成了安南王起，莊家的失敗眾人皆知，雖然因著還是太妃與王爺的名頭，而沒有被痛打落水狗，但自古都是錦上添花者易，雪中送炭者難，莊家立時就跟剃了毛的雄獅一般，再無半點威風。

自新皇登基到今日五天裡，莊家可謂是門可羅雀，而景陽侯府散出去的上門帖子都石沈大海，既沒人敢推，但也沒人敢理，生生的晾著玩起了不知情，那昔日裡過壽時權貴上門的熱鬧，就如同十年前的光景似的，相去太遠。

你不能嘆這世道炎涼，因為這才是真實的人性，尤其在權貴們的眼裡，趨炎附勢是必須的，趨利避害更是生存之道，包括他莊家自己也是如此的——所以到了這種地步，他們也沒見咒罵什麼，而是關了府門，停了散帖，儼然一副偃旗息鼓等著熬的架勢。

徐氏當時知道莊家是如此動作時，還輕嘆過一聲景陽侯不算太糊塗，畢竟懂得審時度勢，伏低做小這才是最基本的政家態度。

但是……誰承想，她循例到侯爺夫人跟前走過場的簡敘這一時期家中開銷走向時，莊家竟又差人來叩門，而且還是後門。

徐氏其實是現在謝家的掌家主母，但長者在，她又不可能真就無視了她的婆母，所以當下人來報莊家來人叩叫後門時，她不能像往常那樣直接一句知道了，就不言語的由著下人們也晾著莊家，而是只能先掃看了老太太一眼，十分走形式的讓她老人家發個話，自己再表態。

但她沒料想到的是，平時這個和她一直保持走形式的婆母，卻抽了風，挑了眉眼的直接問起下人來。「叩後門？他莊家這是想什麼呢？去問問，這種時候他們還跑來做什麼，不知避諱的嗎？」

下人聞聲立刻答應，退出去時還特意偷眼瞟了一眼徐氏，就看到徐氏對她微微晃動的食指，自是明白主母的意思。

不料老太太卻忽而立了起來，瞪著眼地言語。「擺什麼手呢？縱然是妳管家，我也是這府裡的侯府夫人，更是妳的婆母，如今妳這般眼裡沒我，合著妳的禮數、規矩？」末了衝著那下人就是一句吼。「照著我的話去言語去問，敢有一絲怠慢，我就發賣了妳！」

到底是侯爺夫人，再不吭聲，這會兒凶起來也很是嚇人，徐氏只能咬著牙低頭認錯，那下人則忙不迭的跑了出去問話。一時間平日慈祥寡言的婆母變成了頤指氣使的老佛爺，而徐氏一面隱忍不發的低頭立身認錯，一面卻腹誹不斷——

今兒個這是怎麼了？難不成老太太以為我不如大嫂壓不住家了嗎？可她是要給我擺譜，那只管衝著我來立規矩啊，怎麼能接莊家的話茬兒說事呢？就算她那話口氣不善，大有諷刺之意，可莊家現在是半點沾不得啊！她這是發的什麼瘋啊！

侯爺夫人昂著下巴，冷著臉的坐了回去，她不說半點寬慰的話，徐氏就只能欠身站在那裡。她倒並不覺得委屈，老人家嘛，橫豎都是長輩的，立規矩就立規矩，撒撒氣也沒什麼，反正她知道婆母老人家這輩子就沒掌過家，大嫂進門第一天就接了鑰匙，如今鑰匙更落到自己手上，婆母要耍脾氣那就耍吧。她現在唯一擔心的是，莊家要是順竿子爬進來，使性子的婆母知道擋著嗎？

一時間她立在那裡做足了規矩，心中卻已有決定，要是莊家還敢不安分，她拚著挨罵也不能叫耍性子的婆母胡應承了什麼。

可誰承想，下人再轉來時，手裡卻捧了一個細細窄窄、十分不起眼的長匣子，一臉怯懦的言語著。「回老夫人的話，莊家那婆子遞過來一個匣子，說她來此是歸還物件的。」

「物件？歸還？」侯爺夫人挑了眉。「就這東西？」

下人點頭。

「拿來我瞧瞧！」侯爺夫人立刻勾手。

徐氏覺得不妥，想要阻攔，畢竟她能料想到莊家人沒那麼閒，可才上前一步，話都沒說出來，老夫人就瞪上了她。

「怎麼，我要看個東西，妳還攔著不成？」

徐氏咬了下牙，依舊上前，兩步擋在了下人前言語道：「婆母容稟，您要看什麼東西，做兒媳的可不敢攔著，只是眼下莊家是非不斷、正在左右掃雪之時，大家都避諱不及，對方卻硬湊上我們家來說什麼歸還物件，我只怕其中有詐，萬一是個什麼圈套，訛上我們，彼時又說不清楚可就麻煩了。」

侯爺夫人冷哼一聲。「就憑他莊家？那也得訛得上！」當下她起身一撥手推開了徐氏，直接抓了那匣子一把打開，立時一支鳳頭釵就在匣子內顯現出來。

徐氏一掃，臉色大變。「斷的？該不會是什麼賞賜之物吧？」

她生怕莊家下著什麼套，一眼瞧見一支斷的鳳頭釵，便自是想到了是不是什麼皇家賞賜之物，如果是，那莊家豈不是要誣他們大不敬。就在她變臉時，侯爺夫人也變臉了，但她的變臉與徐氏的驚色不同，她的變臉是發陰，透著濃濃的抑鬱之色。

侯爺夫人盯著那支鳳頭釵，而後一把抓起。「去，是誰送來的此物，把她給我帶進來！」

「等一下，婆母，您這……」徐氏又想攔。

「這的確是我們謝府之物！」侯爺夫人脹滿黑氣的臉上有種恨懨懨的感覺。「這東西回來了，就是妳公爹在，也必然會召見持物之人。」

這話都出來了，徐氏還能怎辦？她能感覺到這裡面有什麼牽連，因而只能在下人應答出去後，急急問著為何，可惜老夫人卻玩起了輕車熟路的事，立時裝聾作啞起來。

於是徐氏頭疼的立在跟前等著來人，結果當兩個身影出現在廳堂口上時，她覺得自己沒能死心去攔著婆母就是一個大錯，因為她看到了莊家太太嚴氏。

侯爺夫人也是臉色急劇如墨，因為她看見了嚴氏身邊的嬤嬤，那唇角上鮮紅似血的痣讓她挑眉而言。「是妳！」

「是我，紅藥給侯爺夫人問日安了！」那嬤嬤說著上前兩步對著侯爺夫人便是福身，但奇怪的是她的福身卻是右掌向上翻起，立時就讓一旁的徐氏挑了眉。

福身行禮，都是女子雙手相疊恭在右側腰間，單腿踞後半蹲或深蹲行禮，通常那相疊的手都是手心貼手背的，可這位卻偏是右掌向上翻起亮出，見多識廣的徐氏一見這樣的禮數自然要驚訝的，因為這世上只有一個地方的規矩裡才曾如此福身——皇宮！

亮起掌心，不以為藏！

自從後宮裡發生過有宮女指尖下夾刃片傷人的事件後，宮裡便下了令，叫著右手掌心為上，兩手相疊之處，再無可藏。

這位嬤嬤如此行舉，自然是宮裡出來的，那她怎麼在嚴氏的身邊？該不會是淑貴太妃叫著前來為三皇子再謀福祉？

一時間徐氏的心撲騰地跳，不自覺地就想擋在婆母面前，冷言應對，她可是知道自己這個婆婆今日的抽風惹來什麼麻煩，再一再二不再三再四，她是橫豎不想再添亂，但是她才上前一步，胳膊都還沒抬起來，就聽到了婆母一句叫她意外的話——

「賤婢！妳竟然還活著！」

這讓徐氏懵住了——這是什麼情況，舊識還不夠，還、還賤婢，難不成這位宮裡的嬤嬤還伺候過自己的婆母？

她愣著，那嬤嬤卻是滿面笑容。「二小姐，您現在可是侯爺夫人，這麼多年了，怎麼還是記不住收斂，我要是您，今日瞧見我，就是恨得牙癢癢，也會笑臉迎面問一句，為何想著歸還此物？又或者冷面將我當作不識的，也好顯得您位高尊貴才是啊！」

侯爺夫人當即起身瞪眼。「賤婢，妳少在這裡耍嘴皮子，我若知道是妳拿著這東西，還會讓妳進府？」說著她一扭頭看向莊家太太嚴氏。「莊家太太，我當妳是客招待妳進的府門吃茶，只可惜妳身邊的這條狗實在叫我不喜！」

她說完這話揚著腦袋，顯然是等嚴氏去呵責那嬤嬤，可這嬤嬤能先於主人言語，等於早把主次亮透了！徐氏眼看著婆母這份壓沒壓到地方上，便無奈的翻了個白眼，果然嚴氏開了口——

「侯爺夫人息怒，這位裘嬤嬤可不是我身邊伺候的，她是昔日貴妃跟前的嬤嬤，在我家老二媳婦生產後，便指派過來幫我帶孫子的。」說著她上前一步，半擋在兩人的視線當中，衝著侯爺夫人欠身。「侯爺夫人，今日我們來，就是因為裘嬤嬤說受故人所託前來歸物，因此我才陪著來的。」

她話一說完，立刻連退兩步讓出視線來，當下裘嬤嬤和侯爺夫人的視線就交鋒在了一處。

「侯爺夫人矜貴，不待見我們這等下人，老身也不是不知底子的，既然侯爺夫人這般不快，不如還是先坐著消消火氣，還是請安三太太幫幫忙傳個話，請老侯爺出來見老身一面，告訴他老人家，阮娘娘跟前的嬤嬤，替娘娘歸還舊物來了。」

徐氏一聽這話，立時覺得心抽了一下——阮娘娘？高祖皇帝時的那位皇貴妃嗎？她當下沒有應聲而是待在那裡瞧了一眼自己的婆母，但見婆母臉色由黑見白，更隱隱透著怒脹的紅，她雖不知道到底是什麼事，卻分明意識到——不妙。

「我家侯爺是妳一個婢子想見就能見的嗎？妳還是省省吧！」侯爺夫人咬牙言語。「這東西我收下了，妳們還是請回吧！」

嚴氏立時皺眉看向袞嬤嬤，袞嬤嬤卻淡定地笑了笑。「您確定是要我們現在就走嗎……侯爺夫人？」

「當然！」

袞嬤嬤點點頭。「好，那就如您所願！」說著她轉了身，衝著嚴氏說道：「太太咱們走吧，有些話傳不到地方上，那只有去宗人府說說，讓他們來請老侯爺一見了。」

這話一出來，別說侯爺夫人變了臉，就是徐氏也不敢這麼晾著，急忙兩步上前。「這位嬤嬤，請留步！」

袞嬤嬤轉了身。「老身賤姓袞，安三太太叫我袞嬤嬤即可。」

徐氏陪了一絲淺笑。「袞嬤嬤可否借一步說話？」

這種節骨眼上，掌家的徐氏怎敢還由著婆母作福？她是看出來了，這事不小，她若不攔著，只怕話趕話的要出大事！是以，也真的顧不上全著老人家的臉面。

侯爺夫人眼看兒媳婦不給臉就想言語，可話到嘴邊，她卻又生生嚥下去了，因為「宗人府」三個字意味著什麼，她不是不懂，眼看兒媳婦出去攔著雖然有些打臉，但到底攔住，總比她開口去求那賤婢站住要好，也就只能扭了頭，閉嘴不言語的一屁股坐回了椅子上。

裘嬤嬤笑了笑，半轉著身子看了一眼侯爺夫人，便衝徐氏言語。「我來前聽人說，謝家府上掌家都是兒媳婦，侯爺夫人大氣和氣一早是甩手不問的，便思量著今日原是要遇上安三太太您的，豈料不是冤家不聚頭，卻遇上了故人，倒成了我們這兩個老不死的在這裡爭道的，叫人笑話不說，更給您添亂了。」

裘嬤嬤說著又是福身，這話聽來客氣，卻無疑是在侯爺夫人的臉上再踏上一腳——大氣和氣？就剛才侯爺夫人的行止，哪裡來的大氣？

徐氏自是聽得出來這裘嬤嬤的話中話，心中立時有氣——這老婆子的一張嘴，開口便是煽惑，等著吧，這事就算我對付過去，婆母也是和我完不了的。

心中再是氣惱，這個時候也不是置氣的時候，徐氏淺笑了一下，裝作沒聽出來，抬手請向外，那裘嬤嬤倒也真就邁腿出去，徐氏自是跟著一道，廳堂內便剩下侯爺夫人和莊家太太嚴氏兩個。

一個扭著頭當自己是泥塑，一個則低著頭看著自己手中的帕子，兩個人一時倒都把自己當了看客。

廳堂外，裘嬤嬤一氣兒就走到了抄手遊廊下，直到了月亮門前才站住了身影，她這位置選得好，廳堂內的人只要抬眼正視便定然會看到她，顯然她是還想膈應著侯爺夫人的。

徐氏吸了一口氣，儘量讓自己以最平和的態度同她言語。「裘嬤嬤，今日您到府上來，弄這歸還物件的，到底圖的是什麼？」事情到了這個地步，繞圈已然無意義，徐氏直奔了主題。

裘嬤嬤眨眨眼。「圖什麼？呵呵，我說是為盡了主僕的情誼，把阮娘娘的遺言帶到，您肯信嗎？」

信？信妳個大頭鬼！

徐氏心裡怒罵著——死瘟婆，妳當我是傻子？阮娘娘，那是什麼時候的皇貴妃？高祖啊，先皇他老子啊！這都死了多少年的人了，早怎麼不見當僕的想起主子的遺言來說，偏偏選在這個時候，這分明就是下套子！

看著徐氏那只笑不言的臉，裘嬤嬤伸手摸了摸裙帶，好整以暇。「安三太太是個聰明人，但淑貴太妃也不是愚蠢的人啊！這是人就有得失，有出風頭也有走背運的時候不是？我們也不是不懂得迎風縮頭不涼脖的道理，可人吧，總得有點念想，總得有點守著的東西，我是，淑貴太妃是，您家的老侯爺更是！安三太太，固然我來得不純，但有些事，您的公爹他未必就是不理會的，您雖是謝府上掌家的人，大小管著，卻也是管不到您公爹頭上不是？聽我一句話，把那鳳頭釵拿去您家老侯爺跟前知會一聲吧，有些事，不是您這一輩的人能碰得了的。」

徐氏眨眨眼。「您這話有道理，的確有些事，我這一輩是碰不了的，而且我更相信，人有走背運的時候。裘嬤嬤，您來得不巧，前個晚上，致仕的杜閣老他邀約了我家老爺子去給先皇哭陵，只怕最快也要明後天才回得來，您這會兒相見，我也沒法子傳話不是？」

裘嬤嬤一愣，隨即臉上的笑便沒了。「安三太太，您當我是三歲孩童？我來前可打聽了的，您家老侯爺不曾外出。」

徐氏嘆了口氣。「哎，裘嬤嬤妳這話可不中聽，我家老侯爺和杜閣老一同去哭陵是發自真心，替先皇惋惜傷感，又不是走那些過場，需要鬧得盡人皆知嗎？妳若真格不信，這樣吧，妳遣人去杜閣老家打聽一二，若是我哄騙了妳，妳只管去宗人府傳話去，也算我謝家真格背運！」

裘嬤嬤聞言盯著徐氏，徐氏則淡然的望著她，兩人對視幾息後，裘嬤嬤嘆了一口氣。「安三太太這麼說了，我也不是個不講理的人，只是這事等不得，這樣吧，您府上派人傳話去追上老侯爺，同他提及那鳳頭釵就是，我呢就在貴府上等著便是。」

徐氏呵呵一笑。「裘嬤嬤，討債的也要給人一個臉面啊，妳大剌剌的坐在我謝府上等，還同著莊家太太一路，就是想要拉我們謝家下水，也不必如此性急吧？我勸妳還是回莊家吧，我會傳話給老爺子的，他若真格在意，自然會回來叫人去請妳不是？妳何必同我那婆母在這裡妳瞪我、我瞪妳的，更別說還把我和那莊家太太敝在這裡，要知道殺人不過頭點地，太過了，反而適得其反。」

裘嬤嬤聞言沈吟了片刻，最後點了頭。「好吧，既然話都說到這分兒上了，老身還是走吧！安三太太，您是個明事理的，謝府由您掌著必然興旺的。」說著她回頭看了一眼廳堂，衝著那半扭著身子和腦袋的某人，搖了搖頭。「若是換作她在掌家，想來今日我倒也不用上門了。」

裘嬤嬤這話，徐氏接不得，她只淡笑著不作聲，一副沒聽見的樣子，裘嬤嬤瞥她一眼倒也自發的往廳堂裡走。

徐氏這才捏著帕子跟著折了回去，而此時月亮門的外面，花嬤嬤和雨燕都是一臉的汗水緊張兮兮的貼在牆上，只等著再沒聽到動靜時，兩人才對視一眼。

「咱們還是回吧？」雨燕小聲言語著，花嬤嬤也不傻，她使勁點了點頭，立時和雨燕兩個往回跑了，這會子自家姑娘嘔吐就是再厲害，她們兩個也沒膽子扎進去，畢竟就剛才撞聽上的那點話語，就足可見有什麼大事發生，她們兩個人這會兒進去，又丟禮儀又摻和事兒的不說，就衝著拿捏不好時候的當口，無疑是送死啊！

徐氏陪著裘嬤嬤回到了廳堂裡，裘嬤嬤便直接去了莊家太太耳邊言語了兩句，而後莊家太太一愣，隨即起身言語。「既然我們來得不是時候，那就改天再登門拜訪吧！」當下她倒拉著裘嬤嬤一道欠身告辭。

徐氏則親自陪著相送。「我們今日真是禮待不周，竟連茶都沒上一杯，您可多包涵！」

嚴氏笑了笑，沒說什麼，這些日子她經歷的世態炎涼，早讓她已經不計較這些虛的了，何況她自己也清楚，這趟上門來，就是拖謝家下水的，人家防備見冷，也自是正常的。

徐氏知道這裡面的事只怕門道不小，並不敢真就怠慢了，一直親送到了二門上，才叫方姨娘陪著送去了後門，並特特囑咐。「小心些。」

一句雙關說的什麼小心，方姨娘跟了她這些年，怎會不懂？當下便送人去了。

徐氏這才得以回轉，當即是一路走一路招呼，叫著人從側門出去到杜家府上言語，又叫人牽著空馬車往皇陵方向空跑一圈，而後才招了兩個小廝，低聲囑咐。「速去三爺房裡，叫三爺進密雲閣給老爺子傳話，就說莊家有位宮裡出來的袁嬤嬤帶了一支斷掉的鳳頭釵前來歸還，說把話要傳給老爺子知道。可聽清楚了？」

兩個小廝齊聲學了一遍，徐氏擺了手攆了他們去，這才回往了廳堂裡。

第六十九章　老思死！

徐氏深吸一口氣，略縮了肩膀，埋頭進屋，預備好了讓自己這個亂抽風的婆母好生一同訓斥唸刮。

豈料進了廳堂，徐氏沒瞅見婆母那發飆的臉，倒看到她捏著那斷掉的鳳頭釵雙眼直勾勾的呆著，整個人跟魘著了一樣，嚇得徐氏急忙上前，「婆母、婆母！您這是……」

侯爺夫人轉了頭，她看著徐氏，眼裡充滿著痛苦之色。「我怎麼就、就這麼命苦！」

「婆母好好的怎麼說起這話來了？」徐氏說著掃了一眼那半截鳳頭釵，隱約覺得這背後的故事只怕很深。

侯爺夫人張了張口，反倒說不出話來，最後倒把鳳頭釵一把塞進匣子裡，眼望著徐氏。

「這事能壓下嗎？」

徐氏無語。

莊家弄得這麼大的陣仗，若能壓下來，人家就不會登門了，擺明了就是要把謝家給圈進來的。

徐氏不言語，侯爺夫人似乎也是知道答案，她眼裡閃過一抹苦色，將匣子塞進了徐氏的手裡。「拿去報妳公爹知道吧！」說著自己起了身，就回了內堂。

徐氏望著手中的匣子，微微發怔，而後邁步出院，直奔密雲閣，還未走到跟前，就碰上了抬著老侯爺的府內轎，當下言語招呼。

老侯爺出了轎子，看到了徐氏手中的匣子，立時同身邊的人言語。「你們都下去！」僕從們立時退下，只有安三爺、徐氏陪在老侯爺身邊。

老侯爺抬了手，徐氏忙把那匣子遞交了過去，當老侯爺接過後，卻似乎無力一般，捏著它遲遲不肯打開。

徐氏偷眼瞧了自己夫婿一眼，安三爺目光淡然的望著那匣子，似乎有些走神的意味。

終於匣子還是打開了，當看到鳳頭釵是斷裂的時，他的眉眼裡充滿了驚色。「斷的？怎麼、怎麼會是斷的？」

徐氏搖頭，急忙說著莊家裘嬤嬤送來時就是如此。

老侯爺的手哆嗦了幾下，看向了徐氏。「裘嬤嬤？」

「對，應當和婆母是舊識，她之前曾稱呼婆母為二小姐，還自稱紅藥。」

「紅藥？」老侯爺的身子一晃有些後栽，安三爺急忙將他扶住，老侯爺便盯著徐氏，唇鬍抖動。「可是唇邊有個、有個紅痣？」

徐氏自是點頭，老侯爺的身子哆嗦起來，隨即他急急的言語：「去，去莊家把她請來，我要見她！」

徐氏皺了眉，當下提了自己不知此事深淺而言的推託之詞，而後才言：「公爹，此時正是節骨眼上，莊家有此舉，不論是什麼招牌，其後之心都是盡人皆知的。兒媳不敢忤逆您的意思，不過是不是能等到明日，至少也圓了前頭的說辭。」

老侯爺捏著鳳頭釵的手哆嗦了兩下，人點了頭。「妳說得對，我老糊塗了，等明日……不，後日吧，後日見！」說著轉頭看向了謝安。「老三，扶我，扶我回書房。」

安三爺的眉挑了一下，人卻是應聲的，當即大聲招了僕從上前伺候，用轎子把老侯爺抬回了主院，而後直奔了書房歇腳。

謝安伺候了父親歇在榻上，看了一眼他手中緊捏的鳳頭釵，便輕手輕腳的弓著腰向後退，可還沒退出去，卻聽到了父親的言語——

「安兒，為父，老了！」

六個字，沈重而喟嘆，謝安翹首等著下文，老侯爺卻什麼也不說了。

就這樣，安三爺立在門口，足足躬著腰身彎了一刻鐘，才聽到了父親的下一句。「謝家的家長該換了。」

謝安聞言嚇得立時上前。「爹爹怎麼如此言語？縱然現下您是指了我繼承勳爵與族業，可兒子到底浮躁，不能……」

老侯爺抬手止住了他的言語，將手裡的釵亮給他。「你知道這是什麼吧？」

謝安咬了唇，欲言又止。

老侯爺的嗓子裡逸出一聲冷哼。「我老了，一把年紀要入土的人了，用不著你給我遮掩，說！」

謝安的嘴角抽了抽，依然猶豫，老侯爺此時卻猛抬了左手朝著他的臉上就是一巴掌。「你是我謝家的子孫，是我謝家未來的家長，明明才華橫溢，偏卻迂腐畏懦，你連指責你父親的底氣和膽識都無，你叫我怎麼放心把謝家交付？」

謝安捂著臉跪下了。「您是我的爹，兒子怎能……」

「你如果不繼承勳爵，不繼承族業，你這般愚孝，我大約會誇你，可你不是！安兒，這個時候，你都不能叫你爹我放心嗎？」老侯爺說著將鳳頭釵在他眼前晃了晃。「說，這是什麼？」

謝安兩眼一閉，垂頭而下朝著地面磕了起來，老侯爺望著他那模樣，忿忿地拍了桌子，一臉恨鐵不成鋼的樣子衝著外面喊。「來人，去把謹哥兒給我叫回來，還有，謝家所有的爺們兒孫，全都給我叫回來！」

林熙在屋裡吐得胃中發空，也難以抑制噁心。

五福心疼地送上熱水，林熙抓著喝了幾口，半歪在了床上，才舒緩了兩口氣，又是翻身衝著木盆發嘔。

此時屋外卻傳來了四喜的聲音。「就您一個回來了?討到法子沒?」

門簾子一挑，花嬤嬤汗涔涔的鑽進了屋裡，眼瞅著姑娘長吁一口氣的扶著五福歪在榻上，便是嘆了氣道：「姑娘，您且忍忍吧，現在謝府上出了事兒，太太那邊正不好呢，我可沒敢去言語……」

「什麼？」林熙歪著腦袋看向她。「出事？」

花嬤嬤伸手摳摳腦門。「莊家來了個什麼衰嬤嬤，不知送了個什麼東西回來，現如今正拿這個不知情的事，要脅著太太和侯爺夫人呢！」

她這一句話裡說不清的事就好幾個，別說林熙聽著發懵，就是四喜都聽不真切，急急衝著她言語。「我說花嬤嬤，您說了個什麼啊，我怎麼就沒聽懂？」

花嬤嬤當下跺腳拍腿。「我說不清楚，我那是隔著牆根聽來的！」當下連說帶學的把自己如何同雨燕過去，又聽了什麼齊齊地學了一遍，學完之後，她一臉歉意的望著林熙，念叨著自己去得不是時候，姑娘還得再忍忍的話頭。

這會子林熙卻感覺不到自己的噁心了，因為她完全驚住了——到底是什麼東西，竟能把婆母那樣的人給扼住？而且莊家直言不諱擺明了是衝著老侯爺來的，又是什麼能讓走背運的莊家敢如此的勇往直前？

她想不出答案，也不可能叫著人去那邊打聽，眼珠子一轉，她急急言語。「花嬤嬤，妳聽見的話，再不許和第二人說嘴，妳們兩個聽見的，也都把嘴給我縫上，但叫我聽見這屋院裡再有哪個下人言語到此事，我不問青紅皂白，直接把妳們老老少少全轟出去，可明白？」

四喜、五福還有花嬤嬤立時應聲說著明白，林熙又衝五福言語：「去，找前門上的小廝，速速去請姑爺回來！」

花嬤嬤聞言一愣。「這個時候？」

這幾日吏部調派，姑爺可忙得團團轉，林熙日日吐成那樣，都不許她們同謝慎嚴提起半句，反正謝慎嚴回來得晚，又是夜裡睡在書房的，她倒也瞞得順暢。可眼下林熙卻叫著請，花嬤嬤倒有點懵了。

「姑娘，我說什麼由頭？」

林熙捏了下手中的帕子。「就說我吐得昏天黑地的！」

五福立時答應著去了，林熙便在屋裡沈思會是什麼能牽扯到宗人府，牽扯到老侯爺，還能憋得侯爺夫人和婆母全都忍氣吞聲。

這麼一想著，心思分出去許多，倒也不老想著難受，只隔上一會兒的乾嘔兩聲，相對讓她好過許多。

半個時辰後，五福回來了，卻告知林熙，姑爺雖是一道回來，卻因先前老侯爺的傳喚，已去了主院那邊。只是姑爺到底掛心著林熙，聽著她不好過，就順道拉請了一位才升任院正的太醫過府，叫著林熙速速去廳前號脈。

林熙聞言，知道老侯爺召喚必然為著那樁事，登時覺得自己太多事了些，再思及自己又是說著害喜的事，便覺得到底還是冒失了，壞了謝慎嚴的心境不說，也不免擾到了他。

當下一面搖頭自責，一面由著下人伺候整了妝和衣，這才坐了府內轎到了二門前的花廳裡，見了那新上任的顧院正。

顧院正一把年紀，聽了林熙的情況，問了丫頭婆子種種後，便給林熙號脈，而後下了方子說著不礙事，只叫謹四奶奶自己寬慰些，心情舒坦更勿緊張之類的，便告辭了。

林熙叫著四喜送上診金，扶著五福回了院落，歇下後，便歪在榻上等著花嬤嬤煎藥。苦澀的藥味飄散起來，林熙聞著那氣息神遊主院，不知道到底是個什麼事兒！

主院書房前，謝家的子孫們陸續到了，可是他們卻沒能進去，管家在外伺候著，說老侯爺正在屋裡同安三爺和謹哥兒言語呢。

大家便都對視一眼，默默地等著了。

不大會兒工夫，大房一家也聞訊悄悄地從後門進了府，謝鯤帶著兒子謝峻直奔到書房門前，聽聞了管家的言語後，他掃了一眼相隨而來的薛氏，薛氏便身子一拐，直奔了主院主房。

書房內，鳳頭釵依然捏在老侯爺手裡，安三爺跪在地上，謝慎嚴自然也得陪著，這是禮數。

「……安平八年，此釵經曾祖母傳於祖父之手，自它出現後，共計相傳二十七代，後於祖父這一代遺失，謝家主母所持的金玉鳳頭釵便只有圖文載於家譜典籍中而已，不過卻想不到，此物又失而復得了。」謝慎嚴跪得筆直，侃侃而言，話語平淡，面容也淡，無喜無憂的，也不知這個失而復得是值得高興還是不高興。

「失而復得？」老侯爺望著謝慎嚴，臉上爬升著一抹有些難看的笑容。「你倒會給你祖父我臺階下，可這東西怎麼可能隨便就遺失了呢？」

「安平十一年，謝府上修葺宅院，入了蟊賊，此物遺失。」謝慎嚴依然言語，恍若深知內情一般。

安三爺在旁聽到此話，不自覺的看了謝慎嚴一眼，眼中有驚，有喜。

「呵呵！」老侯爺笑著把鳳頭釵放在了匣子內。「這釵不是遺失，是我把它給了我心愛的……」

「祖父！」謝慎嚴出聲截斷了老侯爺的話語。「您年事高了，有些事，只怕是記不得了，孫兒最近熟讀過家譜家訓，於傳家庫單上看過這話。」

老侯爺的眼裡閃過一抹欣賞之色，隨即卻衝謝慎嚴搖搖頭。「沒用的，莊家已然要拖我謝家下水，豈會容我修補應對？就算你搬出家譜來，買通了人把這事黑白顛倒，可莊家難道就不會防著我們舉動嗎？有些事，錯了就得擔，我不能看著莊家捅出來，壞了謝家的名聲！」

「莊家已然失勢，縱然還有些架子，也不過餘威，只消挺過這幾日，待那安南王赴蜀地，大局便定，莊家也是無法。」謝慎嚴說著衝老侯爺磕頭。「請祖父三思！」

「三思，少思長，老思死，有思窮，我這一把年紀，也是時候閉眼了。」

「爹！」安三爺大驚，匍匐於地。「爹爹莫說此話，莊家固然心思可昭，卻也不是不能周旋，爹爹萬不可如此！」

「周旋，你爹我比你清楚得多，可現下是周旋的時候嗎？謝家樹大招風，多少眼睛盯著，難道要我一個周旋為日後留下災禍，就如當年一時情重而為今日延禍一般嗎？」老侯爺說著站了起來。「我不後悔當年相贈於她，因為她是我心中摯愛，為了家業，為了謝家，我放開了她，可這些年，我卻無一日不想著她！如今這東西回來了，也好，至少我能有個由頭，讓自己挺直身板了去，倒也自在！」

安三爺同謝慎嚴都是極力勸阻，可無奈，老侯爺一旦決定什麼就很難改變，不但不聽他們言語，還大聲叫著管家讓外面的謝家子孫都進來，立時，房門打開，謝家在跟前的四個兒子和五個孫子都入了內。

老侯爺一揮手，管家自覺地關門守在外面。

老侯爺眼掃行禮的兒孫們，笑著點點頭，抬了手。「免禮，都坐下吧，我有話說。」他說著把那支鳳頭釵又拿了起來，看著眾人說道：「我現在要與你們說的話，你們只管聽，不許言，聽罷了就出去，將此話永遠守在心裡。」

眾人聞言皆是臉色驚訝，在相互交錯的對視裡，他們看到了安三爺的面色如灰，也看到了謝慎嚴那一臉的痛。

「這是謝家世代相傳的鳳頭釵，我當年把它給了我心愛的女人，我給她的時候，她已得了詔，即將入宮，可我還是執意給了她，只為證明她是我心中唯一認可的妻子。如今，當年在宮裡伺候她的人成了淑貴太妃身邊的人，她知道我和這位的情誼，欲拿此事作文章要脅我同莊家一路，為三皇子再謀利。天下已有新主，怎能再起波瀾？我若與之周旋，縱然勝了，謝家也難免被人詬病，且日後萬一有什麼不利的，這也是把柄之一，畢竟你們很清楚，若然別人存心要你死，捕風捉影的東西也會成為實。我不願和莊家綁在一起，受其牽連，更不願謝家一腳陷入泥淖之中，故而我在今日言於大家，這件事，我會處理，但有個什麼不對的話，安兒繼承勳爵，謹哥兒則為謝家第一百八十九代家長！」

林熙在榻上睡得迷迷糊糊時，感覺到身上發癢，挑了眉眼，就看到謝慎嚴低著頭，輕輕地為她扯著被褥。

「回來了？」她說著坐了起來。

謝慎嚴點點頭，再次扯了被子。「睡著也不去床上，這麼躺著舒服不成？」

林熙抬手揉揉眼睛。「躺平了就噁心，這麼歪著倒還舒服些。」她說著衝謝慎嚴歉意一笑。「對不起，你本就忙，我還添亂擾你！」

謝慎嚴望著林熙，手摸上了她的臉，蹭了蹭之後，輕聲言語。「傻瓜！」說完將林熙往懷裡一拉，下巴就抵在她的腦袋上。「我回來後問過花嬤嬤了，妳難受了不止一天，妳怕是知道了什麼，急著叫我回來才是真吧？」

林熙的臉貼著他的脖頸。「我難受，花嬤嬤想央婆母請御醫給我瞧看，結果碰巧聽了那麼一耳朵，雖然不清不楚的弄不明白什麼事能挾著祖母和婆母，但牽扯上莊家，這個節骨眼上總是麻煩，故而我才……」

「我明白。」謝慎嚴說著緊了緊摟著林熙的臂膀，卻再沒言語，弄得林熙想知內情卻又不敢問，最後只能生生的憋進肚子裡。

因為她明白若是謝慎嚴想說，自是會說的，他向來對她沒什麼隱瞞。

「歇著吧！」忽而他放開了她，起身。

「你要歇在書房？」林熙詫異，這些日了他回來得晚怕擾著她才歇在書房，今兒個都已經來瞧來擾了，怎麼又走……

「我睡不著，還得再忙活一陣子，不吵妳，妳歇著吧！」他說著轉身邁步。

「慎嚴！」林熙揚聲輕喚。「我不怕你吵，我、我等著你！」

她看得到他言語中的落寞與悲傷，雖然不知道是什麼，但是她卻明白此刻他定是需要自己的。

謝慎嚴回頭望著她，幾息之後一笑。「好，妳先歇著，我忙完就過來。」

林熙點了頭，謝慎嚴扭頭快步走了出去，聽著屋門掩上，林熙忽然感覺到屋裡有一種悲涼的氣氛，可是她卻又抓不到什麼。

愣了愣神，看了看昏黃的燈，她沒有招呼下人，自己起身去了桌几前，撥了燈芯，又多點了一盞。她盯著兩盞燈看了看後，忽而蹙眉，揚聲喚人。「誰在外面伺候？」

「奴婢！」門簾子一挑，五福同遊紅進了來——自兩年前采薇被指配出去嫁了莊頭後，采字輩的丫頭在這院裡便空了，雲字輩的也都打發了大半出去，府裡便循例補了幾個丫頭進來，依著「采雲遊月」的序，取了名。

這補進來的丫頭都是林熙自己去挑揀的，沒再讓管事們選人，為的是開始給自己放手養一些人。

「去，多點幾盞燈來，還有，給屋外也多掛兩盞燈籠，我要亮亮堂堂的！」林熙出聲吩咐，當即五福和遊紅便開始動作，不多時幾個丫頭忙碌起來，很快整個主屋都亮堂著不說，屋外一溜燈籠照耀著，分外的亮與暖。

林熙扶著五福站在門口看了看那些燈籠，滿意的點點頭，而後她衝丫頭們言語。「都歇著吧，今晚誰都不用伺候，更不用當值，只明兒個一早循例伺候著爺起，就是了。」

眾人應聲退下，五福扶著林熙進屋後，也在林熙的擺手中退了下去。

她看著滿屋的亮堂，自己取了繡繃子，捏了針線，歪在榻上一針一線的繼續繡著那百子圖。

夜，靜悄悄的，當謝慎嚴紅著眼從書房裡走出來時，他看到了院落裡亮亮堂堂的燈籠，再看那主屋的燈火通明，那心裡充斥著的暖意讓他眼圈有些泛酸。

他立在那裡，許久才壓下了這一道情緒，而後他邁步走向主屋，當推開門時，他看到了林熙一針一線專注刺繡的模樣，忽然有一種說不出的感覺湧上心頭。

他望著她，一時失語，而她抬頭看向他，淡淡一笑。「忙完了？」

他點點頭。「忙完了。」

林熙放置了繡繃子，起了身。「我伺候著你吧！」她說著去了盆架跟前，親自打濕了帕子，謝慎嚴走了過去，一把從身後擁住了她，雖是一言不發卻是唇印在了她的脖頸上，那般擁著她不放，唇也不離。

林熙沒有動，乖乖的站在那裡，也不知過了多久，她感覺到脖頸處有一滴溫涼的水滴落下，流淌。她一愣，隨即反應過來是什麼，卻更加不敢開口，她乖乖地站在那裡，準備迎接與面對他的傷痛，但一滴淚後，卻再無淚落下，她聽到的是他低低的聲音——

「有妳，真好。」

林熙不懂謝慎嚴為什麼會冒出這樣一句，也不懂他的悲傷因何而來，她只知道自己既然說不到點子上，就最好沈默，便乖乖的當了一夜的偶人，被他擁著抱著，無論是在榻前還是床鋪之上。

寅時才過，謝慎嚴就起了床，循例那般去了院子裡打拳，而後去了吏部，一切如常，恍若昨夜的悲傷來得莫名其妙。

林熙獨自坐在榻上喝著發苦的藥汁，心裡還掛著這事，可是想要叫人打聽卻總覺得還是不如少一事的好，這便搖搖頭，想讓自己不要再去想，豈料簾子一挑，花嬤嬤一臉古怪的拿捏了一封信進來。

「姑娘，瑜哥兒親送到門房的，叫著給您！」花嬤嬤說著捧了過來，眼裡有著探究之色，林熙接過一掃，信封上寫著幾個字——「葉氏躬請謹四奶奶閱」。

她拆信抽瓤兒，一張薄紙而已，打開來，又是寥寥幾字——

「冬盡春來料峭天，見陽雖暖骨透寒，關門宅府不問親，臨秋再數黃菊鮮。姑娘珍重，且莫大性，貪涼貪嘴。葉嬤嬤敬上。」

林熙眨巴眨巴眼睛抬頭看著花嬤嬤。「瑜哥兒幾時送來，可有和門房交代什麼？」

「門房上說，瑜哥兒是一大早來，說這是他昨夜探病後，代他祖婆送的一封問箋平信。」花嬤嬤把話轉達了過來，林熙則急忙起身去了床頭，從腰上取下了鑰匙圈，叫著五福和四喜把最下面箱籠裡收的小匣子取了出來，而後開匣，隨即將上一次葉嬤嬤送的那封信取了出來。

再度瞧看，再度低聲輕唸，想了想那信到後，一連串的變化，她忽而明瞭，葉嬤嬤的信中意，全然是在提醒她要如何小心避忌。

再看今日這封，她斟酌著字句，大意明白現在新帝登臺卻也並非天下大定，莊家只怕還有奮力一搏的意向，而葉嬤嬤提醒她不問親，這個「親」所指為何幾乎是明擺在那裡的——四姊林悠。

她蹙著眉把信疊了收進匣子裡，還未上鎖，外面傳來遊紅的聲音，隨即門簾子一挑進來，五福立刻繞過屏風迎上，片刻後轉進來，手裡拿著帖子。「景陽侯府來的帖子，是賢二奶奶發來的。」

林熙抬手接過打開瞧看，但見帖子是邀她去府中坐坐，姊妹敘敘。

看著這帖子，又看看那匣子裡躺著的信箋，而後林熙把帖子遞回給五福。「妳去趟林府，把這個給我大嫂，告訴她我近日如何的害喜、如何的難受，請她代我去莊家坐坐，問問四姊姊，若無什麼要緊的，也就不必來謝府同我言語，免得我腹中孩兒小氣（注）。」

五福當下接了出去，花嬤嬤則蹙著眉輕聲言語。「四姑娘想什麼呢，這個節骨眼上怎麼還能攀親？莊家就不能消停嘛！」

林熙抬眼掃她。「未必就是她的意思，嫁出去了，就是莊家的人，有些事由不得她。」

她說著伸手摸進匣子裡，把那方印取了出來，把玩了幾下才放了回去，把鎖匙掛上了。

翌日大早，謝慎嚴同她一起去了老侯爺跟前問安，老侯爺相較平日的言語，難得的話多了些，與每人似乎都說了一到兩句，而後就叫著散了。

林熙跟著謝慎嚴退出來時，不自覺地看了一眼謝慎嚴，因為她在剛才的那點時間裡，發現謝家的子孫幾乎人人都目下見傷，面有悲紋，一時倒覺得心裡的不安與疑惑在放大，再想到昨夜他幾乎一夜沒合眼的情況，她意識到，今日有大事發生。

從主院告退，循例是應該到三房的院裡對著安三爺和徐氏也行問安的，可安三爺擺了

注：小氣，意指慣壞了或太嬌氣了。

手，徐氏更是低聲說道：「妳有身孕，免了吧，回去，好生睡一覺。」

才起就睡？林熙狐疑的掃了徐氏的面容，也看到了傷色，再偷眼瞧看其他幾位太太，卻沒瞧見那傷色。

謝慎嚴直出了府往吏部去忙，早飯也都免了，林熙回味著他離開時對主屋掃過的一眼，上了府內轎回去歇著。

各房人都相繼離開，同徐氏已經出了主院的安三爺這會兒卻又倒了回來，兩人也沒叫下人吱聲，雙雙默默地入屋，就看到老侯爺安坐在堂前，侯爺夫人則捧著茶杯喝著。

「你們……」侯爺夫人詫異，可話還沒說完，就被身邊的老侯爺搶了話去。

「我正要找你們呢，三兒媳婦，下帖子給莊家吧，把話說清楚，我只見裘嬤嬤一個，多一人我都不見！」

徐氏點頭應聲，老侯爺又衝安三爺言語。「你也別愣在這裡了，快去安排車馬。」

安三爺低著頭，使勁地點了點，才退了出去，他的步子明顯緩慢，這讓老侯爺的眉微微蹙起，當下要開口言語，安三爺卻突然步子加快兩下退了出去。

侯爺夫人眨眨眼，放了茶杯看向老侯爺。「為什麼要準備車馬？府裡不能見嗎？」

老侯爺斜她一眼。「妳敢在府裡見？妳難道想大家都知道鳳頭釵的故事嗎？妳的臉不要了？」

侯爺夫人立時抽了抽嘴角，扭了頭。

老侯爺看她一眼。「去，換身體面的衣裳，妳不是不待見她嘛，正好擺擺妳的架子。」

侯爺夫人轉了頭。「我才不去呢，她和你說的是姊姊的話，我去了是丟人現眼的。」

「妳也知道那是妳姊姊？」老侯爺歪著腦袋盯著她。「妳現在的一切都是妳姊姊給的，妳卻不想知道那釵為何是斷的？不想知道妳姊姊的遺言嗎？」

侯爺夫人低了腦袋。「你回來告訴我不就成了嘛！」

老侯爺眉一挑。「妳去不去？不去的話，今天我就休書一封打發了妳！」

侯爺夫人立時眼圈子紅了。「我去，我去還不行嗎？」當下起了身朝著內堂奔去。

老侯爺抬眼望了望屋頂的梁柱，又看了看四周的擺設，起了身，伸手摸摸這個、瞧瞧那個，而後輕輕地嘆了一口氣，隨即便走去了門廳前，看著外面那已經大落的梅花，嘴裡輕喃。「梅兒，我們快團聚了。」

第七十章　同歸

飄香閣坐落在京城繁華的珠玉胡同上，它雖不是老字型大小，卻因為這些年菜餚美味，以及世家們的諸多捧場，而早有口碑，平日裡都是人來人往特別的熱鬧，許多的達官貴人都喜歡在這裡宴客，彰顯自己同世家的品味。

今日裡樓下依然客滿，但三樓上的貴房卻不接待賓客，任你再大的官職，也只能在二樓雅間裡坐坐，知情熟路的便知道，定是有大世家在此用餐，因為每回都是如此。

謝府的車馬由背街（注）而進，老侯爺帶著大人在飄香閣掌櫃的逢迎下，去了三樓。

茶水瓜果糕點全部送上後，一對彈琴的雙花便進了來，撫琴輕吟的唱著《憫先皇》。

國喪之內，一切喜慶特宴全免，生活的壓抑無聊促使權貴世家們想出了對策，由這些名伶歌姬唱著諸如《憫先皇》、《歌至尊》等詞曲，雖不是詞曲浮豔，卻也能飽耳，倒也安然自樂。

老侯爺同侯爺夫人聽了半闋，抬手抹了眼圈，一副頁心緬懷的意思，侯爺夫人卻是心裡嘔著氣，忿忿地盯著眼前的茶喝了不少。

半闋後，小廝上來回話，說莊家的馬車到了，就在樓下，只等上來，老侯爺點點頭，便

注：背街，指僻靜的巷弄。

言出恭，起身去了淨房。

侯爺夫人伸手扯了扯衣裳，扶了扶玉簪銀釵，端著架子坐在那裡，半聽曲子半掃著門口，只等裘嬤嬤到，而老侯爺此時卻在淨房裡同飄香閣的東家四目相對。

一只兩寸長的玉葫蘆從老侯爺的手裡塞進了東家的手裡，老侯爺衝他點了點頭。「交給你了！」

東家點點頭，一臉凝重。「您放心吧，您前頭先去，小的結了這事，就來追隨。」

老侯爺拍拍他的肩膀。「多謝。」

東家搖搖腦袋。「我多活了三十年，什麼福都享到了，夠本了。」說完便轉身出去，老侯爺頓了頓也出去，直奔了貴房。

此刻貴房內，裘嬤嬤已到，因著老侯爺的言語，裘嬤嬤一人而來，已與侯爺夫人兩人冷眉相對的分坐兩處，眼見老侯爺進來，她起身招呼，老侯爺冷冷地看了她一眼，說著免了，這才擺手叫雙花退下。

她們離開後，老侯爺擊掌，隨即茶酒皆進，飯菜送擺，一切侍奉好後，下人們都自覺地退了出去。

「這麼多年沒見了，要不是拙荊告訴我妳來了，我還以為妳早和她去了。」老侯爺說著抓了酒壺為自己斟了一杯，仰頭喝下，而後再倒了一杯。

「老侯爺不必拿話揶揄我，我是苦命人，主子去了，是該追隨，但我若死了，又有誰把主子的話帶給您呢？」裘嬤嬤說著，堆了一個虛假的笑容。

老侯爺輕笑了一聲。「哼，說得好啊，我整整等了三十年，這個節骨眼上，妳才想起，我是不是該敬妳一杯，道一聲裘嬤嬤好記性？」

裘嬤嬤笑了笑，倒不覺得臊臉。「老侯爺就別拿話刮我了，老身敢跳出來，就預備著會被您冷嘲熱諷的，說實話，我為什麼一定要死？就因為我知道你們的一切嗎？」

老侯爺眨眨眼，拿起了筷子。「算了，舊話不提，妳來也是有念頭的，不如把話帶到，再說說是個什麼意思吧？」說著他倒挾菜吃了起來，而後吃了一口看向了侯爺夫人。「妳不吃嗎？我可點了妳最喜歡的魚。」說著挾起一筷子到了她的碗裡。

侯爺夫人苦笑了一下，舉筷享用。老侯爺掃了一眼裘嬤嬤。「快說吧！」

裘嬤嬤眨眨眼說道：「昔日娘娘是遊湖時失足落水而亡，但就在出事的那天早上，她收到了一封信，看後才動手用剪子剪斷了那釵。」

侯爺夫人吃魚的動作立時停下，隨即劇烈的咳嗽起來，老侯爺瞧她，她指著嗓子咳了好半天，在老侯爺一掌拍到背上後，才舒緩過來，尷尬地吐出了一根魚刺，悻悻地說著：「失禮。」

老侯爺轉頭看向了裘嬤嬤，儼然等著下文。

裘嬤嬤眨眨眼。「這封信來自於謝府。」

老侯爺的眉蹙了起來，隨即卻又展平。「妳看過那封信？」他說著挾了兩筷子菜放進了侯爺夫人的碗裡。「吃啊，這菜不錯。」

侯爺夫人惴惴，應著聲挾菜，卻沒吃下多少，而那邊裘嬷嬷已經答話。「看過，在主子剪斷那釵時，她把那信也丟到火盆裡來著，我當時手快撿了出來，怕主子一時的氣性，便掃到了其上的內容。但主子隨後奪了過去，又丟進了火盆裡，而後把那鳳頭釵給了我，說叫我找機會把那釵還了您。」

老侯爺嘆了一口氣，提著酒壺給侯爺夫人倒了一杯。「在我聽那信內容前，妳我好生碰一杯，免得聽了後，我與妳無言。」

侯爺夫人惴惴捧了酒，遲遲不入口，老侯爺仰頭一口喝下望著她，她便想放酒言語，而老侯爺嗯了一聲。「怎麼，敢做不敢當嗎？」

侯爺夫人猛然間就似被戳了骨頭一般，她身子一頓，瞪著眼說道：「有什麼不敢！」說著仰頭將酒喝下，將酒杯拍在桌上。「用不著她說，我自己說，那信是我寫的，我以你的口氣告訴她，皇上得知你們兩個曾私許終身。」

老侯爺捏了拳頭直接看向了裘嬷嬷，裘嬷嬷點了頭。「我看見的是這意思。」

老侯爺蹙眉。「梅兒聰慧，怎會上當？難道她辨不出字體？」

侯爺夫人一挑眉。「我偷偷學了你字跡十年，只為練那幾個字。」她說著以手指沾了茶水，在桌上開始書寫，眼看著那水跡和自己的字跡一模一樣，老侯爺的眼裡閃過憤怒之色。「她是妳的親姊！」

「可我受夠了你的心裡全是她！」侯爺夫人說著扭頭坐下，端了茶往口裡倒。

老侯爺瞪了她一會兒後轉了頭。「說吧，妳打的什麼主意？」

「老侯爺是明白人，當年若非我警醒，只怕送還金釵的時候，便是我喪命之時，紅藥一輩子命苦，為這主子也嘔心瀝血，只盼著她榮耀我也富貴，哪知道才做了皇貴妃，我還沒得到什麼好呢，她竟為著保你而自殺。我雖得了皇上眷顧准許出宮，但我家中之人還指望著我，我怎麼能就如此回去？我覥著臉求在宮門裡與公公做了對食，靠著在灑掃司內耗著，混到了新帝繼位，又指點了莊貴妃，這才留在她的身邊，陪著她一路榮耀，冉得了風光。如今我老了，家業也有莊貴妃打點著，也是時候出來為她搏一把了。」

老侯爺笑了笑。「妳會知道報恩？妳還不如說，巴望著莊貴妃翻身，妳好得了便宜。」

裘嬷嬷點點頭，一臉坦然。「沒錯，老侯爺果然明白人。」

「說目的。」

「貴妃娘娘請您出手，保住三皇子留京，或者改其封地為邊疆也好。」

老侯爺眨眨眼。「邊疆？怎麼，想我家老二帶著兵同他一路殺回來嗎？」

裘嬷嬷笑了笑。「老侯爺何必說這些呢，有些東西還是心照不宣的好，反正眼下您得有個取捨不是？」

老侯爺眨眨眼，提著酒壺給裘嬷嬷倒上了。「莊貴妃果然聰明，捏著我的七寸，飲下這杯酒，妳就回去給她覆命，就說我應下了，只不過話要帶得清楚點，我只盡力去攔，但若不成，可別怪我。」

裘嬤嬤一笑。「老侯爺這麼說，我就先替主子謝謝您了，不過老身不喝酒，還是以茶代之吧？」

老侯爺瞥了她一眼，端酒喝下，裘嬤嬤便捧了茶喝了一口，這便要起身，可就在此時外面卻有一聲細微的碎裂聲，隨即不過一息的工夫，便有吵架聲與打罵聲依稀傳來，夾著女人的哭聲喊聲、漢子的叫罵聲，似是發生了什麼。

裘嬤嬤一愣，眼掃老侯爺，眼見他紋絲未動，臉色大變，急忙起身，卻是發覺天旋地轉。此時房門破開，兩個人衝了進來，一個按住了她的手腳，一個捏住了她的喉嚨，裘嬤嬤大驚叫嚷，可外面的罵架之聲不斷，而她也不過喊出了半個字，那人就提著那酒壺塞進了她的嘴裡，一通猛灌。

裘嬤嬤想要言語掙扎，可兩個人這麼按著她，不多時剩下的大半壺酒就盡數灌進了裘嬤嬤的肚子裡，而那邊瞧看到這一幕的侯爺夫人傻了眼，半晌才衝著老侯爺言語：「這、這是……」

「她活著是個禍害！」老侯爺說著看向了侯爺夫人。「我本來還覺得帶妳一起走，有些歉疚，可怕妳留在宅府內，壞了我謝家的業，我必須這麼做。但現在看來，我的決定是對的，妳害死了我的梅兒，妳同我一起到她面前認錯去吧！」

侯爺夫人聞言嚇得起身，立時天旋地轉，當下伸手摸著喉嚨和額頭。「你、你下毒？」

「沒錯，我們一起死了，一了百了，謝家得以安定無憂，莊家也無人可以再指過去的是非，我們三個，都死於豚魚之毒！」他說著伸手舉箸挾了一筷子魚肉放進了嘴裡。「美味啊！」說完看向那兩個漢子。「你們快離開吧！」

兩個漢子當即退了出去，門掩上時，袁嬤嬤已經瞪著眼渾身抽搐，而老侯爺也開始腹痛黑目，侯爺夫人則伸手捂著喉嚨急急的摳著。「我不要死、不要死！」

林熙在屋裡的床上睡得正香，忽而被四喜和花嬤嬤嚷嚷的聲音給震醒，幾乎是睜著眼睛看了她們好一會兒後，才反應過來她們兩個叫嚷的是什麼。

「姑娘快起來，老侯爺和侯爺夫人出事了！」花嬤嬤的眼神有些飄忽，似乎受了大刺激。

「姑娘，您別呆著啊，主院裡都亂了，太太們都過去了！」四喜更是眼淚都淌了出來，那顫抖的樣子，儼然是六神無主。

林熙被弄了個懵，扶著花嬤嬤的膀子坐起身來，伸手拍著她們兩個的肩頭。「都給我閉嘴，安靜，換個兩口氣，把話說清楚，到底怎麼了？」

花嬤嬤和四喜都是大喘兩口氣，但說話的只有花嬤嬤了，四喜儼然一副嚇壞的樣子，根本什麼都說不出來。

「剛才從門房一路喧譁到主院，鬧得雞飛狗跳的，我不知是什麼，趕緊往那邊去瞧望打聽，結果還沒走到，就碰上來傳話的丫頭，哭得是一把眼淚一把鼻涕的，衝我就說了三句，然後便往別的院子跑了。」花嬤嬤伸手捏著腦袋，顯然她這把年紀經歷的事也不少，嚇是嚇到了，但還能強自鎮定下來。

「哪三句？」

「老侯爺和夫人出事了！各院子的人都快過去！太醫說老侯爺已經沒氣了！」花嬤嬤學了出來。

林熙的眉一蹙。「我的天，我們走！」

說走也並不是立時就能走的，再是著急上火，也得有個身分講究，不能失了禮數，當下自是還得對著妝檯，抿上幾梳子。

林熙手腳利索的摘掉了頭上的淺粉色絹花，只抓了一把光溜溜的扇形素釵簪上頭，一轉身招呼四喜快走，就看到她那兀自發抖的樣子，立時挑眉略過了她，同那送上薄披的五福說道：「妳跟著我一路吧，四喜留在房裡。」

當下一眾人出了屋，就看到轎子已經停在院子裡，林熙一愣，五福言道：「奴婢叫人準備的，奶奶是有身子的，顛跑不得，還是上轎吧！」

林熙看她一眼立刻上轎，一行人便急急的往主院那邊去。

轎娘們扛著轎子一溜的跑，林熙抬手抹著轎簾向外張望，但見進進出出不少人，都是臉色見白慌張，這心裡也揪在了一起，老侯爺已經沒氣了，這是怎麼回事？好端端的這是……

驀然間她想到了謝慎嚴這幾日怪怪的舉止中存在的悲傷，還有他昨夜那令人費解的態度……

她攥緊了拳頭——不會，一定是湊了巧，是我想多了……

轎子落在主院口子上，林熙下轎扶著五福就往裡走，後面花嬤嬤白著臉跟著。

一進了院子，就看到各房人馬臉色煞白與焦急的湊在這裡，更有幾個小丫頭在那裡無聲流淚的擦抹著。

「謹四奶奶妳怎麼來了？」立在院中屋門口的五房太太滕氏一眼瞧見了她，一邊說著，一邊湊了過來。「這是哪個不長眼的怎麼去知會了妳來，妳這正懷著，萬一有個什麼可怎麼辦？」

「五嬸嬸言重了，我這算什麼，哪裡有這邊重要，現下到底是個什麼情況，我這亂亂地，您快給我說說吧！」林熙立時拉上了滕氏的手。

「今兒個老爺子同老太太一道去飄香閣吃飯，說約見了故人，誰知道怎麼回事啊，老侯爺竟中毒沒了。這會兒老太太也還在屋裡，三位太醫陪著耗，也不知能不能……」

「可這到底是什麼緣故？」

「那得等仵作查驗了，聽太醫進去扎針催吐時說，老太太喊著是、是豚魚的毒！」

就這麼一會兒說話的工夫，院子裡相繼奔來了人，都是較近的幾房人，大家亂哄哄的又說了一遍，林熙才依稀聽到一個名字——裘嬤嬤。

「她已經送去了莊家，聽說她在那裡伺候著莊家賢二奶奶的那個……哦，興哥兒！」

「她怎樣？」

「沒了氣了，從飄香閣裡抬出來時，就已經死了！」

「老爺子……」

「將送到府門口時，嚥的氣……」

大約半個時辰的工夫，謝家的爺兒們都陸續趕了回來，讀書的、幫襯的、為官的，一個挨著一個回來。

謝慎嚴進來時，林熙不自覺地往他那裡瞅，她看到了他的悲傷，卻在他的臉上找不到半點震驚與意外，她立時明白，並非自己想多了，而是他早已知道。

可，是什麼會讓他知道祖父要出事而不攔著呢？

她想要找尋答案，恰逢身邊有人提起了裘嬤嬤，聽到這個名字的林熙，無端的想起了花嬤嬤前日裡和自己學的那些話，又想到就是那天晚上謝慎嚴的神態開始不對。她不自覺地拉了五福一把，往邊上退讓了些，做著一副要嘔吐的樣子，避到了花壇邊上，拽了五福一把，輕聲問道：「我問妳，昨日裡，我叫妳請姑爺回來，妳說姑爺先去了主院，是老爺子喚的他嗎？」

五福愣了下，歪著腦袋一想點了頭。「是，我去的時候，正遇上，還說老侯爺召了謝家所有的子嗣回府。」

林熙聞言立時覺得腦袋裡嗡嗡作響。

老侯爺那些捨得的言語，花嬤嬤學來的裘嬤嬤的口氣和太太的忍讓，謝慎嚴那一滴眼淚……它們串在一起，在她的腦海裡構成了兩個字——犧牲。

她轉頭看向了謝慎嚴，又看向了謝家的子嗣們，他看到了他們的悲傷，卻有一大半的人都同謝慎嚴一樣看不到震驚，比如大伯，比如五爺……

到底是什麼逼得老侯爺以死來解，而且還有侯爺夫人，他這是為了弄得像意外而把她也搭上，還是……

她搖搖頭，不敢再去想，哪怕她早已知道世家的殘酷法則，而在這一刻她真的不敢想下去了！

又過半個時辰後，出嫁在京城附近的姑娘們也都悉數的趕了回來。正當大家亂哄哄地湊在一起抹淚牽手時，主房院門開了，老太醫為首的一個太醫走了出來，全然是臉色蒼白。

「怎樣？我們老太太……」薛氏當前先衝了上去要問，謝鯤一把拉了她，直接看向徐氏，徐氏這才上前問話，安三爺卻抱著腦袋蹲在地上，竟是連聽的勇氣都無。

「我們已經盡力了，但毒性還是入體，熬得過今夜，她尚能撿回一命，卻是日後都要落下遺症來，若是熬不過……哎！我們無能！」為首太醫話語一落，其他兩位同他都是深折腰身。

能叫太醫因為救治不了而深責，自古沒有幾人有此殊榮，但此刻誰都不願意享受這殊榮。

「娘，娘！」五爺一聲喊，外面聚集的家族兒女們全都向裡衝，此刻誰還分著大小長幼，但聞一片爹與娘、祖父與祖母的叫喊聲，聽得只叫人心碎。

此刻卻有五個謝家人沒有衝進去——安三爺、徐氏、謝慎嚴、林熙以及大爺謝鯤。

「有勞三位太醫！」安三爺終於站起身來鞠躬，三位太醫說著抱歉與不必相送的話，立時退去。

「三弟，我已經是分出去的了，現在出了事，我只能幫襯卻無法指手畫腳，你趕緊理事吧！」

安三爺直接轉頭看向了謝慎嚴。「你祖父話早已說明，我只繼承勳爵，而你才是家主，現在你快發話吧，我、我按你祖父的意思，都聽你的。」

因著懷孕而忌諱撞上喪事被徐氏拉著衣袖留在此處的林熙，聽聞此言大吃一驚。家主？謝慎嚴是家主？老侯爺交代他是家主？

這個時候，這四人誰都沒工夫來關注她的驚訝，他們相互對望著，而後謝鯤發了話。「謹哥兒，你發話吧！老爺子的話我聽得清楚，縱然分出去了，也還是有耳朵聽，能做見證，畢竟在大家族裡，我縱然是你的長輩，也得聽由你拿主意。」

大伯說了這話後，一直不吭聲的謝慎嚴當即對他鞠躬，而後一撩衣袍衝著三人便跪，林熙見狀本能的跟著下跪，就聽謝慎嚴說道：「慎嚴不孝、不敬，望父親與大伯海涵！」

安三爺擺了手，鯤大爺則是直接拽起了謝慎嚴，徐氏也動手拉起了林熙。

「行了，這些禮數快丟了吧，自家人，你大伯我又不是不開眼的，快說吧！」謝鯤急聲催問。

謝慎嚴這才說道：「祖父意外出事，總得有個交代，勞請父親立刻去京兆府擊鼓立案，要他們出人圍捕飄香閣，捉下那東家；大伯，勞您去趟大理寺借調三位仵作，並攜兩位提刑親查此案，您一定步步相隨，萬不能離其左右。」

謝鯤點頭。「我明白，一定把分兒做夠，叫莊家插不進手來！」

他本就是聰慧的人，又這把年歲，什麼事心裡沒譜？老侯爺出了事，他自是知道怎麼應對，但他是分出去的，日後便是謝家一個分支。現在家主不是他，就算他知道該如何做，那也得等家主發話，這是族規，是本分，是謝家到今時今日能夠團結一心的根本——絕不會怠慢半點家主的權威。

他把話說給謝慎嚴就是叫他放心自己明白這裡的要點，讓他在這個節骨眼上能少些分心的。當下他立時轉身，看了一眼還在流淚的安三爺，伸手拍在他的肩頭上。「走吧，三弟！」

安三爺點了頭，跟著謝鯤一路向外，出了院門後，謝鯤就附在他耳邊說了一句話。「老爺子心裡通透，你呀，挺起些腰板來，別那麼弱性！」

安三爺抽了一鼻子。「大哥，我不是和慎嚴鬧彆扭，他是我兒子啊，我只是、只是覺得我沒用！」

謝鯤使勁地摟了下他的肩膀。「我也沒用！不過眼下不是自責的時候，咱們得把這事辦得漂亮，才不枉老爺子他……」

「大哥，我懂，你放心，我雖性子弱，可我是謝家人，我斷不會讓老爺子的這步棋收效甚微！」

大伯同父親出去後，謝慎嚴又看向了徐氏。「娘是孩兒敬重的人，您在，孩兒也不敢不孝造次，但情況已然如此，孩兒……」

徐氏抬手阻止他說下去。「你娘不是蠢人，還不至於分不清輕重，何況你是娘的兒子，當娘的又怎會為難你？說吧，娘要做什麼？」

「兒子於此情況下接掌族業，縱然是祖父遺命，無人敢駁，卻也難免長輩們心有不忿，萬望母親幫襯，必要時拾得下臉來……」謝慎嚴說著看了一眼林熙。「林氏年歲尚輕，我匆匆接掌族業，她也必然擔負同等，還請母親能處處撐著林氏，好讓兒子與林氏撐起此刻的謝家。」

徐氏苦笑。「我的兒，你還怕我和兒媳婦爭權，壓著她嗎？我遲早還不是要交權到她手上？眼下你已是家長，就算尚未行族禮，卻也是謝家子嗣心知肚明的事，我這當娘的別說不會在這個節骨眼上為難你們，就是沒這茬兒，我也都是把林氏往當家主母上帶的啊，畢竟你是下代家主的事，你祖父早就挑明過四、五次了！」

謝慎嚴當即跪地磕頭。「兒子不孝了！」

林熙見狀要跟著，徐氏攔住了她，衝謝慎嚴昂著下巴說道：「你給我起來，現在你是謝家的家主！」

謝慎嚴朝著徐氏一磕頭後，站了起來。「府裡現在正亂，祖母尚在生死兩難間，伯母嬸娘的都是長輩，我不好太過刺激大家，暫時由母親先支撐，把眼下的幾日過去，待立案結狀之後，我再出來繼承族業。」

徐氏點頭。「明白，可這樣的話，誰做挑頭值守人？」

「大伯去了大理寺，爹爹去了京兆府，咱們謝家雖然四叔不日歸來，五叔尚在，但論繼爵已是爹爹，我這三房長子不做挑頭值守人怎生說得過去？」謝慎嚴說著看向林熙。「祖母尚生死未明，我要妳同娘一起值守在她身邊護責通宵，妳可撐得起？」

林熙點頭。「是，撐得起。」

「不用她了吧？我守著就是，她到底是……」

「娘，這個時候，更錯不得半步啊！」謝慎嚴說著看向林熙。

林熙會意急忙言語。「多謝婆母厚愛，但此時我們更得同心協力，您不用擔心我，太醫給我的藥，我喝著就是，何況今日裡，我也睡了一早上。」

徐氏聞言點頭，拉緊了林熙的手。

謝慎嚴這才往屋裡進，而徐氏拉著林熙言語道：「知道我們現在該做什麼嗎？」

林熙深吸一口氣，定了下神說道：「設靈堂，置棺木棚輿，發喪帖與各路親友。」

「還有呢？」

「請出傷痛中的各位伯母嬸娘以及姑嫂們，給祖母一處緩氣熬撐的地方，再將各位女眷安排下去，製喪衣衰服……」

「妳知道就好！」徐氏的眼裡閃過一抹欣慰。「我生怕妳自己都亂了譜。聽著，眼下我們分作兩路，妳有孕就鋪著老太太這路，我去安排靈堂那些，妳我兩個以後是這謝家的扛家人，不管她們會不會為難失控，都想法子給我安安穩穩的拿下來，懂嗎？」

林熙點頭。「我懂！」

徐氏望著她。「妳要真懂才好，自此刻起，妳就是謝家的當家主母了，她們可都是妳的長輩，妳雖只有十五年華，但妳若壓不住她們，那謹哥兒可就難了！」

謝慎嚴在進入主屋後，直奔了東廂房，老侯爺謝瓚此刻正被擺在這裡，因著還要仵作查驗，而後又得入靈堂的，他便同幾個早知內情的謝家兒孫打了眼色，立時這些兒孫們拉扯了身邊的婦人止住了哭喊。

謝慎嚴這才言語道：「還請女眷們暫去西廂，我們幾個孫輩的，要給老爺子磕頭，待等下仵作來了，出了屍格（注），抹身穿衣的，這邊也好張羅。」

謝慎嚴發話，有些人只顧著悲傷並未察覺，只是抽噎的點頭後退，可有些人卻挑了眉，比如四房太太趙氏，比如大房太太薛氏。

畢竟若論著身分道理，此處可不該謝慎嚴出來挑頭，得是他爹才對，但兩房太太挑眉後都是不自覺的瞥了立在身邊的男人們一眼——尚五爺同各房在京的兒孫，結果發現他們倒是都默不作聲，顯然深以為意，立時兩房太太交換了一下眼神，自發帶著女眷們退了出去，直奔西廂，此刻那些嫁出去的姑娘們都已紛紛至此，正在那邊抹淚呢！

侯爺夫人謝阮氏躺在床上跟昏過去差不多，氣雖是喘著卻微弱不堪，那手腳還時不時的抽搐兩下，在她躺著的床榻邊上，從擺放的木盆到鋪床的被褥可濕濡了大片，顯然剛才嘔吐了不少，以至於整間屋裡都飄著一股子誘人作嘔的氣味。

侯爺夫人尚未嚥氣，姑娘們縱使心疼也沒誰敢放聲哭泣，一個、兩個都抽噎著用帕子擦抹捂臉的，生怕自己的舉動衝撞了侯爺夫人，催了她的命。

相較姑娘們的傷心，四位在此的兒房太太——薛氏、柳氏、趙氏還有滕氏倒是沒在老侯爺跟前的那般激動，她們雖然也拿帕子擦著臉，但彼此之間卻是眼神交會。

此時門簾子一掀，林熙走了進來，四位太太一掃眼，但見她一個，都是一愣，滕氏當即皺眉上前。「妳這有身孕的就別進來了，何必……」她話沒說完，薛氏已經走上來，衝著林熙就問——

「怎麼就妳？妳婆婆呢？」

林熙低頭。「婆母已經去張羅叫人佈置靈堂架棚以及棺材去了。」

注：屍格，即驗屍單格，也稱驗狀、屍單。

薛氏眉一挑。「她是掌家的忙這些也應當，不過三房的爺兒們不是都在的嘛，讓他們去張羅不就是了？」薛氏說著就要往外去，口中還唸唸著：「我叫妳大伯這就去……」

「大伯母！」林熙後退一步攔住她，伸手捂了一下嘴，這屋裡的味兒可太招人了，她強吞下噁心，衝著薛氏言語道：「大伯不在府上，剛才他已出府去了大理寺，說要把仵作和提刑都盯住，好給祖父一個交代。」

薛氏一愣，隨即點頭。「應該的，這是該他去跑。欸，不對，妳公爹呢？我們現下都是分出去的了，他做才名正言順吧？」

林熙當下又言：「我公爹已經去了京兆府，要立案抓捕害祖父的人。」

趙氏立時言語。「妳公公去那邊立案，那誰守著靈堂值孝？難道五爺？」

林熙正要言語，西廂的門簾子一挑，五爺走了進來，衝著滕氏言語。「妳來！」

滕氏急忙過去，五爺衝著她言語道：「妳把妳陪嫁馬莊上的人趕緊調過來，叫他們先隨著我去府門上布圍出個場子來，等各莊院的人手過來了，再換下！」

滕氏應聲立刻跑了出去安排，她陪嫁中有一處馬莊，距離謝府最近，騎著馬過來，半個時辰足矣。謝家田莊上的人過來，最近的都要耗費個一天的光景，畢竟謝家在手的田莊都是京郊之外，更多的分在各省郡中，要不然也不會累得謝家四爺謝奕是長年在外的巡莊。

越是大的家族，越在田莊上出不得紕漏，要不然下人跑馬作惡，壞的卻是主家的名頭，你世家縱然仗著不可一世的囂張跋扈，叫人唸你一句紈袴，但絕不能惡名沾身，因為那可就毀基滅根了，畢竟世家混得最響亮的也是一個名頭。

所以眼下的情形，自是五爺抓了妻子手中的便利來幫忙，但滕氏出去了，趙氏瞪了眼。

「你去府門上？」

「對，老爺子出了事，太醫請了來，也自是驚動了朝裡，先前咱們謝家人往回趕，不少名門大府上的就遣人來探了，因著老太太還在救治，太醫尚未出來，咱們也沒發喪，這會兒老爺子已然駕鶴，老太太也在奈何橋上撐熬著，那太醫回去後皇上自然知道咱們出了事，豈會不叫著百官來唁，我不去候著能行嗎？」五爺當下說完這些，轉身就要出去。

薛氏伸手一攔。「五叔慢些！」

「大嫂有什麼吩咐？」

「吩咐哪裡敢？我只是不解，你出去迎，那誰在靈堂值守頂喪？這會子你大哥算分支，你們餘下四房算正，按理是三房出來頂著，可三叔也和你大哥一道出去立案簽押，眼下二叔和四叔都在外，你再不去頂著，這合規矩嗎？」

五爺聞言一愣，隨即言語。「謹哥兒在呢，靈堂由他頂著！」

「啊？」薛氏愣住了，此時五爺又衝她說了一句。「大嫂，不日前爹爹有過交代，若他有個什麼不對，謝家繼承勳爵的是我三哥，而謹哥兒是家長！」

薛氏愣住，趙氏也驚訝得張大了嘴，唯有柳氏倒是不太吃驚，只是掃了一眼林熙就轉頭看向了床鋪上昏迷未醒的謝阮氏。

五爺這話聲音不算大，但也湊了巧，恰逢屋內大家一個安靜的時候，於是大家別的未必聽清楚，只那句「謹哥兒是家長」倒是誰都聽清楚了。

立時林熙感覺到眾人目光掃到自己這裡，她卻只能當作毫無感知。

「五叔，這話當真？直接就是謹哥兒？」趙氏開口急問。

五爺點了頭。「自是真的，前日裡老爺子召回了謝家所有子嗣，說的就是這個事兒！」說完他看了一眼林熙，又說道：「若是不然，怎麼大哥和三哥都會跑出去立案簽押，我又去府門上？」說完撥了簾子就出去了。

屋中所剩的三位太太眉眼一對，趙氏和薛氏就明白剛才為什麼爺兒們會對謝慎嚴發話不予計較，再看向林熙時，彼此卻有些彆扭了。

眼看著一個、兩個太太都是抹不開嘴，林熙也不會傻到等著人家低頭，主動上去送了臺階。「大伯母、二伯母、四嬸嬸，熙兒也是剛剛才知道的，眼下祖母還在這裡撐著，前途未卜，可祖父卻已經……如今賓客將至，還請伯母嬸嬸們立時召集人手，謝府添喪，製衰服，莫叫達官來此弔唁時，看到我們不敬失孝。」她說著直接就往地上跪，因為她知道，如果不讓這些長輩們感覺到自己是被尊重的，那這個節骨眼上必然埋下隱憂。

她出嫁後這些年，縱然府裡的事輪不到她操心，小院子裡也沒太多的事，但謝慎嚴早先就告知她未來的重擔，所以只要得到閒暇，她就會把葉嬤嬤給她的一本絹冊和一本書細細瞧看，以至於此刻她很清楚，這是她折身換利的時候，因為嬤嬤在那絹冊上清楚的寫著——恩怨相結大多在於一張臉面，聰明的人做事，會把面子給全了，還叫對方把事做了，只有愚笨的人才會非要在人家面前爭個高低，不懂折身換利，最終事沒成還惹下禍來。臉面這個東西要學會用，而不是只一味的守，尤其遇到比你更強的人，要懂得俯身，這並不是說你就是輸家，趨利避害這是根本，能屈能伸方能成大業。

林熙跪了，薛氏等人可是她的長輩，讓一個有孕的侄媳婦用這樣的方式相請各位去忙該忙的，她們誰都不能說半個不字，因為那是給自己的臉上抹黑。

當下薛氏出手拉起了林熙，只說了一句話。「謹哥兒是家長，妳便是謝家的當家主母了，這麼跪著不合適。」說完轉了身，招呼著她大房的媳婦和姑娘，便叫著立刻跟著她去做事幫忙。

趙氏和柳氏掃了一眼，也相繼叫著人出去做事，不過臨出去時，柳氏忽然轉頭說道：「謹四奶奶到底是有身子的人，妳一個怎麼成，要不我讓一個姑娘留下給妳作伴？」

林熙欠身半福。「謝謝二伯母好意，只是眼下府上諸多所需，二伯母又是能幹之人，更應幫著熙兒招呼好您的那些人把家門護好，免得這節骨眼上出什麼亂子。尤其這次同遇難的還有莊家的一位嬤嬤，先前我又聽妳們說她是宮裡出來的，也不知這事會變成怎樣，還請二伯母費心看護守著些吧。至於祖母這裡，十三、十四姑娘應該也快到了，我等著她們就是。」

林熙的話音剛落，外間就傳來丫頭的招呼聲喊著十四姑娘，柳氏的嘴角一撇，當即便走了出去。

林熙輕吐了一口氣，看了眼床榻上的侯爺夫人，叫著丫鬟們趕緊取兩床被褥來替換，又叫下人把那木盆拿去換新，等著一氣折騰個差不多時，十四姑娘也從東廂房裡過來，一張好看見圓的臉上，淚跡斑斑。

「祖母！」她嬌嗲的聲音隨著她一起撲在了謝阮氏的身上，她搖晃著謝阮氏的臂膀，哭得滿頭珠翠都在那裡晃蕩。

林熙扭了頭，從袖子裡拿出熏了皂角香氣的帕子來——這是太醫交代可以止住想要嘔吐的一個偏方，捂住了口鼻，轉身去多開了兩扇窗，而這個時候，她聽到了十四姑娘的聲音——

「四嫂，妳告訴我，這到底怎麼回事？好好的，怎麼就中了毒啊？」

林熙拿開了帕子看向她。「我也不甚清楚，據說是吃了什麼飄香閣的東西後不對的。」

「飄香閣？」十四姑娘挑眉。「怎麼會，那可是……」她的話戛然而止，隨即她轉頭看了看侯爺夫人，臉色大變，起身就要往東廂房那邊衝。

「等一下！」林熙急忙相攔。「十四姑姑且莫過去，這個當口，仵作隨時會過去，萬一妳哪一句話叫聽偏了去，反而麻煩，不如留下心中疑問，等上一日可好？」

她不想十四姑娘質問謝慎嚴內裡細節，因為她此刻都還能回想起那日裡謝慎嚴的悲傷。

十四姑娘縱然看起來柔性，但這幾年的時間裡，林熙卻越來越相信自己那次見她畫畫時的感覺。她不希望十四姑娘會像刀一樣犀利的扎在謝慎嚴的心上，因為她明白此刻的謝慎嚴是實實在在的得利者，一個不小心，就會被家人親情的刀刺得鮮血橫流。

十四姑娘聞言看了林熙一眼，嘴唇動了動後，轉身回去了謝阮氏的身邊，此時外面有了招呼聲，是十三姑娘來了。

林熙本能的從窗戶裡向外望去，當下就看到了急急向內行走的十三姑娘，這一看就是一愣，因為她穿著的竟然是一件黑藍色的緇衣！

緇衣便是尼姑才會穿的衣裳，脫俗入門修行的穿的便是海青，跟著身分地位分著青藍與褐黃，而俗家居士不落髮修行的才會穿著緇衣。

林熙看到這個已然明白，這三年的光陰裡，十三姑娘已經潛心佛法。

十三姑娘在東廂房裡待了片刻就過來到了西廂房，她一進來也是抹著眼淚哭了一氣，十四姑娘伸手拽了拽她，出口輕道：「妳比我住得近些，怎麼比我還晚到？」

十三姑娘抹著淚。「我沒在府上，去了庵裡修課，是府中人來報我，我才急急過來，衣服都沒換成。」她說著亮了衣袖——那緇衣的袖子並非敞口，是縫死了的。

姊妹兩個一對視，相繼嘆息，而後十三姑娘看向了站在一邊的林熙，起了身。「四嫂子快來坐著吧，妳是有身子的，別耗著。」

林熙搖搖頭，一來她不累，二來湊得近了，要引得她嘔，她便指指外面。「我瞅著外面些許，好瞧著那邊進行到了哪一步。」

才說著，就看到一行人——大伯領著一些人走了進來，儼然是仵作和提刑到此，林熙便趕緊伸手把窗戶掩上。「仵作們來了，等等那邊消息吧！」

十三姑娘聞言起身來到了林熙身邊，抬手扶著她同她一道等待，而十四姑娘則低著頭看著自己的繡鞋，臉色凝重。

「唔……」就在這個時候，侯爺夫人卻忽然動了起來，她發出一聲聲響，腦袋就往一邊偏，口水飛沫一起橫流，看到這個場面，林熙一下就乾嘔了起來。

「醒了，祖母醒了！」十三姑娘看到如此便是激動，林熙本能的抬手捂住了十三姑娘的嘴巴，此時十四姑娘也是衝著十三姑娘跑來，她抬著手分明也是要捂住。

這樣的場面讓十三姑娘呆滯，林熙和十四姑娘則是對視而僵。就在此時侯爺夫人發出了聲音，雖然含糊不清的不知說的是什麼，十四姑娘卻轉身去了謝阮氏的身邊抬手捂上了她的嘴，林熙則乾脆放開手乾嘔起來。

第七十一章　我沒錯！

「這是……」東廂房內，隨著謝家大爺謝鯤而來的兩位仵作聽聞到那邊隱隱傳來的聲音對視一眼，謝慎嚴立刻作揖而言。「不好意思，拙荊有孕在身本就害喜嚴重，如今我祖母又嘔吐得厲害，屋內……」

「明白明白！」賈仵作當即點頭。

殷仵作一旁也開了口。「老侯爺嘴上尚有殘留吐污，老大人也是嘔吐了的，足可見吃食有誤。」

謝慎嚴又是一個鞠躬。「煩勞兩位給驗個真切吧！」

兩個仵作受著謝家世子的禮，都是受寵若驚的模樣，立刻繼續手下動作，以銀針探刺，又小心地翻看老侯爺的各種屍類表相。

驗屍有很多竅門以及技巧，兩個仵作花了近一個時辰的工夫，仔細地幫老侯爺驗屍，細緻又費心地做足體表與體相的觀察判斷。

兩人竊竊私語了一會兒得出了結論，當下齊齊轉身看向謝鯤，畢竟謝鯤可是首輔，縱然是謝家已經分出去的，那也算是他們的大上司了。

「有結論了？」謝鯤出口詢問。

兩位仵作立時應聲，那賈仵作更要言語，可謝鯤抬手止了一下，轉頭看向謝慎嚴，儼然是依著家規等謝慎嚴發話，全然是給足了臉，捧他起來。

謝慎嚴感激的看了大伯一眼，邁步到他身邊與他站在一起，謝鯤這才衝兩位仵作點了點頭並說道：「家中遭逢變故，老爺子早先曾發過話，他去後謝家家主乃是慎嚴，故而有什麼，我陪著慎嚴一起聽著。」

兩位仵作都是一臉驚色，但謝家的事由不得他們發話，自是應了兩聲，衝謝慎嚴又一欠身，這才說了結論。「老侯爺死於豚魚毒，且因毒遇酒，發得厲害，故而早早就斷了氣。」

謝慎嚴當即轉頭看了老侯爺一眼，跪去床邊哭泣，謝鯤轉身一臉慟哭之色。「還請二位出下屍格，助我們查清楚內情。」

當下兩位仵作便提筆填寫屍格，並且一人一份，填好後，謝鯤拿給謝慎嚴看了一眼，這才同兩位仵作一起出了東廂房直奔前廳，謝慎嚴此時交代七弟謝誨盯著，出了東廂房直奔了西廂房，就見屋裡林熙同十三妹和十四妹都守在老太太的跟前，而老太太依舊是昏迷未醒。

「哥！」十四姑娘眼見哥哥進來，搶在起身的林熙前開了口。「可驗出死因了？」

謝慎嚴點了頭，將仵作的結果重複了一遍，十四姑娘捏了拳頭。「為何是飄香閣？」

謝慎嚴嘆了一口氣。「莊家已經逼上來，抓了祖父當年和阮娘娘的那點事。」

十四姑娘立時挑眉瞪眼。「說清楚。」

謝慎嚴當下簡單地說了一下事因，林熙跟著一道聽，立時把自己許多的猜想都印證了，只是猜想是猜想，一旦印證了，這心裡更是震驚——老侯爺當初口口聲聲說著為家族犧牲時，她只道自己的悲涼，想著十三姑娘的事，想著自己，都覺得這世家人人無情，可是現在，她卻感覺到一種莫名的力量在體內穿行，讓她能挺直著腰身，抬起頭顱，再不知悲涼透骨，再不覺無情傷心，她唯一能感覺到的是骨子裡燃起的傲色！

世家，鐵骨！金戈鐵馬軍功護，紙筆書冊儒家主，一朝嗟嘆風光好，豈止杯酒累白骨！

飄香閣此時已經被圍了個水洩不通，而出事的貴房裡，飯菜早已換過同品無毒的，正中架上一盤吃掉了大半的豚魚橫在其中，茶已換，酒亦換，東家立在貴房裡，望著樓下那些人一臉的雲淡風輕。

片刻後，底下跑來一群衙役，手持鐵鎖簽令，他跨步踩上了窗臺，登了上去，而後大喊一句——「老侯爺，老奴手藝不佳，辜負了您的信任，害死了您，老奴，這就給您賠罪了！」話音落下，在眾人的驚訝裡飛身跳下！

「砰」地一聲，血水四濺，百姓們皆是驚叫。

景陽侯府裡，嚴氏一臉呆滯的坐在主房的榻上，她的雙眼直勾勾的望著地上被送回來的裘嬤嬤，一個字都說不出來。

「啪！」莊家老爺莊詠一把掃了面前架子上的玉盤，玉盤落地立時摔了個粉碎，他盯著那粉碎的玉盤咬牙切齒。「好一個玉碎！」

嚴氏慢慢地抬頭看向了自己夫婿的背影，哆嗦著雙唇。「這下，我們怎麼辦？」

莊詠回頭看她一眼。「什麼怎麼辦？謝家老侯爺都死了，我們除了忍氣吞聲還能怎麼辦？」

嚴氏站了起來。「太妃那邊咱們怎麼回？」

莊詠低了頭。「還用回嗎？這會兒全城的百姓都知道了，宮裡還能不知道？」他說完走去了書案前，把壓在一冊書下的信箋拿了出來，看也不看就走向了火爐。

嚴氏立時奔了過去攔著。「你要幹什麼？那可是袁嬤嬤為防萬一留下的自述書！」

莊詠一把扯開了嚴氏。「妳給我讓開！為防萬一？謝家老頭都死了，這東西還有什麼用？阮娘娘早死了，謝家老頭死了，連袁嬤嬤都死了，死無對證知道不！」他說著一把把信箋丟進了火盆裡。

嚴氏望著那迅速燃燒起來的信箋，眼淚就落了下來。「這下可怎麼辦？你把它燒了，你妹妹若是知道了，那我們……」

「知道了又怎樣？三皇子去了蜀地，我們莊家已經沒了指望，妳想在這個節骨眼上和謝家拚到撕破臉的地步嗎？」莊詠說著頹廢似的退了兩步。「大勢已去，我們精心籌劃了三年，可是結果卻還是輸了，我們可以不甘心，可以為了莊家的未來去搏一次，但現在，一場意外了結了，謝家躲過了麻煩，我們莊家又何嘗不是還能保住根？罷了，我妹妹已經輸了，我們莊家不能為著她把最後的氣都搭進去，妳，即刻換了衣服，隨我上謝家弔唁！」
「這合適嗎？謝家人此刻只怕心裡恨我們入骨。」
「妳也知道那是心裡！」莊詠抬頭望著梁頂。「謝家聰慧，不會把臉撕破的，要想此事揭過，我們就必須都演好戲。他們說這是意外對不對？我們就得記住，這是意外！」

謝家府門前，車水馬龍，圍著白布的燈籠在這黃昏時分，看起來越發的陰暗。達官貴人接踵而來的弔唁，謝家子嗣在外相迎，靈堂內，謝慎嚴跪在堂前，身披麻衰，不時地向來者還禮。

忽而屋外一聲唱音，訴著景陽侯府來唁，謝慎嚴撐身在地的手指微微蜷曲了一下，臉上卻依舊是不變的傷色。

莊詠帶著夫人以及次子莊賢到了靈堂弔唁，依著禮數上香叩拜後，謝慎嚴規矩的還禮。因著兩家本就沾著親，他們便得坐在靈堂周邊。

莊家現在是個尷尬的身分，不理吧，不合適，好歹是侯；理吧，不敢沾，故而他們落坐在此，大家都有意無意的避諱著，這使得他們周邊的條凳都是無人敢坐。

莊詠低著頭，一副傷感的模樣，嚴氏則因內心羞愧，更是低頭揉著手裡的帕子，唯有莊賢起先雖是傷心，後來看著周圍那些人時不時瞟來的目光，和自己身邊空著的條凳，臉色是越來越難看。

一刻鐘後，暴脾氣直性子的莊明達終於跳了起來。「老子是疫病嗎？是瘟神嗎？這一個、兩個幾個月前還覥著臉的來湊，這會兒都趴在門縫下看人，大爺的，我抽……」他話沒說完，莊詠跳起一巴掌就呼在了他的臉上。「你給我閉嘴！」

他瞪著眼望著自己的老爹。「我為什麼要閉嘴？我說錯了嗎？你們什麼話都藏肚子裡，我不藏，我不高興，我不爽，我就是要說出來，這些遭瘟的……」

又一巴掌落在了莊明達的臉上，莊詠氣呼呼地瞪著他。「你還嫌咱們家的事不多嗎？」

莊明達瞪著眼扯著大嗓門。「這怎麼能怪我？明明是……」

「住嘴！」謝慎嚴忽然大聲言語。「我祖父駕鶴，你們要來弔唁，我感激不盡，可此地乃是靈堂，更是我謝家的府宅，你們要搧要打的請回你們莊家，莫要在這裡撒潑，更不要吵擾我祖父的在天之靈！」

謝慎嚴的話一出來，圍觀的達官們立時附聲迎合，一時間都是並不清楚的嗡嗡聲，但指誰說誰，總是再清楚不過的。

莊詠當即臉色成了豬肝色，嚴氏更是完全抬手拿帕子捂住了半張臉，伸手扯搖著莊詠的衣袂。

「是我們失禮，我們走！」莊詠忿忿地瞪了一眼莊明達便轉身要走，豈料此時又一聲唱喏響起，還是尖啞難聽的公鴨嗓——

「太后娘娘懿旨到！謝家聽旨！」

這一聲動靜，在此的百官紛紛跪迎，謝慎嚴也是立即起身，走到了前面跪迎，而莊詠則趕緊的扯著還和自己瞪眼的莊明達退到一邊跪了下去。

「謝家第一百八十九代家長謝謹謝慎嚴聽旨！」謝慎嚴的話一出來，跪著的好些達官都是一震，先前看到是他來挑頭，大家還有些疑惑，此刻自是恍然大悟了。

懿旨不是聖旨，基本是不下金書龍卷的，偶爾有重大的事件宣佈，也是用的詔書，類似文書一樣，用薄絹或是御紙落文加印，大多的時候都是口諭，故而說聽，便是聽的口諭。

穿著總管服飾的太監走了進來，高聲宣讀著太后懿旨，一連串的傷痛與對老侯爺的褒獎之詞後，說到了重點。「……今先帝才去，謝侯相隨，吾聽聞之，悲痛不已，如今再想，卻嘆先帝有伴，終有愛妃與股肱共用極樂之光，倒也為哀中之慰。吾已向陛下奏請追封謝侯忠勇公以表吾之緬，還望謝家今後哀中見強，輔國相傳……」

洋洋灑灑的言語表現著她的仁厚，可謝家人卻明白，這是感激謝家的選擇與大義的舉止——太后聰慧，縱然之前不察，出了這檔子事，中間還繞上了莊家的一個嬤嬤，打的又是會故人的旗號，她老人家再是轉不過門道，查也能查出邊角來，這會兒還能不感激老侯爺的「大義」？

這口諭聽後不久，謝慎嚴才給太監置下位了坐著休息，皇上身邊的大總管便帶著聖旨來了——太后發了話，當兒子的還能不應嗎？得了便宜的他，自然明白自己的對手如何的不肯坐以待斃，謝家又是如何的為他大義。

於是，沒有任何懸念的，老侯爺被追封為忠勇公，雖沒有世襲罔替的意思，但這儼然是給老侯爺最大的謝禮，然後這並沒完，在聖旨的末尾，新皇特別點明，謝家除得繼勳爵的子嗣外，還可再蔭封一位子嗣繼伯銜，顯然是告訴達官們謝家此刻是多麼的得先皇信任。

謝慎嚴低頭謝恩，眼裡卻閃過一抹厲色。

當在西廂房同兩位姑姑一起守著老侯爺夫人的林熙，在聽到前院傳來的消息時，眉頭蹙了起來，身邊的十三姑娘立時開了口——

「皇上倒是會打算盤，多出一個伯爵之勳來，抓緊了我們謝家，好護著他的地位不動，得個保。」

十四姑娘看了她一眼，直接轉向了林熙。「四嫂覺得呢？」

林熙抿了下唇，沒有出聲。

十三姑娘的話是最淺顯的道理，但是體會到太后那般布局早早、下手無情後，她覺得一定不是那麼簡單的，此刻她認為最有可能的，就是多出一個伯爵位置來擾亂謝家原有的一個核心，力氣攢在一處才是最強，一旦分散開來，這就被削弱了。更有可能的是，一個伯位會引起家宅內的不平來，畢竟沒有幾位長輩會願意低頭看小輩的臉色，老爺子的話固然能壓住大家守著謝慎嚴這個家長，但有了跳出去不受制的可能，是否還能沈心在此？

林熙想到這許多，卻無法言語，因為她的想法有誅心之意——畢竟那是在言新皇旨意下的陰謀，她如何敢說？

她不敢說，可十四姑娘卻敢，她見林熙不說話，冷笑一聲後說道：「一石激起千層浪，想要二桃殺三士，這可是過河拆橋啊！」

十四姑娘的話讓整個西廂房裡充滿著不安的氣氛，林熙被她一浪壓一浪的這句話擊得瞠目結舌，好半天才喃喃出了一句。「我的好十四姑姑，妳可真是，什麼都敢說啊！」

十三姑娘雖然後知後覺，卻也知道十四姑娘這一句話有多麼的犯忌諱，她望著十四姑娘輕道：「說話留三分，妳怎麼倒莽了？」

十四姑娘昂起了下巴。「我氣不過！再說這裡是謝府，又是主宅，沒有外人！」說著回頭看了一眼謝阮氏。「祖父因何而去？祖母因何而躺？別人不知道，我不信太后不知，不信皇上不知！他們得了好處，卻這般拆臺，實在叫我不齒！難道妳們就不寒心嗎？」

十三姑娘低了頭，林熙則是上前一步抓了十四姑娘的手。「是寒心，可這就是政治，我們得面對。」

十四姑娘望著林熙，眼裡閃過一抹詫異。

林熙輕聲說道：「每個人為著自己的利益把刀向外，祖父固然選擇了用犧牲保護謝家，但刀刃還不是扎在了莊家身上、太妃身上？祖父所選為了自己在意的，太后如此也未嘗不是想要保護好他們的秘密。每個人都是為了自己而算，她只是做了對自己最有利的一步。」

「妳是在幫太后說話嗎？」十四姑娘挑了眉眼，似要怒火而衝。

林熙捏了她的手指一下。「不，我只是就事論事，現下我們抱怨沒有任何用，憎恨也沒用，她是高高在上的太后，皇上更是下了聖旨，在百官面前，我們是得了聖寵的，難道妳能用怒目對向太后和皇上嗎？」

十四姑娘眼中的怒火慢慢淡了下去。「所以以四嫂的意思……」

「我曾經在一本書上看過一句話，說『如果不能一口把它咬死，何必讓它知道我有鋒利的牙』。」林熙說著鬆開了十四姑娘的手，往後退了一步。

十四姑娘沈默了半晌才說道：「難道我們就要隱忍著，只見招拆招嗎？」

林熙望著她，堅定而平淡地作答。「我信妳四哥！」

十四姑娘眨眨眼看向了侯爺夫人。「他能把眼下這關過了再說吧！」她的話音剛落，侯爺夫人再一次出現了動靜，她的眼睛半閉半合，嘴巴哆嗦嚅動，冒出來的卻依然是含糊不清的字句，這一次她們誰都沒有捂上祖母的嘴，三個人就坐在她的床邊望著她。

謝阮氏的眼眸越來越亮，動靜也越來越大，終於她猛然大喝一聲出來，隨後吐出的四個字清晰可聞——

「我不想死！」

林熙抬手抓上了侯爺夫人的手，在她的耳邊言語。「祖母，您不會死的，您會好好的！」

「他、他要殺我，他、他要毒……」

「祖母，您聽我說，沒有人要殺您，這只是一場意外。老侯爺已經去了，您活著實在太好了，謝家已經去了一位老人，不能再去第二位老人。皇上剛剛下了旨，追封老侯爺為忠勇公，更准我們謝家多蔭封一子為伯呢，您聽清楚了嗎？」林熙把現下的情況告訴她，只希望她能明白有些話說不得。

可是侯爺夫人卻跟瘋了一樣，她聽不進去林熙的話，只睜著眼睛一個勁兒地說著：「不，是他要毒死我，他一輩子就沒放我在心裡！是他要毒死我，他怎麼能這樣對我！是他要毒死我，他一輩子就沒放我在心裡……」她把這兩句話翻來覆去的說著，聲音越來越大。

十四姑娘在旁一個勁兒地說著。「祖母您快閉嘴，別說了，別說了！」

十三姑娘則是搖著頭，一聲聲的喊著祖母。

林熙看著謝阮氏的嘴唇上下掀動，耳膜裡全是她強調著「他要毒死我」，她忽然抬手抓了被子，朝上一捂，直接蓋在了侯爺夫人的臉上，死死的壓住。

十四姑娘立時頓住，十三姑娘卻是驚得起身就去扯林熙的胳膊。「四嫂，妳幹麼，四嫂唔唔……」她的唇被十四姑娘捂住了。

十四姑娘望著林熙，卻是對十三姑娘說著：「別喊，四嫂是、是對的。」

十三姑娘還在掙扎，林熙卻盯著那被子一字一字清晰地說著：「祖父說過，我們謝家的女眷，進了謝家的門，就是謝家的人，生死入在謝家譜上，葬在謝家墳塋之中，福可享，難同受，這才叫生死與共！十三姑姑，妳想祖母一句話讓謝家萬劫不復嗎？妳想祖母一句話讓祖父白白犧牲嗎？」

十三姑娘瞪著眼，再沒了動作，只眼淚一個勁兒的流淌，而死死壓著被子的林熙還在遭遇著本能掙扎的謝阮氏最後的殘力，求生總是強大的，她那小身板再加上有孕的身子，可有些太過吃力。

眼看著就快壓不住，十四姑娘鬆開了十三姑娘，也動手扯上了被褥，她們兩人對望著，面色決絕。

也不知過了多久，謝阮氏沒了動靜，一直流淚看著她們的十三姑娘見兩人還是死死的壓在那裡，急忙扯開了她們。在把被子拉開時，謝阮氏瞪著雙眼直直的望著她，嚇得十三姑娘一個退後就跌坐在了地上。

十四姑娘哆嗦著手指探去了祖母的鼻下，而後閉上了眼。

林熙盯著謝阮氏，抬手覆蓋上了謝阮氏的眼皮，又拿出帕子來給她揉了揉臉，而後她坐在旁邊呆呆的望著謝阮氏，只覺得背後涼乎乎的。

「我知道妳們是對的，可妳們，不孝。」十三姑娘坐在地上，捂住了臉。

「十三姊，還記得妳為什麼嫁去趙家嗎？」十四姑娘輕聲相問。

十三姑娘張口半天才答。「不一樣的，至少我沒害人，我沒有殺……」

「十三姑姑，妳姓什麼？」林熙伸手扶著床邊雕花，聲音帶著微微的顫抖。

「妳什麼意思？」

「請記住妳姓謝。」林熙說著站起身伸手給她。「殺人的不是妳，是我，我是謝家的謹四奶奶，是謝家現在的當家主母，我能做的就是固守住祖父用命搏來的安穩，讓謝家不要捲進奪嫡的鬥爭中去。妳可以恨我，妳可以罵我不孝，但請妳好好想一想，祖母的話要是傳出去會是什麼結果？堂堂的明陽侯爺竟要毒死自己的妻子，妳希望謝家有此醜聞嗎？妳希望京城的名流望族看到我們岌岌可危嗎？」

「不，我不希望。」

「那就記住，這件事只能到此為止，這個秘密更只有我們三個知道！」林熙說著朝十三姑娘伸出手。

十三姑娘望著她片刻後，伸手拽上，待她從地上爬起時，林熙就跪去了地上，她伸手捂著腹部，臉色見白。

十四姑娘急忙蹲下。「四嫂，妳怎麼了？四嫂！」

「痛！」林熙的眉緊皺在了一起，而她額頭上霎時就密集了一圈的汗珠。

「來人！來人啊！」十四姑娘大聲喊了起來，好半天才有丫頭應聲衝了進來。

「奴婢在！」

「快去報管家，四嫂腹痛，叫他從賓客裡找郎中，快！」十四姑娘急聲說著。

丫頭驚得臉白，奔了出去，不一會兒工夫就進來好些人，拉巴著就要抬扶林熙，此時十三姑娘卻「啊」的一聲叫了出來，因為她看到了血，殷紅的血從林熙的褲腳裡淌了出來。

「我的天哪！」丫頭們嚇得大叫。

林熙則轉頭看向侯爺夫人，她的舉動使得十四姑娘一挑眉，隨即便捏了下林熙的手。

林熙看了她一眼，歪了腦袋靠在了下人的身上，由著下人手忙腳亂的把她往外抬。她剛被罩上斗篷抬了出去，就聽到屋內一聲尖叫，是十四姑娘的聲音。「祖母、祖母，您怎麼就這麼不聲不響地去了啊！」

林熙聽著這一聲尖叫慟哭，閉上了眼，內心只有她一句低語——

一命抵一命，就當我還了您，若還不解恨，那日後再找我拿吧，我是謝家的當家主母，我，沒有錯！

謝慎嚴還在外面跪著值守還禮，忽而後堂一片嘈雜聲，隨即有下人哭著奔了出來，大聲喊著。「老夫人她還是去了！」

滿堂賓客都是一愣，隨即哭喪的、哀號的聲音更大了許多，謝慎嚴當即衝著賓客們一拜，就急急回了內堂。結果還沒奔去西廂房，就看到丫頭們哭哭啼啼的拽著太醫院的院正往附院那邊去，他一愣上前喚住。「你們這是……」

丫頭望著謝慎嚴就嚎上了。「謹四奶奶見紅了！」

謝慎嚴聞言當下往附院那邊衝了一步，一步之後卻頓住，隨即衝著院正一拜。「勞您救治，千萬保著大人好才是，我、我先去那邊了！」說完邁步直衝西廂房。

第七十二章　殺雞儆猴

雨雖已經停了，屋簷上卻還在滴著水滴子，啪嗒啪嗒的打著地面青磚，林熙靠著榻上軟靠，仰頭看著窗戶外那隻梳理羽毛的雀兒，眼神迷離。

四月的天，已經暖和起來，各房都開始摘了棉簾，唯獨林熙的房門上還掛著，這倒不是丫頭們懈怠，而是花嬤嬤細細囑咐過——不進五月不許摘！免得早晚寒氣入了屋，傷著才出小產月的謹四奶奶的身子。

自林熙那日裡因著「悲傷過度」而小產後，整個喪事的置辦便和她無緣了，她困在屋裡坐著小月子，由十四姑娘拉著十三姑娘給她們的四哥撐起場來，裡裡外外的忙碌，而後每日裡再到她那裡坐坐，說說一日的安排與諸事。

謝家二老去世，整個府上都是忙碌的狀態，因著牽扯到之後家長錯一輩的事，難免府上人心裡還有點膩歪，雖不至於敢反了老侯爺的遺命，卻也少不得臉色話語的使勁，所以徐氏和安三爺是得不了閒的，謝慎嚴更沒空，這也只好把林家的陳氏接進府裡，陪著小住了半個月，以盡寬心與照看之意，生怕遺留點什麼不好，壞了日後香火大業。

老侯爺的死因早因京兆尹與大理寺的摻和而公諸於世，這使得隨後侯爺夫人的死，便沒引起什麼事來，畢竟有太醫院的三位太醫招呼，大家自都當作老夫人沒撐過去而已。

因著這事，十三姑娘心裡先是不舒坦的，她一輩子小心並且循規蹈矩，卻不想太多的東西總和她所期望的有些出入，以至於一開始還進不了狀態，不是走神就是哭個沒完，幸好十四姑娘時時抓著她，又加上全家忙碌的應對，慢慢地似乎也思想了過來，倒也安生的跟著操持，再未見有異狀，這使得多少有些心虛的十四姑娘和林熙放了心。

度亡成服迎折祭，伴哭謝孝醉做七，奠賻暖喪完兩殯，已別冬日正春意。

世家喪葬規矩只多不少，相比皇家是淡了些，卻也足足折騰了近兩個月。

陳氏因而弄了一隻雀兒掛在窗外給她解悶，每日裡聽上幾聲脆響雀啼，也好過日日聽聞哭音而傷懷。

因著暖喪和謝孝的儀俗，謝慎嚴日日回來時，都近乎酩酊，但他每次回來只在房裡換一身乾淨的孝服，便入了靈堂哭守，即便棺木下葬也依舊不改，直滿了四十九日的講究後，才總算回到自己的院房裡過夜，雖然因著避諱是在書房，卻也是兩口子兩個月裡唯一相近的一夜。

謝慎嚴的孝舉，無可挑剔，整個謝家人沒人敢置喙他半句，畢竟若換了他們，日日夜裡去跪上一宿，再白日裡四處謝孝，不出三日他們就得脫皮削骨。年輕的謝慎嚴撐了足足四十九天，整個人消瘦如柴不說，眼窩深陷，鬍形凌亂。

二老喪事一完，謝家繼爵、蔭封以及族內進家長大禮的三件事就擺在了眼前，坐小月子出來的林熙也就再不能什麼都不過問，得開始擔起她的責，做她的事。

「姑娘，太太過來了。」房門口是四喜的一聲招呼，隨即門簾子挑起，陳氏走了進來。

「娘！」林熙回過神來，起身來迎。

陳氏快步上前伸手按了她往榻上。「妳還是坐著吧，我不用妳給我行禮。」她說著拉著林熙並坐於榻。「東西我都收拾好了，今兒個我就回去了。」

二老喪事一畢，便是謝家幾件大事，陳氏自知林熙出了小月子，也是該自己回去的時候，用不著人家來攆。

「娘，我和您說的那些話，請您務必掛在心裡，時時盯著父親，囑咐兄長，更把二哥和三哥看緊些，這個節骨眼上，千萬別出什麼紕漏。」林熙同陳氏在一起了半個月，什麼都說透了，此時說話便是直言，沒那些彎道。

「我知道，妳現在難，人小府大，入眼的不是長輩就是老根子，有妳操心忙乎的，我一定把妳娘家這邊看緊了，絕對不叫他們給妳添事兒！」陳氏心疼閨女，全然明白林熙所憂，把話說得透亮，也是要林熙放心。「妳呀忙歸忙，好好將養著身子，日日把藥喝著，等三年孝期過了，可得一舉便中才好，畢竟妳膝下若是空懸著，於妳可是麻煩。」

林熙點了點頭。「放心吧娘，我省的。」

謝家是世家之首，謝慎嚴又要處處做到最好，她不用謝慎嚴招呼都知道，他是一定按照禮法將三年之孝做到叫人無話可說的。

陳氏從林熙話中得知時，先是嘆氣，之後卻也想開，說著有個三年時間給林熙將養也是好的，便積極的同徐氏溝通，弄了許多補身的好物來。

娘兒兩個又說了些話後，陳氏這才離開了謝府回往林家，林熙便叫四喜去把管事們全都召來，在花廳裡聽她訓話。

整了身上白淨的素服，扶了頭上的玉釵與銀料珠花，她便拿捏著手中的帳目準備出屋。花嬤嬤湊了進來，瞧見她這樣子，便是伸手攔著。「姑娘啊，您現在可不同往日了，以前您只是謹四奶奶，現在卻是這侯府的當家主母，怎敢這麼輕賤的打扮？橫豎也得加點壓身的才是。」

她說著就往妝檯去，想翻幾樣不衝撞的壓稱頭面給林熙裝扮上。

林熙知道花嬤嬤是替自己擔憂，她衝著花嬤嬤擺手。「不用了，心裡沒底才用那些來壓，我，用不上！」

花嬤嬤愣住，她捏著白玉掛件望著林熙，似不能信這話是她說出來的。

七姑娘自小性弱，偶有發力的時候，那也是被六姑娘欺負得狠了，自她嫁到謝家，一直伏低做小溫溫吞吞，別說撂這種話了，就是同管事們也都和氣得很，就算有時同管事們作脅，那也是拿姑爺做的幌子，哪裡像今日這般，竟強性了起來。

面對花嬤嬤的表情，林熙淡淡地笑了一下，輕聲說道：「不在其位不謀其政，眼下我既然在這個位置上，就再不能縮起來把什麼都丟給他一個！」說完也不等花嬤嬤發話，便自己拿著帳目走了出去，張口衝著門口丫頭發話。「遊紅，去找兩個人在花廳裡置下桌子和文房四寶；四喜，管事們來了，就叫她們在花廳裡候著，至於她們問起我，就說叫她們等著便是，還有不管她們說什麼只管聽著，不許亂言回嘴；五福，走，妳跟我去太太那邊！」

當下林熙帶著五福直奔了徐氏那邊，這些日子徐氏也累得夠嗆，今日裡明知道親家要回去，她也抽不出身來，畢竟謝府馬上要面對家長之儀，有得是她張羅的。

正把祭祀所用物品叫著管事一一唸給她聽，便聽聞林氏上門，當下叫著管事停下到外面候著，便讓方姨娘把林熙接了進來。

「妳才出月子就往我這裡跑，也不多歇兩日？」徐氏見著林熙進來張口便言不說，更手拍著身邊空處，顯然是禮數也都叫她省了。

林熙見狀還是一福身，這才一邊言語一邊過去坐了。「兒媳不孝，這個節骨眼上給您添亂，不但幫不到什麼，還叫您傷心，眼見公爹婆母以及夫婿都累得消瘦，我卻在房裡床頭的好喝好吃，這心裡實在難受，今日裡得出，怎麼也不能再不孝不是？」

「妳呀，好吃好喝也是為著日後我們這房的香火，我還能和妳計較？兒孫是講緣分的，也虧得我忙，沒時間諸多傷心，如今倒也寬慰，妳可別來招惹我傷心，也別傷著妳自己。」徐氏說著抬手拉了林熙的手。「說吧，這會兒來找我，什麼事？」

「繼爵、蔭封以及家長之儀，我想操持。」林熙聲音不大，卻說得字字清楚認真。

徐氏看著她，微微挑眉。「妳，確定？」

林熙點頭。「要想走好路，我就得邁出第一步，公爹和婆母都是疼熙兒的，在謝家我時時刻刻都受著您們的關照，若是我懶僡與逃避，想來也有您們撐著，可是對夫婿來說，我卻太過無能軟弱了。如今，我想接下來，親自去做，即便有什麼不周的，也還有婆母指正，總比我什麼事都撐不起來，叫夫婿失望的好。」

徐氏捏了捏林熙的手。「妳有這想法是好的，我也樂意支持，只是妳將才起意，可籌備只剩七日，我怕妳……」

「婆母，請看。」林熙說著抽回了手，從袖袋裡取出了那幾張帳目表來。「這是熙兒在小月子裡思想的諸事安排。」

徐氏接過細細察看，而後驚奇地看著林熙。「我道妳小，什麼都不知道，卻不想妳早用心留意了這些，只是為何妳這帳目大大小小做了七份，又獨獨單抄一份總的。」

「八個管事，其中七個一人一張，各做各事，餘下一個我給她監管之責，而單獨那一份是我自留的，會用來核對和檢查，假若有誰出了紕漏，便離開管事之位，嚴重的，打發出府。」林熙淡然而言。「這需要婆母支援我。」

徐氏卻面色有些為難。「妳一上來就想發威，怕是鎮不住吧，還是懷柔比較好。」

林熙起身朝著地上一跪。「婆母所言甚有道理，若是平常，熙兒也一定奉行此法，不過，今時今日家境有變，只怕還是鐵血一些的好。」

徐氏望著林熙眨眨眼。「給我一個理由。」

「殺雞儆猴。」

徐氏聞言當即咋舌。「妳呀也敢把長輩們比作猴？」

林熙沒說話，只跪著。

徐氏躊躇了片刻，抬手拉了林熙起來。「我應了。」說著她把先前叫管事置備的單子給了林熙。「這是已有備下的，妳拿著吧！」

林熙接在手中細細的看了一遍，而後還給了徐氏。「婆母這個就當給我圓事吧，萬一有什麼紕漏也有個補救的。」

徐氏望著林熙笑了笑點點頭。

林熙當下告辭而去，徐氏起身走到窗前看著她出院的背影，嘴角一勾，輕聲而嘆。「老怕少壯啊！」

花廳裡，一應管事等了足足半盞茶的時間也沒見謹四奶奶來，一個、兩個便開始磨皮擦癢，或是兩兩言語，或是左顧右盼，唯獨古嬤嬤一個，始終立在那裡，獨獨的一份，只不過她向來在這群人裡是獨的，別人倒也不覺得什麼。

「謹四奶奶來了！」邱玉峰家的眼尖，看到外面落了轎子，便小聲招呼，大家立時規矩站好等著，結果足足又等了一盞茶工夫，林熙這才邁步入了花廳。

「叫大家久等了！」她說著話直接走到了桌子前站定，各位管事便是欠身，她輕聲說了一句免，便把手裡的七份單子擺在了桌上。「妳們都是府裡的老人，自府上出事到現在也近兩個月了，想必妳們也知道接下來是什麼事。」

能言善迎的周嬤嬤立刻言語。「是，我們知道，恭喜奶奶要做當家主母了！」

她這話一出來，幾個管事都是隨聲附和。

林熙淡淡地笑了一下說道：「如果可以，我倒希望晚上二十年、三十年再有這一日，但現在此夢已碎，我既然遇上這事，便得對得起謝家老祖，妳們是府裡的老人會幫著我的，對嗎？」

管事們豈會說不？當下自是應聲。

林熙把八個管事掃了一眼，抬手一指邱玉峰家的。「妳先到邊上！」而後衝著餘下的七位說道：「這裡有七份帳目，每張列著我們將迎三件大事所需要張羅的東西的一部分，每個人的都不一樣，我需要妳們七位去各自把東西備好，因著七日後便是開始，所以五日之內我要妳們交上來。邱玉峰家的此次不用採買置備，我只要妳做一件事，就是去核對她們弄的好不好，有無紕漏，東西有無問題，還有價錢帳目上有無出入。」

林熙說著把那張對徐氏說留給自己的單子給了邱玉峰家的，然後說道：「妳們都是我這個附院的管事，我的事拜託妳們了！」說完也不多話，人便走了出來，留下一幫管事妳看我、我看妳，隨後大家就盯向了邱玉峰家的。

管事們接了單子，自是有精氣神的，因為這意味著有油水可撈，但是，這會兒她們卻又十分的不舒服，因為邱玉峰家的。

她在管事裡面，不算什麼人物，以往也就是個跑腿的角色，但凡府裡有什麼採購辦事的進項時，她往往也就拿個零頭，說白了其實就是吃肉中連口湯都分不上的角色，但畢竟管事們摟的就是一心，如此才能人人安心吃肉，自然也就帶了她一口罷了。

墊腳的角色一朝翻身，大家自是不習慣，而最不習慣的便是平日裡最作威作福的何田氏了。她從謝府高祖伺候，到了此時儼然已是老輩子了，府中上下哥兒姊兒的，都客氣的招呼著她，平日裡也算拿喬做臉的，忽然被人盯著瞧著，她怎能樂意？

於是當她們一行離開花廳，窩去了慣常湊頭的後院雜物房時，牙尖嘴利的周嬤嬤便看了一眼拉長臉的何田氏，不悅地衝著邱玉峰家的就去了。「妳和謹四奶奶說合了什麼？」

邱玉峰家的擺手。「沒有說合什麼啊，我一直都在馬房前張羅著，我去的時候妳們都在了的……」

「我說的是之前！」周嬤嬤瞪著眼珠子。「咱們管事內院裡可八個人呢，論親疏，古姊姊可比妳親近；論老輩子，咱們大姊更是獨一份；若論遠近，我灶房火頭的也比妳近得多，怎麼單單就叫妳盯著？」

邱玉峰家的一縮脖子。「我怎麼知道，我又不是奶奶。」

「謹四奶奶進門時，妳就是第一個被她留下的，只怕是謹四奶奶許了妳什麼吧！」黃賀家的媳婦子此時也湊了言語。

邱玉峰家的立時臉青。「我真沒啊！」

眾人紛紛拿眼挖她，此時何田氏咳嗽了一聲慢悠悠的說道：「妳們也別怨她了，就當我們這裡生了白眼狼，怎麼餵都餵不親的！」

邱玉峰家的直接跪下了。「我真沒有，我若和謹四奶奶說合了什麼，叫我天打五雷轟！」

何田氏當下掃了一眼周嬤嬤，周嬤嬤上前一步扯了邱玉峰家的起來。「妳要這麼說，我們倒也信妳，可既然如此，妳就不該站在一邊不吱聲啊！」

邱玉峰家的一臉難色。「我一個下人，怎好和奶奶抗言？」

「這麼說，妳還是想讓自己當老大了？」周嬤嬤出言來頂。

邱玉峰家的再次縮了脖子。「那我……」

「去謹四奶奶跟前言語啊，告訴她妳沒這個能耐！」周嬤嬤說著兩眼盯著邱玉峰家的。當即邱玉峰家的捏了捏衣袖，跺了腳。「好，我、我去！可萬一我推不掉……」

「鐵了心推就沒什麼推不掉的！」周嬤嬤又兌上一句，邱玉峰家的立時衝了出去。

雜物房裡幾個管事妳瞧瞧我、我瞧瞧妳，都露出了笑臉，唯獨古嬤嬤此時站了起來。

「妳們就做吧！」說完起身往外走。

「大妹子，妳這話可不對了。」何田氏忽然衝著她言語。「謹四奶奶沒進來前，妳尚有庫管，手頭上不空，如今人家進來什麼都捏在手上，妳呢？除了空名有個什麼？這三年縱然她沒叫妳閒著，可妳得了什麼好處？就那一個月八錢的銀兩，妳不虧空？回回我們有了進項，沒分妳的嗎？」

古嬤嬤嘆了一口氣。「妳們不就是拖我下水要我閉口嘛，妳放心，我獨慣了，跟誰都不親！」說完她走了出去。

「這……」周嬤嬤衝著何田氏看了一眼。

「堵上了，不用怕！」何田氏嘴角揚起一抹笑。

邱玉峰家的，含著眼淚站在院子口，不停的抽著鼻子。

她委實心裡難受，自己什麼也沒做，卻被盯著，可是要真說自己沒心思，卻也不是那麼回事！自己是一心想著出頭的，但有這麼幾個壓著自己，那如何出得了？奶奶給機會自己也不是不懂，但得罪了這些老根子，只怕是奶奶也扛不住，畢竟她到底年輕，又沒給四爺添丁，要想發話，難了些。

在門口轉了兩圈，最終還是硬著頭皮進去求著傳話見奶奶，四喜當下進屋去傳，少頃出來後說道：「奶奶歇著了沒空見妳，但叫我帶話給妳。說願意做，妳就去，若不願意，明日裡去帳房候著，奶奶給妳結算銀兩，日後也不用在謝府上做事了。」

「這……」邱玉峰家的一聽這話，眼淚就撲騰了出來。

四喜沒理會她，掉頭進了屋。

邱玉峰家的在門口站了一會兒，只得悻悻離開，直奔了後院的雜物房。

「這麼快就回來了？」瞧見她進來，幾個對著手中單子的婆子都有些詫異。

「怎樣？」周嬤嬤直接問了起來。

邱玉峰家的啪嗒著眼淚。「我求見奶奶，奶奶卻不見我，只說，我要肯做就去，不肯了，明日就去帳房上結算銀兩，再不用在府上做事了！」

周嬤嬤聞言臉色驟變，她看向了何田氏，其他幾個也都紛紛轉頭盯著何田氏。

何田氏眨巴眨巴眼，冷笑了起來。「呵呵，小丫頭還發氣了，當了主子奶奶就來勁兒，還想抽了咱們的骨！」隨即她站了起來。「那就看看她動得了我們這些老傢伙不！」說著她指著邱玉峰家的。「妳聽著，後日裡妳給我裝病，但人要在院子裡做事，到了大後日，妳就病倒來不了，我倒要看看第五日上，她怎麼發威。」

邱玉峰家的當即縮了脖子。「是，知、知道了。」

何田氏眼掃了屋裡的人。「我們剛才也都對著瞧了，咱們手裡的東西全然不一樣，買重不可能，但也不是沒油水可進，還是老樣子，好、次、好、次的混著，把自己手裡的東西做明亮點，她捏不住，算她運氣，捏住了，我們也老規矩，只管往商家頭上賴，那些商家指著我們進貨，也說不出話來的。」

「知道了，古嬤嬤那裡，要不我去說一聲？」黃賀家的開口言語。

何田氏眨眨眼睛。「吱一聲吧，有她和我們一路，四爺都要賣臉，謹四奶奶更不能把我們怎樣！」

「我說姑娘，您這樣會不會太冒失了點？」花嬤嬤看著林熙叫四喜那般帶話出去，便意識到不妙，作為府中老人，這些貓膩豈會不懂，話在心裡轉了好幾圈，還是說了出來。「她們可是一條心，擰成繩子的，您搬得動嗎？還是壓些時日，等妳生了哥兒，再、再說吧！」

林熙丟下了手裡的帳本，衝她一笑。「嬤嬤疼我，我懂，更知道妳為我著想。說實話，衝著不惹事不添事的心思來說，我也很樂意睜一隻眼閉一隻眼的，可是眼下我不能這樣了！府上已是咱們姑爺頂著了，偌大的家業也落在我的身上，上有長輩們盯著，下有老根子算著，我若再忍氣吞聲，只怕要不了多久，長輩們就要牽著我的鼻子走，姑爺也孤掌難鳴。此刻我是有些身單力薄，但是我至少得讓她們明白，我林熙可以乖順，但也可以冷心。別犯我，別欺我，我和誰都好說，可若敢欺到我頭上，那就別怪我不客氣！」

花嬤嬤看著林熙那認真的眼神，捏了捏拳頭。「那她們若是齊齊來犯，法不責眾的，您……」

「我等著！」

夜，微風輕拂，林熙端了自己在灶房燉的一盅參湯走向了書房。

「爺，奶奶來了！」丫鬟說著給推開了門，林熙走了進去，就看到消瘦許多的謝慎嚴正在書案前提筆抄著什麼，而桌上堆滿了厚厚的帳冊。

前。

「我知道你忙，就給你燉了參湯，喝點吧！」林熙說著，取了湯盅出來，送到謝慎嚴跟前。

謝慎嚴放了筆接過喝了兩口，眼盯著自己抄的東西說道：「聽說妳今兒個去了母親那邊後，又招了管事們，不打算多歇幾日了？」

「都出了日子了，再躲著可不合適，我不能由你一個頂著。」林熙說著掃了眼案桌上的帳冊蹙了眉。「你前陣子熬得很凶了，這些事也不急著這個時候弄吧？等歇過勁兒來再處理不好嗎？」

謝慎嚴搖了頭。「妳知道一朝天子一朝臣吧？」

林熙點頭。「自然知道。」

「那為的什麼可知道？」

「捏著權，用著可信的，落了二心的，望著不定的。」

林熙的話讓謝慎嚴滿意的點了點頭。「沒錯，所以我也得這麼做，但一下換掉府中的老血，那是不可能的，因為總得有人帶，總得有做事的，因而我得篩檢。我把這些帳冊翻出來，查驗一番不為清算，只為找出答案，有些人能用，那就留著，捏著他的七寸，叫他收斂著，有些人用不得，那就踢走，還有些不定的，就逼他表態。」

林熙眨眨眼。「你找的是七寸？」

「對。」謝慎嚴抬頭望著她。「妳肯站出來同我一道立著，我很感激，但要記得我提醒過妳的，做與不做的區別，要麼不動手，要動手就要徹底。」

「我知道，這兩個月其實我並未閒著。」林熙說著捏了捏手裡的帕子。「只是我不知道這次會有多少人頂上來！」

「既然決定了，就不要退縮，如果真有麻煩，還有我！」他說著衝她一笑。

她看著他那深陷的臉頰，抬手撫摸而上。「你放心，我不會輸！」

謝慎嚴伸手撫摸上她的手，衝她點點頭。「我信妳！」

林熙眨眨眼。「慎嚴，其實有件事，我……」

「噓！」謝慎嚴抬手按住了她的唇。「一朝天子一朝臣，年號都會換的，為什麼換？就是過去的已是過去，懂嗎？那些只適合留在記憶裡，或忘卻，或落了灰。」

林熙抿了抿唇。「我以為你會……」

「我是謝家的新家長，妳是謝家的新主母，只要對得起我們的身分，對得起謝家，那我們就無愧於心！」

林熙使勁地點了點頭。「我來幫你算帳吧？」

謝慎嚴看著她。「天色不早，妳還是歇著吧，妳才出月子，也不能……」

「讓我幫你吧，你不是說了嘛，禍福同享的嘛！」林熙說著抽了手，抓了帳冊。「我只幫你對帳，其他的不碰。」

謝慎嚴點點頭。「好吧！」說著起身分了她一本帳冊。「妳就對這個吧！」

林熙接過當即瞧看，謝慎嚴親自給她搬了把椅子，又分了紙筆，擱好後，便拖了一旁的一張小几，把許多的帳冊移了過去，並拿出一套算籌來遞給林熙，豈料林熙未接，而是已捉了筆在紙上寫下了幾個奇怪的符號──+1+75.8-32.5-43.3……

謝慎嚴瞧得納悶，卻沒有出聲，他看著林熙，速度很快的又翻了一頁，記下了第二串奇怪的類似符號。

他眨眨眼，轉了頭，放下算籌，捧了自己的瞧看，不多時再轉頭過去，就看到林熙已經列下了八、九行這樣的符號，便又掃了林熙一眼，但見她盯著帳本，目光專注，口中似有碎唸，隨即又提筆而寫。

這樣的情況讓謝慎嚴歪了腦袋，他乾脆放下了手中的帳冊望著林熙做事。大約一盞茶的工夫後，林熙放下了手裡的帳冊，捉了一張紙，在旁邊把許多符號層層疊起，最後將那一串符號抄寫在這個帳單後，便挑了眉，提筆把那串符號圈了個圈，又把帳冊拿了起來，翻看了一遍，其中在幾個地方摺了角。

半盞茶後，她才嘆了一口氣，拿著帳冊看向謝慎嚴，就看到他炯炯有神的望著自己，當即一愣。「你一直在看我？」

謝慎嚴沒有回答她的問題，而是反問：「結果如何？」

「這是前年一月的帳，一月大小的收益裡，咱們總進項是八百二十兩銀子，所支出的共是六百六十兩銀子，盈餘是一百六十兩銀子。不過這是場面數額，實際上咱們的盈餘應該是一百七十兩銀子，有十兩的炭火虛報了。」說著她把摺角的頁面翻了出來。「這帳裡前後記著四筆採購炭火的數額，共是三千三百一十五斤，但仔細看看時間，月初一筆，月中兩筆，月下一筆。這一月裡，天雖寒，卻在月初才下過大雪，往年都是最寒時，炭火要虛高一些，可這四筆銀子單價數額卻是反的，最冷的時候才要二十五錢一斤，不冷的時候，卻是二十六錢一斤，而且一月正是我嫁進來的時候，那時你還同我回了林家三日，可我這房裡倒卻和別人用的炭火一樣多，這不是虛報是什麼？何況我出府時，恰幫母親理過一次帳，我記得那時炭火分明是最寒時二十三錢，想來不寒時，也就二十錢的樣子，按著這個估值，我把差價算了一下，大約虛報了十兩的炭火錢。」

林熙把自己得出的結論說了出來，謝慎嚴的眼裡發亮。「妳列這些奇怪的東西是替了算籌嗎？」

林熙一愣隨即眨眨眼說道：「我發過誓有關這個不提的，我不避諱你，是想盡最大能力幫你，讓你不那麼辛苦，但我不能和你多說的。」

謝慎嚴一笑。「好，我不問，我不為難妳。」他說著把那帳冊拿了過來。「其實我想看看妳算帳的本事，想不到妳卻這般厲害，好吧，既然如此，我也不客氣了，分妳一些幫我算出來，但結果，不用和人言。」

林熙點頭。「我明白的，你需要的只是七寸。」

得了謝慎嚴分出來的一部分帳冊，餘下的幾日裡，林熙就抽出半日的時間幫他對帳計算，另外半日時間，則是在忙著核算自己的帳目。

第三日上，五福來報，說邱玉峰家的病了，熬藥熬得後院裡一氣的藥味。

林熙聞言眨眨眼，衝五福說道：「妳替我回娘家一趟，問我母親要她那枕頭上的繡圖樣子。」

五福眨眨眼應著聲的出去了，林熙便又招了四喜進來。「去，請個郎中直接去瞧瞧邱玉峰家的什麼病，要什麼藥只管抓。」

四喜應了，轉身出去忙活，大約一個時辰後，折了身回來。「郎中瞧了，說是憂慮過度，沒休息好，給抓了一副安神的說要她休息。」

林熙點點頭。「從我小帳上支出十兩銀子來，拿去給邱玉峰家的告訴她，我體恤她，怕她累著，准許她歇著好好養病，日後就先不必到謝府上來忙活了，叫她好好養著，謝府上忙歸忙，卻也不能累著她，免得說我這主母苛刻不體恤，叫她好生將養著，她的活兒我會安排人做的。等她好了，就去田莊裡幫幫忙吧，那裡沒府上事多，不必勞她的心、費她的神。」

四喜記著話立刻就去了，不多時再回來，卻是臉上滿是笑容。「奶奶，邱玉峰家的拍著胸脯和我說，她沒事，不用歇著，還說就是昨晚沒睡好而已，這十兩銀子，她死活不收呢！」

林熙看向四喜。「去，塞給她！她若不收，妳就別回來見我，還要收得讓那些管事們都知道！」

四喜眨眨眼，立時應聲。「放心，奴婢一定叫邱玉峰家的摘不乾淨（注）！」

林熙擺了手看著四喜風風火火的跑出去，便低著頭繼續看手中的帳目，這一場誰是主誰掌權的帳，可要拿不少她的嫁妝來撐，但她必須撐，因為一旦輸了，她就無法像個主母的樣子了！

「姑娘，我回來了！」花嬤嬤呼呼嗤嗤的進了屋，抬手就抽出了袖子裡的絹子來。

林熙接過看了看，笑了起來。「有她老人家給我指點，我心裡踏實了許多，花嬤嬤，稍後我叫四喜把銀票支出來，您就趕緊的幫我去把人說下來！」

注：摘不乾淨，意指沒辦法為自己洗脫。

第七十三章　大換血

林熙玩了這麼一手，邱玉峰家的想假病歇著也不成。

四喜前腳走，她後腳就往雜物房那邊跑，這個當頭，管事們可不齊全，不少人還忙著採買，也就何田氏和周嬤嬤兩個閒在這裡說事。

「我那大侄女若是能提得高一點，日後說婆家時，也抹得開臉，大姊不如給……」周嬤嬤話還沒說完，房門就叫邱玉峰家的一把推開了。

「嘶，妳裝病的往這兒跑啥啊！」周嬤嬤見是她立刻起身埋怨。

邱玉峰家的推開她直接看向何田氏。「不好了，謹四奶奶知道我病，先叫了人看，後叫了丫頭來說著要給我十兩銀子，叫回家去躺著……」

「這不好事嗎？光明正大的躺著，還有錢拿，十兩啊，嘖嘖，就是咱姊妹八個加起來，一個月也沒十兩啊！」周嬤嬤衝她言語，那話的意思擺明了這十兩也得拿出來分。

邱玉峰家的看她一眼。「那錢我沒敢要，奶奶說了，叫我拿錢，日後就別在謝府上做事了，等我好了，叫我去田莊上幹活去！我、我可不受那罪！」

周嬤嬤聞言看向何田氏，何田氏則把手裡把玩的核桃停了下來。「妳怎麼應對的？」

「我、我說我累點沒什麼，一定，不歇著！」邱玉峰家的說完就縮了脖子。

「妳可真行，這個時候就拆臺了？」周嬤嬤瞪著邱玉峰家的不說，還惱了似的搡了她一把。

「妳別站著說話不腰疼，又沒免了妳的事，我家老小都指著這邊進錢，我兒子還得娶媳婦呢，沒了這進項，我兒子日後怎麼辦？」邱玉峰家的說著一昂頭。「我歇不成，妳們另想折（注一）吧！」

「妳傻啊！」何田氏此時開了口。「她是奶奶，是可以叫妳歇著，但有我們幾個在，別人誰能插得進來？妳放心回去躺著，她要叫妳歇著再把人弄進來，我們一準把人壓逼出去，還叫奶奶只得把妳弄回來。」

邱玉峰家的縮著脖子，顯然不想再拿自己的前途摻和。

眼看她不吱聲，周嬤嬤上前就抓了她的胳膊。「聽見沒，乖乖回去躺著，一切照舊，有我們，她不能把妳咋（注二）樣！」

邱玉峰家的一臉犯難，正在猶豫間，門口奔進來一個丫頭，呼呼嗤嗤地說著。「謹四奶奶跟前的四、四喜姊姊過來了，她找您，我、我說您在茅房呢！」

邱玉峰家的一聽跺了腳，急忙的跑了出去，何田氏看了周嬤嬤一眼，周嬤嬤立刻點點頭跟了出去。

邱玉峰家的一路急跑，到了院子口才平了兩口氣進去。「喲，四喜姑娘您怎麼又過來了？」

「還不是我家奶奶掛著您，生怕您累壞了！」四喜說著把十兩銀子就往她懷裡塞，那嗓門大的。「這是十兩銀子，我家奶奶說了，您可是府上的老人，又是管事裡最貼心的，您病了，她可擔心，叫好生拿著將養，調理一二，累了就別來了，千萬別撐著身子，免得叫人說她苛責，您要不成便歇著，府上真不缺人。哎呀，您就別推辭了，這可是我們奶奶心意，您這麼晾著，豈不是看不起我們奶奶……」

四喜嗓門大不說，眼見邱玉峰家的要開口，就扯著嗓門是一句壓一句，手更利索的把十兩銀子直接從她領口往下塞。

銀子一落進去，邱玉峰家的臊紅著臉，便急得伸手要去內裡掏，可這不還得解扣子嗎？正不方便呢，四喜倒是一轉身跑了，就這口裡還大聲地嚷嚷著。「您快收好了吧，奶奶體恤您，您可千萬別累著了，累了就歇著，沒關係！」

四喜嚷嚷著，一跑到院子口就撞上了避之不及的周嬤嬤，沒法子，四喜這丫頭年輕，腿腳忒快。

「喲，周嬤嬤忙回來了！」四喜笑嘻嘻地問了一句，周嬤嬤笑著點了頭，四喜轉身便跑了。

周嬤嬤立在門口一會子，邱玉峰家的才捏捧了銀子出來，正準備叫喊四喜，就看到了周

注一：另想折，意指另外想辦法。

注二：咋，即怎、怎麼。

嬤嬤，她這一口氣憋在口裡把自己嗆咳了幾下，周嬤嬤卻到她身邊直接撞了她一下。「弄了半天還是收了嘛！」

「咳咳，妳看到的，我、咳咳、我沒推託掉！」

「那是，十兩銀子呢，誰推託得乾淨啊！」周嬤嬤拉著怪腔怪調。

邱玉峰家的喘了幾下氣，狠狠地一跺腳。「夠了，少一天拿我消遣，這錢我收了，明兒我也不歇著了，妳們愛怎麼怎麼去，我就當自己睜眼瞎，妳們怎麼找我都不知道還不成嘛！」說完捏著銀子奔了回去。

十兩啊！大半年才能拿到這麼多，叫她把這錢給出去，她是真格的肉痛啊！

第四日上，邱玉峰家的並未歇著，真的來了府上忙碌，而且一大早還到院子口上想要見林熙謝謝她的關照，不過林熙沒見到，只教四喜去應付兩句，也就打發了。

到了下午，花嬤嬤進了房後便給了林熙四、五張契書，林熙一一掃過，笑著把它們仔細收好，這才衝花嬤嬤說道：「來，我給妳說個事。」她說著附耳與花嬤嬤說了半天。

花嬤嬤聽得先是老臉發紅，其後又笑，末了點頭。「只要是為了姑娘，老婆子這點臉，不要了！」

「辛苦花嬤嬤，日後我會多報答妳的。」

花嬤嬤當即嗔怪似的剜了林熙一眼。「姑娘這話說的，是把我當外人呢？我老婆子的一條心可都在您這裡的！」說完扯了扯身上衣服。「那我這就去？」

林熙點了點頭，花嬤嬤便奔了出去。

「妳這尺寸不對吧？」王嬤嬤詫異地看著花嬤嬤。「四爺的身板寸數我省的，妳這可短了三寸！」

花嬤嬤拿胳膊肘杵了她一下。「誰和妳說這是給四爺做的了。」說著把手裡的料子扯了扯。「妳就當幫著我裁，幫個忙嘛！」

王嬤嬤歪了頭。「幫妳？什麼意思？」

花嬤嬤忸怩了兩下。「給我一個，嗯，親戚，我又不擅長這個，縫補還成，就是裁不成，哎呀，妳快幫我裁吧！」

王嬤嬤嘿嘿一笑。「裁是可以，可妳總得告訴我是做給誰啊！這裁衣服不僅要身高，還得知人年歲，不同年歲的人，他這衣服裁剪可不一樣。妳看那小夥子，身板直溜，前後差得不大，若是老人呢，大都弓背塌腰的，料子長短不一的……」

花嬤嬤紅著臉捏了半天手指頭。「那個，他吧，五十有四，背好像只有一點駝。」

王嬤嬤衝她笑了起來。「妳什麼親戚啊，這把年歲？」

花嬤嬤越發的扭捏。「妳問那麼多幹什麼啊！」

王嬤嬤把料子拿著比劃。「老姊姊不夠意思，還叫我幫忙啊？」

花嬤嬤嘆了口氣，拉扯了她。「好，我和妳說，可妳把嘴閉嚴實，別和別人說。」

「是。」

「我守了半輩子的寡，這把年歲，伺候不了幾年就得回老家去，這臨了的總得找個伴兒不是？總好過我將來孤孤單單一個爛在屋裡都沒人知，就託人給我尋了個鰥夫，我們湊在一處，年紀大了，也不用辦事，加之又是孝期裡，打算就吃頓飯意思過去。我前兒去他那裡坐了坐，瞧著連件好衣裳都沒，才把這料子翻了出來，打算給他做件乾淨衣裳，這不？才找上妳的！」花嬤嬤說完跟大姑娘似的，紅著臉扭了半邊身子。

那王嬤嬤聞言笑了笑。「這有啥害臊的，就妳一個連個膝下看的都沒，可不得安排著留人收屍嘛，可妳這會兒弄，來得及嗎？幾時辦啊？」

「十六，圖個好意頭。」

「十六？哎呀，那也就五天的事啊，妳這衣服倒是趕得及，就是得麻利點兒，可眼下奶奶那邊許多事交代下來，府裡又還有三樁大事，別說我們，就妳怕也不行，趕得來？」

「趕不來也得趕啊，何況，我一把年歲了，我們姑娘很多事都不指著我了的。」花嬤嬤說著笑嘻嘻地扯了料子。「快幫我裁吧！」

王嬤嬤點了頭，拿了尺子剪刀的開始忙活，一會兒弄完了，花嬤嬤便把裁好的一卷挾在腋下。「我承了妳的情，要是那會兒妳得空，我請妳過去吃杯酒，怎樣？」

「那敢情好！」王嬤嬤笑嘻嘻應了，花嬤嬤便告辭，她走後，王嬤嬤轉了轉眼珠子，直接奔了出去。

「她家姑娘忙著想發威呢，她倒思量著男人去了，可真行！」周嬤嬤聽了王嬤嬤說的事兒，立時不客氣的嘲了一句。

她話音落下，何田氏卻翻了白眼。「省省妳那唾沫星子吧！一把年歲誰不想著身後的事？就是我，不也都指著妳們！」

幾個管事都陪著笑，說著叫她放心的話，七嘴八舌後，何田氏抬了手。「我謝謝妳們掛著我，眼下還是把跟前的麻煩先解決了再說，邱玉峰家的被十兩銀子鎮住了魂，沒個出息的，今兒個竟還來了！明日裡她可是監督咱們的，縱是說的睜眼瞎，但誰知道跟頭上她是不是做小鬼！所以大家都小心著點，送去查驗的，可別出什麼紕漏，把查的也藏在後面，反諒她一個小丫頭，也沒那本事，把所有東西都檢查了去，記住，還是老樣子，大家一條心，叫她動不起！」

「明白！」大家應了聲。

何田氏又衝王嬤嬤說道：「那花婆子和妳既然說了這個事，妳乾脆由此和她近一些，爭取多給些好處，把她也拉攏進來，只要她和咱們也一處了，那小丫頭一抬屁股，我們就知道她要做什麼，看她還怎麼和我們鬥！」

「可是妳拉得過來嘛？人家可是那小姑娘的陪房。」

「這年頭有錢不能成的事嗎？」何田氏說著看向了周嬤嬤。「妳慣會做的，找個機會裝上這事，也湊進去，把她拉過來！」

「行，我知道了。」

第五日上一大早，林熙便略略打扮了一下，去了花廳。

不多時，管事們都相繼趕來，問安之後，林熙邊捧著茶說道：「交代給各位的事，可都妥了？」

管事們自是齊齊應聲，林熙點點頭，直接看向了邱玉峰家的。「前兒個妳病了，叫妳歇著，妳沒歇著，昨兒個又忙了一天，今兒個也沒閒著，我心裡熱乎（注），今日妳再勞累些，替我點點，看看有無紕漏，也對得起妳那監督的名頭。」她說完低頭喝茶。

四喜走了上去，直接拿了二兩銀子出來，放在她手裡。「奶奶說妳不容易，叫賞的。」

邱玉峰家的捧著二兩銀子，盯著一眾掃來的目光向林熙道了謝，便立時出去驗收。

其實驗收不驗收的就是那麼一回事，邱玉峰家的心裡很清楚這幫人往日動的什麼手腳，可是真要就此和那幫人對上，她卻又發怵。藉著驗貨的動靜，她轉了幾圈，最後想了想自己許下的睜眼瞎，還是兩手空空的回來了。

看著她進來，林熙便把手裡的茶杯放下，她望著邱玉峰家的輕聲詢問：「如何？可有疏漏？」

「回奶奶的話，昨兒個我就點了一次，今兒個對了一道，沒有疏漏。」

「那貨色呢？」

「按列的價表來說，都是對的正貨。」

林熙點點頭。「妳辛苦了！」說著起了身。「這次採辦的東西都是為著三椿大事所用，可出不得紕漏，因而我才專門設了個監督妳們的來，妳們都是府裡的老人，我並非不信妳們，只是總得驗看一下才放心，所以，我還得再去看看。」林熙說著邁步向前，但走到古嬤嬤身邊時，她抬手拉上了她的胳膊。「古嬤嬤是四爺的奶娘，四爺總和我說您是如何正直的一個人，走吧，您也陪著我驗看驗看去！」

古嬤嬤一愣，隨即推託。「老身一把年歲承蒙四爺和奶奶看得起，只是這驗看的，我可老眼昏花……」

「瞧我，話都沒說清楚，驗看不用妳，妳幫我抽吧，抽到什麼，我驗看什麼，反正一一看來，我也沒那個時間。」林熙說著拽了她走。「咱們時間不多，妳就每個管事裡，隨便揀三樣東西給我驗看一下就是了！」

古嬤嬤見狀只得跟著出去，而後在採買的東西裡，每堆拎了三樣出來。

她是老人，手下有分寸，東西一捏在手裡，好壞有數，所以她最後挑出的東西並無什麼問題，畢竟她也是拿了錢的，倘若出了差錯，她也跑不掉。

林熙把古嬤嬤挑出來的東西，細細的看了一遍後，滿意地點了頭。「大家幹得不錯，我

注：熱乎，意指暖著、感動。

謝謝妳們幫襯，等這三件大事完了，只要妳們沒出紕漏，我會好好賞妳們的！」說完便叫著她們帶人開始搬貨入庫，而她則坐在花廳裡慢悠悠地吃茶。

一個時辰後，東西都入了庫，鎖上庫門的五福拿著鑰匙就遞給了林熙。

林熙看了看鑰匙，那細繩往腰上一掖，衝著大家一笑。「這幾日大家辛苦，如今院子裡的花兒都開了不少，周嬤嬤，叫人去準備點心，我們一同遊遊園子，在那裡吃點茶果點心吧！」

林熙興致大好的要遊園，讓大家伙兒都很意外。

早預備好今早上和她鬥鬥法兒的，可結果呢？謹四奶奶竟傻乎乎地要古嬤嬤來挑貨，這不是白做了嗎？當下幾個管事還心中犯嘀咕，可等到了在院子裡耍了一陣子，吃耍了差不多時，卻出了事——

謹四奶奶在過園子中池塘時，溜了一跤，雖沒怎麼摔嚴重，卻是腰上的庫房鑰匙撲通一聲落了水！

管事們幾個立時驚詫，林熙則是捂著腰哼唧。「哎喲我的腰！」她哼唧了一會兒，才把手摸到鑰匙的位置上，而後自是大驚失色地發現鑰匙不見了。

「鑰匙呢？」她問著身邊的花嬤嬤。

花嬤嬤一指水池子。「姑娘剛才那一摔，鑰匙掉下去了！」

「啊？」林熙臉色難看。「真是掃興！妳們快去找人把庫房的鎖砸下來，重新換一把！」

五福此時上前一步。「奶奶用不著砸的，那鎖是子母鎖，有把同鑰的。就是東西先前收在了林府上，明日裡我去林府把那把同鑰取來打開不就成了，何必砸呢？」

林熙聞言點了點頭。「這樣啊，那妳明日裡去拿好了。」說完又衝五福說道：「不行，我腰疼得厲害，快去找郎中來給我瞧瞧！」

五福答應了去，眾人跟著在後，看著林熙一路呻吟的回了院房後，彼此使了個眼色，何田氏看了一眼武嬤嬤，大家便退了出去，武嬤嬤則在幾個丫頭跟前嘀咕了幾句，也退了出去。

管事們離開院房，就扎堆去了雜物房，一個、兩個說著今日的好運，猜測著是不是謹四奶奶玩什麼把戲。

房裡亂糟糟的，大家自說自話，何田氏則沈吟著一聲不吭，末了才抬手衝武嬤嬤說道：「妳囑咐了？」

「囑咐了。」

「那就盯緊點，看看是不是玩什麼么蛾子。」說著她衝大家擺手。「行了，都散了吧，到了黃昏時，咱們這裡再聚。」

到了黃昏，大家如約而至，才坐下，何田氏便衝武嬤嬤點了頭，武嬤嬤這便說道：「丫頭們盯得仔細，謹四奶奶一下午都趴在床上叫喚，而房裡的幾個丫頭，誰也沒關心那庫房。」

幾個管事對視一眼，齊齊看向何田氏，何田氏這才說道：「估摸著，今日掉了鑰匙是湊了巧，那丫頭未必能玩出什麼花招，看來我們都是白擔心了，不過，話是這麼說，咱們也別鬆勁兒，熬過這幾日再說！」

管事們留心盯著謹四奶奶，謹四奶奶卻好似這一跤摔得嚴重了，一晚上呻吟不斷，累得跟前的丫頭們都陪著熬，就連在書房裡忙著算帳的謝慎嚴也都跑過去看了陣子，關照了些許。

第二日清晨，王御醫便被謝慎嚴給請來了，王御醫瞧了一頭後，說是謹四奶奶坐傷了尾巴骨，有得養，便放了藥方走了。

謝慎嚴有得忙，還得去吏部遛達一圈，如今他已是謝家的家長，只差一樁儀式，故而是不會在吏部幫忙的了。可是因著繼承勳爵的事，還得考功司出來動作，所以他還得往那邊多跑幾趟，一來是自己父親的勳爵繼承，二來就是謝府上還得再蔭封一位伯爺，他也得循例去送摺謝恩，留底。

他走前，特特衝著院子裡的一應僕從好生囑咐，叫著務必伺候好奶奶。他走後，林熙是藥也煎著喝了，糊藥也燒得熱呼呼的敷了，可還是一整日的不得清閒，時而哼唧，時而抓著丫頭叫著這兒揉那兒捏的，總之一院子裡全是她的折騰。

人成了這樣，管事們少不得偷笑，一面嘴裡碎碎唸著，一面卻也往別處露信兒，於是一個白日，幾茬子的人都過來瞧看，林熙便趴在床上與之應對，管事們瞧她疼成那樣，連坐起來和大家好好說話都不成，一個個也憂心起來——

畢竟明日裡就是家祠定主的日子，屆時要宣安三爺的繼爵，要行謝慎嚴的家長大禮，而後便是家內堂會、定蔭封的事，除了祠堂謹四奶奶不用進去外，處處她都得在的。如果謹四奶奶好不起來，明日裡不露臉，日後在家裡作不得福的話，她們又如何狐假虎威？

幾個管事們又扎堆在了一起，心思便落在了如何幫襯著明日的事上，正一個、兩個的各抒己見呢，卻聽聞謹四奶奶召喚，互相掃看了一眼，便往她房裡趕——沒法子，她這會兒趴在床上，花廳哪裡好去？

大家伙兒分開來走，故意錯著些時間，而後裝模作樣的在院子裡打上招呼，問著什麼事。

不多時謹四奶奶喚了她們進去，一入屋就聞到了濃濃的藥味。

「我叫妳們來，是有事要拜託妳們！」趴在床上的林熙，在她們行禮後，一臉痛苦地說著。「我這次傷著了，只要一靠一斜的就疼得想跳腳，只怕明日裡能立著就不錯了，妳們都是我信任的人，明日處處就仰仗著妳們了！各位都是府中老人，想必也知道，明日的事是多大的事兒，倘若出了差錯，被笑話的是我們，那妳們日後的日子會怎樣也不用我說吧！」

管事們聞言自是急急表態，林熙聽著那些詞，一臉的感激之色，承諾著只要她們做好了該做的，便會有賞，正大家包攬著明日種種活路時，五福回來了，林熙衝她言語。「同鑰拿回來了？」

「沒拿到，章嬤嬤回家看孫子去了，鎖匙都是她收著的，不過太太說，知道咱們急著用，明兒個一大早就會叫人送來，不耽擱咱們。」五福說著又把手裡拎著的藥材包拿到了林熙跟前。「這是太太聽說您傷了腰身，叫著給弄的活血散瘀的藥，奶奶現在可好多了？」

林熙擺了手。「哪有那麼容易，我現在只求明日裡撐著不鬧笑話就好了，這不，正叫大家明日裡給我幫襯好，別讓我和四爺丟人現眼。」林熙說著看向八位管事。「我可全靠著妳們了！」

管事們聽了這話，個個舒坦，嘴上說著不敢，又打了包票，幾下把活路分完後，便在林熙的呻吟裡告辭了出去。

她們走了自然又扎堆在雜物房裡，何田氏一臉笑容的看著大家說道：「這是送上門的機會，大家可得好好表現，趁著勁兒把府中人心收住，各處做得漂亮些，等謹四奶奶頂上去，咱們的活路就更大了。我可提醒大家，明日裡可千萬別出錯，畢竟小四爺是家長了，咱們隨著他這院房的人，日後便是飛黃騰達！而且安三爺明兒個起也就是侯爺了，咱們明日裡任何一件事做壞了，可都是吃不了的，所以妳們都仔細些，等明日開了倉，自己手裡先過一過，次的放後面些，人前可別以次的代替好的，壞了臉面！」

這一夜，謹四奶奶又哼了一夜，到了後半夜上才消停了。

寅時一過，謝府上都忙活了起來，今兒個是大口子嘛，規矩多，事也多。

林熙在丫頭的伺候下同謝慎嚴都沐浴更衣，又著了鄭重的十二單衣外加一件狐皮斗篷，這便一家人聚集在了老侯爺的主屋裡，由安三爺交代今日諸多注意的事項後，大家就各自忙活了去。

擔負此次主要佈置和後勤事宜的林熙立刻照顧著管家們動起來，但到了要去庫房裡取東西時，五福卻搖著頭說著林家還沒人送鑰匙過來。

在管事們都焦急時，林熙一拍腦門說道：「我想起來了，婆母說她那裡採購了一些，先把她那邊的搬出來用，我、我這就去討！」她說著一手扶著四喜一手扶著腰桿子就往徐氏的院子裡挪，而五福則一臉焦急的奔去了門房，儼然一副等鑰匙的架勢。

很快，林熙得了徐氏的允許，叫著管事們去搬了東西出來。

供香明燈、朱砂金漆、銀料玉盞、牲畜供品……一件件、一樣樣，由著管事們各自指派人手全數弄了起來，待到什麼都佈置好時，林家人終於送來了鎖匙，只可惜也用不上了。

林熙當即發氣的衝著送鑰匙來的明雪斥責了一氣後，一抬手就把鑰匙扔進了院子裡為防走水而備下的石製蓮花缸裡，轉身進了屋，那明雪便抹著眼淚離開了謝府。

管事們瞧著這事，都是對眼後撇嘴暗笑，覺得自己又能再拿捏著謹四奶奶一些。只是時間沒給她們更多的工夫來嘲笑，因為陸陸續續的權貴到府，大家都忙活了起來。

辰時末刻，第一波權貴紛至，林熙一副腰身筆直的架勢迎接了他們的女眷，直忙到巳正時分，在三波權貴駕臨後，考功司的人來時，林熙才理所當然的招呼著女眷們去了主院大廳，見證了勳爵承繼儀式。

考功司司長宣讀了由謝安繼承侯爵的結果，隨行太監宣讀了詔書，謝安帶著謝府人三拜九叩之後，迎大家入內，吃起了小席（注）。

午時一過，謝安舉杯起身，感謝各位的駕臨之後，便飲下素酒，請在座中德高望重的一些老者，入了謝家外祠所列的座，而留下的人也明白，這是謝家族內大事，求個見證，便也都默默坐著，等著。

林熙是女眷，入不得祠堂，便只是在此招待賓客。

大約一刻鐘後，管家來請，林熙這才帶著謝府中的女眷們向祠堂外而去，留下了管事們盡心盡力的招待賓客。

在祠堂外，謝家女眷跪立，聽由新進家長訓話。當謝慎嚴的聲音傳入林熙的耳朵時，她的內心油然升起一抹驕傲，但同時，她的雙肩與背脊繃得更加的緊，因為她明白，從此時此刻起，她的一言一行都沒了藉口可以遮掩，她將和謝慎嚴一起，成為謝家的一張臉，一支脊骨！

祠堂的門大開，謝慎嚴捧著一把戒尺走了出來。

慣常的戒尺有竹製、木製，而這一把卻不同，它是鐵製的，上面還雕刻著銘文，只是大約年代久遠，竟是斑駁中隱隱可見鏽紅。

謝慎嚴捧著戒尺先從見證的賓客面前走過，每過一人，頓立一息，欠身量尺，以求見證之意，而後才來到女眷們的跟前，將林熙喚起。

林熙雙手交疊在額頭處，小心起身，謝慎嚴將高捧的戒尺橫臥，讓出一半來碰了林熙的手。「林氏乃我三年前明媒正娶的贛州林家嫡女，今日我為謝家第一百八十九代家長，她便是謝家第一百八十九代當家主母，我之心守族之大業，林氏亦同！」

林熙深吸一口氣，大聲言語。「林氏定當盡心竭力為謝家操持，不敢有怠！」說罷她手掌一翻向上，隨即抓握住了另一半戒尺，夫妻兩個四目相對在此時，皆是一臉的認真。

他們對望著，將謝家家長所持之戒尺高高舉起，此時才由變為旁支的大伯謝鯤唱了——

「禮成！」

林熙鬆了手，同謝慎嚴一道，扶起了還跪著的女眷們，對著長輩們，他們保持了謙恭，但卻再不能屈膝，因為此刻他們已是謝家的家長。

謝慎嚴在扶起長輩們後，才說了免，讓那些同輩甚至小輩的起身，而後他再次捧著戒尺眼望眾人，慢悠悠地說了一句話——

「家之嚴如此，家之正如此，家之骨更如此！」

待家長之儀結束後，大家都回到了席面上，此時大席才開。

因著喪期還在，所以沒有什麼喜慶的場面，但是杯杯素酒卻在頻頻的碰撞裡消耗。

注：小席，即點心席。

到了傍晚時分，謝府上賓客親友才算真真散盡，勞累了一天的管事們張羅著收拾，謝府上的大小主子們則得了歇。

夜，已無喧囂，謝慎嚴立在老侯爺的主屋裡，對著身邊陪他而來的林熙輕聲說道：「妳知道我祖父腿腳不好吧？」

林熙點了頭。老爺子走路向來不大利索，聽說是醫治不好的舊疾，但具體什麼，她從未敢過問。

「其實他老人家，腿腳很好。」謝慎嚴眼掃著屋內的擺設。「妳懂為什麼嗎？」

林熙眨眼沈吟了片刻，才小心翼翼地說道：「是叫上面安心嗎？」

謝慎嚴一笑。「人無完人，你若太好，便會招來禍事，可若不好，又會傷及謝家傳承，所以，他只能抱恙在身。」

林熙的眉眼一挑。「那你……」

謝慎嚴轉頭衝她一笑，伸手摸了她的眉眼。「我年輕，這已是最大的傷，此時不用再刻意為之。」

林熙抽了嘴角。「那以後呢？」

「論年紀，我和當今聖上差不了太多，我有一個家要掌，他有一個國要管，三、五年內，誰都顧不上誰，且等著局勢定下了，才是角力的時候。」

「那，蔭封呢？」

謝慎嚴唇角一勾。「我謝家好歹也傳承了千年，經歷了多少朝代、多少帝王，什麼把戲沒見過？所幸我叔伯們多，祖父又早有安排，府中還有一人一直在野。」

「四叔？」

謝慎嚴點頭。「謝府中的田產都是他在管的。二伯成邊，大將軍之銜已是上限，再高就是麻煩。我爹繼爵，五叔又已為了謝家補了外地官做，吏部也定了規，等他同我大伯丁憂結束後，便會叫他去江南道做那裡的道臺。家中所落之空也就是四叔了，所以給他就是。」

林熙蹙了眉。「有句話我不知道……」

「和我直言就是。」

「謝家所有人在野與否，兩位太后心裡早就清楚的，她們不會不清楚四叔在野……」

謝慎嚴把林熙往懷裡摟了摟。「沒錯，她們知道，所以她們才把蔭封拿出來，就是想我謝府中這些不忿我掌家的人乘機打起來。只是她們也有不清楚的！那就是我那位長年不在家的四叔可是個人才，他為伯爺，全府上下無人不服！」

「你要這麼說，那我就放心了。」林熙說著在他懷裡輕蹭，這兩個月他消瘦了太多，靠著都沒以前的厚實感了。

手指在她的背後順了兩下，謝慎嚴輕聲在她耳邊說道：「其實我要謝謝兩后的蔭封之舉。告訴妳個秘密，祖父同我說過，若是我當年出了差錯，真箇杳無音訊不知所蹤的話，我父親就斷不能繼承勳爵，憑著大伯捨棄了仕途，也得留在府中，就因為四叔。」

林熙驚訝的抬頭。「這是什麼意思？」

「我四叔同我一樣狠得下心腸又精於算計，而我父親到底脾性太過敦厚，祖父一早把四叔放出去叫他管著府中田產，就是讓他明白，他只能為輔，並且不在家中，便不會想要捏著家中一切。如今蔭封他為伯爺，倒正好幫我給四叔一個好的安排。」

林熙怔了一怔，淡淡一笑。「若是兩后知道做成了人情，只怕面上笑呵呵的，內心懊惱至極！」

謝慎嚴此時卻是喟嘆道：「要想不輸，就得有先手，兩后這一招挺毒，只是祖父早下了先手，她們失去了機會。」說著他一低頭，點了林熙的鼻子。「妳呢？大事基本已定，演戲演了這麼兩日，接下來呢？」

「管事們今日裡做得這麼好，處處都沒紕漏，我得賞她們。」林熙說著衝謝慎嚴眨眨眼。「賞她們一人一兩銀子，外加三日的假！」

「妳是要釜底抽薪？」

「沒，只是順順當當的大換血而已。」

「可惜了的，要是知道咱們採購的東西根本用不上，就該全次，甚至再次一些，咱們手裡也多些進項！」王嬤嬤一臉懊惱之色，說得雜物房裡不少人都點頭。

周嬤嬤卻是剜了她一眼。「妳這叫馬後炮，誰能早知道？那會子，咱們可是和謹四奶奶拉開陣仗的，妳敢全次？再次？」

「就是！」武嬤嬤也點頭。「誰能想到謹四奶奶自己家出了錯，東西全用不上了！妳沒看那日把那丫頭罵得眼淚都掉著，估計謹四奶奶那會兒掐死她的心都有了！」

「可不是？」周嬤嬤一揚脖子。「還想治我們，結果自己娘家都不爭氣！」

雜物房內一時全是笑色，唯有古嬤嬤低著個頭，還是一臉不苟言笑。

何田氏見狀推了她一把。「怎麼著？不高興？」

「到底是四爺的嫡妻，又是謝府上的主母，妳們太張狂了！」

何田氏撇了嘴，周嬤嬤已經頂了上來。「不過背後說說而已！再說了，是她自己娘家靠不住，又不是我們的不是。妳看看今日我們給她撐足了場面，哪裡出了錯？她可得好好用著我們呢！」

何田氏此時拍了古嬤嬤的胳膊。「四奶奶才多大？十六都還沒到的人，做個當家的主母，那是她運氣好。就她那點斤兩，還想治咱們？還想拿得住謝家？得了吧，離了咱們這些，她整個就一睜眼瞎，誰都玩不轉！」

古嬤嬤抽了抽嘴巴，起身走了，看著她那遠去的背影，大家的興致都淡了些。

何田氏清了下嗓子說道：「行了，都回去歇著吧，明日咱們等著領賞就是。」

第七十四章　散夥飯

翌日，謝慎嚴一大早就去了父親安三爺那邊，他打算再和父親商議商議。

因著現在這麼一整，屋裡的人，其他幾房倒不用動，他和父親得要改換住所。謝慎嚴的意思是父親和母親搬到祖父原來的院落裡去，那是侯府正中，得有人壓場。可早先提起的時候，安三爺就說自己不動，意思反正謝慎嚴是家主，而自己百年後，爵位還是落在謝慎嚴的身上，就說一步到位，省得挪來挪去，還是讓謝慎嚴直接搬進主院得了。

但謝慎嚴有自己的顧慮，他怕如此一來，幾位長輩們不舒坦，便打算還是讓父親母親搬過去，就算折騰上兩回，也好過刺激那些叔伯們。

他一走，林熙叫人召集了管事們來，大家聚集在花廳裡，林熙扶著腰桿子說了許多表揚的話，便說這次因著表現，會給大家重賞，一人一兩銀子，等中午從帳上提出來，就叫人給送過去。

另外，因著此番從年初到現在，大家接連地忙碌著沒歇息，便一氣補給院落裡所有管事和嬤嬤們三天的假期，以做休息，因為之後夏季又將會有一些開銷，便叫大家心裡有個數，給她列列表，三天後回府時交上來，她也好早做安排。

她一氣說完便嚷嚷著腰累，直接就回屋裡趴著去了，管事們本來假客氣的推託，一看謹四奶奶沒工夫和她們走過場，倒也省了口舌。大家歡歡喜喜的出來後，各自把手裡事安置了，就又聚在了雜物房。

三天的假日，大家都很開心，不過奶奶這麼大方，她們倒也納悶，還是王嬤嬤咳嗽了兩聲，說起了花嬤嬤相了鰥夫的事，大家立時明瞭，看來這是找機會讓花嬤嬤把事辦了，而理所應當給空檔！

由此大家興致勃勃起來，黃賀家的更念叨著趁著機會帶家裡的侄子們去郊縣趕集，她一起頭，大家一時說起了安排。

到了王嬤嬤，她聳了肩膀。「知道了花嬤嬤那事兒，我就不能當不知道，大姊又希冀著把那花嬤嬤拉到咱們這裡面來。我看，我是得去跑一趟，吃她的喜酒去！欸，周姊兒，妳嘴最是利索，要不妳和我一道吧！」

周嬤嬤點頭。「成啊，就是少不得費我幾個大錢……欸，要不這麼著吧，我們都去，然後合起來只出一份錢，這一份包大一點也就是了。而且我們都去，給她把堂子弄得熱乎些，她也必是感激我們的，到時大家再拉巴著她，也順當些。何況不是說那鰥夫日子清貧嘛，我們就拿他說事（注），一次幾個小錢的，慢慢也就圓進來了！」

眾人聽了都覺得可行，就是黃賀家的念叨著她還想去趕集，何田氏當時就言語：「妳趕集也不急著一時，日後哪天得閒我們給妳尋個由頭頂著，妳去就是了。花嬤嬤難得二回春，正是拉進來的好機會，一旦她進來了，我們就更容易達事。」

黃賀家的點了頭，何田氏又看向了古嬤嬤。「妳也去吧，可橫豎別吊著個臉！」

古嬤嬤撇了撇嘴，細細地嗯了一聲。

到了下午，花嬤嬤同四喜捧著八兩銀角挨個兒發送，王嬤嬤順順當當地討了喜日子，果然就是在三天之中——

「我們兩個湊合一頓就是，恰好有假，明日裡意思一下。」花嬤嬤一臉羞色。

「到時我給妳添添人氣，做個見證！」

「那敢情好，就怕誤了妳的事兒。」

「我有什麼事啊？」王嬤嬤笑著衝花嬤嬤言語。「放心，我一準到！」

發送完了銀角，花嬤嬤同四喜回來，叫著四喜在外盯梢，自己去了內裡聽林熙低聲言語。「姑娘算得準，那王嬤嬤果然問我日子了。」

「那一切就按計劃來。」林熙趴在床上翻著面前的帳本。

「是。只是，萬一就來她一個呢？」

「放心吧，她們要想抓住我，必然會往我這裡插釘子，插不進來，那也得挖過去一雙眼，妳是我跟前的人，只要妳露出機會來，她們怎麼都要試試的。而且妳們這個年歲的人，最重情誼，不像小姑娘們不當事，她們一準給妳作福，弄得妳欠著她們的情。」林熙說著看了花嬤嬤一眼。「我不擔心她們，我只擔心妳！」

注：拿他說事，意即拿他下手。

花嬷嬷一拍胸脯。「不用擔心，我把她們幾個管事婆子帶去，打個轉兒就是！」

林熙看了門外一眼。「四喜在外面？」

「嗯！」

「妳把她也帶上。」

「啊？您這是……」

「作戲就要作得像！」林熙說著，低了頭繼續翻看帳冊去了。

翌日，花嬷嬷一大早就和四喜出去採買了些東西，兩人剛把東西提上要出府，就遇上了邱玉峰家的。

「這是要出遠門？」

「哦，走個親戚。」花嬷嬷說著扯了四喜一把。

四喜笑著言語。「陪花嬷嬷看個親戚。」

「奶奶說了放假，這幾日府上也沒什麼進出，我叫下人應著奶奶的要求，萬一有用，也有張羅的，還有車馬空著的，不如叫一份出來，妳們用著，也方便風光不是？」邱玉峰家的說著，不等花嬷嬷和四喜拒絕，便轉身去做了安排，不多時，馬車就出來了。

花嬷嬷拉著邱玉峰家的，道謝兩次，這才和四喜上了車。

她們前腳走，邱玉峰家的後腳到了雜物房那邊。「她們出去了，花嬷嬷還紅著臉和我說是走親戚呢！」

「她們？喲，還帶著誰？」

「四喜。」

何田氏聽了點點頭。「這算是替四奶奶去的吧！走吧，那咱們也出發吧！」

何田氏發了話，一應的管事們便乘著謝府的馬車奔了出去，反正馬車有得多，又是自己人管著，怎麼方便怎麼來唄！

她們走後半個時辰，林熙把五福打發出府，叫著去她娘家林府接陳氏過來坐坐。五福當即應聲離府，大約一個時辰後，馬車回來了，可到了府門上，除了陳氏，還有六個伺候的人跟著，婆子媳婦的都有。

親家要擺譜，謝府也沒理由攔著，自然請了進去。

五福帶著陳氏和一眾伺候的人進了林熙的院落，林熙便也挑著簾子迎了出來。

「母親來了！」

陳氏上前拉了她的手。「來了，我把她們都帶來了！」

說話間轉了身，六個人立時上前行禮，林熙說著免了，掃了她們一圈後，才把她們全部請進了花廳裡。

擺上茶點，林熙直接到廳口叫著遊紅等人去把院落守住，所有附院內的丫頭婆子，不管什麼理由都不許出府，以所負責的職屬聚在一起，聽候訓話。但有所請想出去的，都親自到林熙這裡批假，就是其他幾房的婆子出去，也得過來招呼。

遊紅聽命，帶著人去守院聚人，林熙又叫見平、見安往其他幾個院落奔，向那些長輩們遞交她已寫好的信箋——知會一聲這些長輩們，給予配合。

安排了這些，林熙才扶著五福進去落坐，衝著那六位說道：「我不和妳們說什麼客套話了，直截了當吧！妳們已和我簽下契書，日後就在我這裡做事，我請妳們是因為葉嬤嬤說，妳們最是利索能幹的，謝府是什麼講究、什麼地方，我想妳們也大約有數，這一處做事做得好，裡外所求都有！我和妳們把話也晾得透透的，妳們每位在我這裡當管事，每月月例銀子一人二兩！」

這話一出來，六位當即大驚。

「多了是不是？」林熙昂起了頭。「我和妳們簽的是一兩，就這個數，已經不少，但我還給妳們多一兩，目的是什麼，妳們也懂吧！我要妳們忠心，我要妳們手腳乾淨，我要妳們利利索索做好自己的事！只要妳們做好這些，年終我還有雙份，一年二十五兩的收益，可比得上七品官爺身邊師爺的進項了！而且我還有額外的獎賞……」林熙說了一些她的安排後，最後才說道：「記住我的三個所求了嗎？」

六個管事鄭重應答，林熙這才點了頭，分別在陳氏的介紹下，把六位都記了下來——張嬤嬤管灶房和採購，王嬤嬤管丫頭內勤，李嬤嬤管衣料服裝，王寶家的管馬房運轉……

一應安排後，林熙又招來七、八個粗壯的僕婦衣工，便帶著她們直接奔向第一個地方——灶房處。

灶房裡，大家都被召喚來候在此處，林熙進去掃她們一眼後，便說道：「這位是張嬤嬤，以後就由她來管著妳們，周嬤嬤再不是妳們的管事。」

她這話一說出來，林熙迅速地觀察她們的表情，當即看到幾人興奮，幾人平淡，幾人驚訝，卻也看到兩個明顯不滿的。

她直接把這兩人點了出來，而後衝著身邊的王嬤嬤和五福說道：「把這兩人記下，稍後，去帳房結算銀兩，多給一月的例錢。」而後看著兩個臉色大變的人說道：「不要問我為什麼，妳們的主子走了，妳們跟著才是道理，我謝府上不養不忠的奴才！」

她丟下這話，便把張嬤嬤留在這裡安排，只丟了一句話。「用妳我便信妳，只管理順當就是。」說完也不監看，便帶著餘下的人往下一處衣料處去。

就這樣，大約花費了一個半時辰的時間，將灶房、衣料、馬房、內勤、庫料和安保都一一換血清理，總共清出了十二個丫頭，並三個媳婦子，一應全部結算，散了契。

這雷厲風行的發賣替換，把府中人都弄了驚，但有想要去報信的，先前也被封住了路子，後又被林熙讀出表情一一清了出去。等到天降暮色時，林熙附院中已經換了血，新來的六位管事，都開始好好清理自己手中的攤子。

散了這十幾位的契，人便放了出去，大門一關，林熙直接去了門房後的小院子，那裡住著謝府上的黃大管事。

黃大管事是個明白人，一看到這些動作，大意便明，自是憂心忡忡的坐在此處，思量著會不會過一會兒連自己都要遭殃，眼看著十幾個人被放了出來，謹四奶奶卻一拐彎到了他這裡，他便心中猜疑著小心的迎接。

林熙伸手從口袋裡摸出了幾頁帳冊上的紙，拿了其上的三頁遞給了黃大管事。「我動了您兒子的婆姨，但我不得不動。」

黃大管事看著那三張紙，一臉驚懼之色。「奶奶動得應該。」

「您說這話，我心裡熱乎，您是謝府上的老人，最是我們信任的人，出了這樣的事，我們也想給您留個面子，可是若是如此，卻又不能服眾，所以我想了下，就這樣接手也好，等假日結束了，我把她調去田莊幫忙也好，只要她別摻和其後的事，畢竟我想要留面子，那也得你們自己成全自個兒，您說是吧？」

黃大管事當即點頭稱是，林熙笑了笑，把手裡剩下的幾頁拿給了他，黃大管事一瞧眼都直了，林熙卻又一把搶過，直接撕扯起來。

「奶奶您這是……」黃大管事懵了，那紙條上是他做下的幾件事……他以為她連自己都要廢了，可眼下，怎麼又……

「人無完人，孰能無過？我和老爺都相信您有苦衷，我們更不懷疑您的忠心，所以，這些東西已經過去，再沒留著的必要了。」林熙說著把撕碎的紙條丟到了一邊，衝黃大管事一笑。「謝府的第一關依然拜託給您了！」

她說罷轉身就走，留下黃大管事傻呆呆似的站了好一會兒，才抬手抹了額頭，口中輕喃。「老夫承恩了！」

那邊林熙大換血，轉眼就把自己附院的管事們換了個乾淨，而這邊呢，花嬤嬤帶著四喜坐著馬車直接到了郊縣的郭花村。

聽名字就知道，這個村子裡，郭家、花家是大姓，十家有八家都是這兩姓。

花嬤嬤叫馬車直接駛進村頭的一個農院裡，房院乾淨整潔，雖不是看著多氣派，卻也並不寒酸。

門口立著一個老頭子，見著她們來，立時高興地招呼，更要請人入屋吃飯，花嬤嬤攔著，說是謝府上的馬車還是別留的好，給了那馬伕一吊錢叫他自己張羅吃食，打發了去。

這車子離開後，花嬤嬤帶著四喜進屋，便同那老頭子開始上下張羅著摘菜、洗菜、剁肉、切肉的，四喜更是在旁幫著規整，三人忙活得差不多時，又一輛馬車駛來。

王嬤嬤笑嘻嘻的探出腦袋來，衝著花嬤嬤招呼。「老姊姊，我們可來討杯喜酒了！」

花嬤嬤一臉錯愕，馬車一停，大大小小的婆子媳婦全下了車，何田氏打頭，衝著花嬤嬤笑言——

「聽聞妳這可是二道春，我們趕忙來湊熱鬧，喏，這是我們的禮金！」她說著掏出一個荷包塞進了花嬤嬤手裡，花嬤嬤攥了一把，心道這禮金加起來，大約是有個六錢銀子的，可也算出手很大方了。

「妳們既然來了，那就屋裡坐，別唸著什麼喜啊春的，我臉皮薄，等飯菜歸置好了再說吧！」花嬤嬤招呼著把大家往裡請。

大家一入屋，就發現屋裡一張大圓桌前，可放了不少凳子椅子，細細一數，嘿，十一張椅子，倒是誰都有座。

「看樣子，老姊姊是知道我們要來啊！」周嬤嬤掃完這席位，立時言語。

花嬤嬤呵呵一笑。「妳們樂意捧我，我也樂意和妳們絮叨一下嘛！」說著轉頭衝著四喜說道：「去，叫著上菜了！」

四喜答應著立刻出去幫忙，花嬤嬤便提著屋內放好的茶壺茶碗給大家添起，一碗碗倒好時，四喜便開始往桌子上擺菜，大約一盞茶的工夫，桌上便擺滿了飯菜碗筷。

何田氏一瞧這什麼都備好的架勢微微蹙了下眉，隨即對著花嬤嬤笑道：「既然弄好了，那就得開席了，是不是把妳那位叫進來啊！」

「對啊，這可是你們的喜宴，我們來就是捧這個場的。」黃賀家的才說了話，身邊的周嬤嬤胳膊肘撞了她一下。

花嬤嬤一笑應了聲。「好，我去叫進來！」

當下她轉身出去請，何田氏立刻挑眉說道：「不大對，她這可是分明知道我們都要來，連菜都備好了。」

周嬤嬤也蹙了眉。「會不會她也清楚我們的盤算？」

「說不清楚，走一步看一步吧！」何田氏說完這話，大家都小心的對視了一眼。

簾子一挑，四喜端了飯盆進來，衝著大家一笑。「今天的飯菜，妳們定然終身難忘。」

她話音落下，花嬤嬤帶了那老頭子走了進來，兩人往那兒一站，大家忽然覺出有點不對來。

「老姊姊，你們兩個太有緣分了吧，怎麼瞅著，挺，挺像的。」王嬤嬤笑得有些牽強，人更是轉頭看向何田氏。

何田氏眉一挑高。「大妹子，妳這是……」

「我和他有緣，很有緣，我們都是一個娘肚子裡生出來的，他是我弟弟，是這郭花村的里長。」花嬤嬤說完這話坐到了椅子上，而老頭子則衝著在座的點了下頭，人就出去了。

眾人立時臉色大變，何田氏更是當即起身。「花氏，妳什麼意思？為何誆騙我們？」

花嬤嬤把剛剛她們給的禮金丟到了何田氏的面前。「怎麼叫誆騙妳們呢？我只是找王嬤嬤剪裁塊料子，說了個笑話給她聽而已，她當了真，我最多也就算誆騙了她，至於妳們，我可沒請不是嗎？」她說著坐了下來。「不過妳們來了，也好，就大家伙兒好好的吃了這頓飯吧，吃完這頓飯，該散夥的散夥吧！」

啪！何田氏拍了桌子。「姓花的，妳什麼意思？」

花嬤嬤一笑，伸手從口袋裡抽了一張信箋出來，遞給了身邊的四喜。

四喜當下拿著打開來，大聲地唸道：「諸位，這頓飯，妳們不請而來倒也省了我的麻煩，妳們在謝府上這些年，說妳們兢兢業業也可，說妳們偷雞摸狗也不冤枉，但到底主僕一場，大家都保著個臉面，好聚好散吧！不用問我為什麼這麼做，妳們問問自己欺上瞞下的做了多少事？我念著妳們都是老根子，給全妳們的臉，這頓飯便由花嬤嬤代我與妳們相辭，並也由她向妳們做下結算！」

四喜唸完，把信箋衝著她們一亮。「這是謹四奶奶所書。」

此時花嬤嬤也起身把飯盆上的蓋子拿開，露出了擱在布料上的銀子和八個信封。

花嬤嬤把這些信封拿起來衝她們一遞。「一人一張，上面有妳們的名諱，自己看吧！」

八個管事，一臉慌亂的伸手接過，翻找之後各自打開來瞧看各自的，立時臉色都是青白交加，因為她們看到了帳單，何年何月何時，因為什麼項目，她們從中獲利多少……

「我們姑娘雖然進門只有三年，但這三年她卻把各位處處挪摳的帳都記得清清楚楚。妳們一年正經的進項，應該是十兩，到了年關時，通常還要再額外賞賜，這是足夠妳們家裡人正常的開銷。可妳們的手腳沒一個乾淨的，姑娘也沒打算發作，她說是人都有貪心，只要不過頭，知道忠著她的也就睜一隻眼閉一隻眼了。可是妳們看看去年妳們的手有多黑？每個人一年貪下的可不止二十兩，姑娘還是忍了，念著妳們都是老根子。如今姑娘是謝府的當家主母，妳們受她所託為謝家大事而備，可結果呢，還是偷雞摸狗的摳挪，依舊貪心不足，姑娘這才發了氣，也死了心，貪得無厭，不知事有輕重，委實叫她傷心，所以姑娘也不留妳們了！這次妳們在兩儀上做得不錯，姑娘給了妳們賞，更念著妳們老根子，也不討要和計較妳們拿走的，這裡有十六兩銀子，一人二兩銀子，便是姑娘給妳們的最好關照，吃了這頓飯，各位拿錢走人，契書稍後，就會由我們姑娘使人給妳們送去消了的。」

花嬤嬤盯著這些人一氣言語，盡可能的保持一個平穩的口氣——這是林熙特地囑咐的，其實要是她，早恨不得豎起指頭指著這幫人罵個狗血淋頭。

她話說完了，何田氏為首的管事們傻眼了。

在謝府上做管事，這是她們賴以生存和貪污的根本，離開謝府，她們算什麼？老嫗殘軀的能幹什麼？哪裡還有錢賺？

何田氏當下將凳子一踢，第一個跪了下去，周邊幾個發愣的一見，也都紛紛跪了下去，除了古嬤嬤。

何田氏見她這個時候還是個擰巴（注）人，急急地瞪了她一眼，便衝著花嬤嬤聲音顫抖而言：「大妹子，我們知道錯了，求妳看在大家都是為奴為僕的分上，替我們向奶奶告罪，我們再也不敢了，求她給我們個機會，讓我們回去吧！我們可都是謝府上伺候多年的人啊，求奶奶給個機會吧！」

何田氏說完這話，大家也紛紛服軟低頭，稱錯求個機會。

看著這一幫人那架勢，花嬤嬤轉了頭，四喜則開了口。「省省吧，現在求饒晚了！妳們

注：擰巴，偏執、彆扭之意。

一天到晚不是要和我們奶奶鬥嘛，結果呢？哼，還是快點拿了銀子回去吧！」

何田氏抬了頭衝著四喜言語。「我們沒有鬥的意思，只是人老了，就掛心家裡想著多幫襯點，才做了錯事，我們沒有不忠之心。」

「有沒有的，妳現在說有用嗎？我勸妳們甭在這裡費勁了，實話告訴妳們，這會兒謝府上的管事們，已經換人了！」

四喜這話一出口，還在流淚哭泣告罪的人立時鴉雀無聲，一息之後，何田氏扶著桌子站了起來，直勾勾的盯著花嬤嬤，其他幾人也紛紛站起，那意思竟是要把氣撒在她們兩人身上。但此時簾子一挑，花家老弟竟然帶著一眾鄉親們立在了屋外，看著他們提著掃把扛著鋤頭的樣子，何田氏她們頓時就萎了。

好漢不吃眼前虧啊，她們要是不長眼的動手，今天就能被他們給打死在這裡。

何田氏立刻賠了個難看的笑容。「妳這是做什麼？我們只是要走。」

「不行！」花嬤嬤一指桌上的飯菜。「這是姑娘給了我三兩銀子叫專門弄下的席面，妳們得吃了才行！」

「啊？我們、我們吃不下！」這會兒哪裡還有時間吃？她們只想趕緊回去挽救。

「吃不下也得吃，不然我怎麼交差！」花嬤嬤說著扭了頭，看了花家老弟一眼。

花家老弟一抬手，屋外的鄉親們便是瞪眼揮拳，何田氏見狀只得答應。「好好，我們吃、我們吃！」

當下屋裡這幾位管事們便動起了筷子，依然除了古嬤嬤。

花嬤嬤也不管她，就不時盯著那些不好好吃的管事催個兩聲，一幫管事心中有苦，還得這麼吃，委實憋氣，眼看著桌上吃個七七八八了，花嬤嬤這才點頭放人。

何田氏當即帶著一幫子管事衝了出去，她們很想撂點狠話，但是看著那些拿著傢伙的鄉親們，最後還是閉嘴縮脖的上車了。

「古嬤嬤呢？」黃賀家的轉一圈發現少了一個人，何田氏卻已經沒心情理會她。「管她作甚？留著那牛氣給她奶大的少爺發去，我們走！」

當下馬車急急離開，花嬤嬤走出來對花老弟說了一句話後，花老弟笑嘻嘻地衝著大家說道：「辛苦鄉親們了，謝家當家奶奶給咱們整了兩頭豬、十隻雞、九尾魚，還有三罈好酒，今天下午就會送到莊子上來，到時候我喊大家來，咱們一起打起灶臺，整個八大碗！」

鄉親們立時叫好，在花老弟的招呼下慢慢散了，而花嬤嬤則把四喜拉去了屋外，叫她守著，自己進了屋。

古嬤嬤看了花嬤嬤一眼，打開了手裡的信箋，其上只有幾個字。「兩日後回府，新的六個管事由妳做頭。」

「這是姑娘的意思，姑爺整件事上沒說過一句。」花嬤嬤很清楚古嬤嬤的仰仗，此刻她想到姑娘這三年裡的忍耐，便一句話戳上了古嬤嬤的底子。

古嬤嬤的眉眼一挑，詫異地望著花嬤嬤。「哥兒沒發話，那奶奶為何對我……」

「姑娘說，妳是姑爺的乳母，不會黑了心的，縱然有糊塗的時候，也是因為太掛著爺，反而迷了心竅。她不怪妳，還說因著妳心裡還是掛著姑爺的，所以過去的事，她都不計較，請妳回去做新管事們的頭，也是想著妳是謝府上的老人，有個把著的。」花嬤嬤說了這話，走到了古嬤嬤跟前。「我們家姑娘是心眼極好的，若不是為謝家著想，斷不會站出來做這些，日後她是謝家主母，妳是姑爺的乳母，若是護著謝家順暢，妳也……與有……與有……」

「與有榮焉！」古嬤嬤說著衝花嬤嬤一嘆。「難為妳背得這麼辛苦。」說完她看了看門外。「還有事嗎？沒事我就回去了。」

「她們車子都走了，可沒等妳，妳還是和我們一起在這裡用飯，稍後等姑娘派來的車子接我們吧！」

「不，我想現在就回去，既然奶奶信我、用我，把我當管事的頭兒，那我就得擔起責來，她們玩的手段我清楚，我也不能白得好，總得將功補過，我這就回去補去！」古嬤嬤說著就要往外衝，花嬤嬤卻急忙拉住了她。

「不用了，妳要是回去指著她們的錯，往後妳還怎麼捏著那些丫頭婆子？妳還是乖乖待在這裡吧！」

「可是我不回去，沒人指證那幫人，奶奶怕是要……」

「放心吧，我們姑娘可不笨，早有準備的。」花嬤嬤說著臉上露出得意的笑來。「姑娘說了，她們就此知足知錯作罷，大家還有臉，倘若給臉不要臉，到時自找難堪可怪不得她！」

回去的馬車上，何田氏一臉陰色，其他幾個管事則是慌亂中哭嚎起來。

「吵什麼！」周嬤嬤高聲瞪了她們一眼，看向何田氏。「大姊，我們可不能就這麼完了啊！」

何田氏伸手摸了摸頭髮。「當然不會就這麼完了，這些帳目她算得出來是她的本事，但是對得出來嗎？謝家這個時候要的是安生，是穩當，她卻想收拾我們。哼！我們殺回去，我倒要看看她背上個不念舊情的名頭還怎麼攆我們！」

第七十五章　莫欺我小！

謝府林熙的院子換進了六個管事，只是大半天的工夫，在這些老手的拾掇下，有些驚恐見亂的場面便已消失，縱然大家的內心還不能安定，但至少面上看起來都已服貼了。

那些老根子遺留下的心腹幫凶，林熙一個不落的全打發了，這些人都是些慣會耍手段的，林熙心中也清楚，故而在最初清理時，來了個突然襲擊，讓那些做重活的粗使僕婦前來捉人，她們都是府中常被輕賤欺負的，這會子自然勇猛，不過林熙為了達到效果，特意囑咐過這些人，先不用堵住口舌，只是綁住手而已。

果然結算銀兩沒幾個，她們就鬧僵起來，大喊大鬧，此時五福忽而抱著一摞本子到了她們的跟前，往地上一摔。

這些人立時愣住，五福趁此說道：「覺得委屈是吧？這裡記著妳們這三年來都做過些什麼，從府中剋扣過多少，要臉的就閉上嘴，拿了月例銀子從府中出去，謹四奶奶厚道，不與外說妳們做下的醜事，好好散了契，只說到了日子不續，憑著妳們在謝家做過的名頭，日後在外也吃得開，圖個好聚好散，也圓了主僕一場的情誼；要是有誰覺得冤枉、受了屈，我這裡陪著她查帳，倘若冤枉了她，一人賠銀子三兩，可要是沒冤枉，月例銀子一個大子兒也別想拿不說，還得按照剋扣索拿的多少賠出來，倘若賠不出來，立時發賣，發賣的錢財便用來賠補所貪！」

五福說完從遊紅手裡接過一張條凳，往那裡一擺。「來吧，冤枉的就使勁嚎，想著好聚好散的就閉上嘴巴滾蛋！」

她往那裡一杵，大家都閉嘴抽聲面面相覷，這般安靜了幾息後，有幾個人開始往前衝，此時有一個大聲喊了出來。「哼，對帳就對帳，我可沒貪過！」

五福衝她一招手。「是嗎？那過來，我給妳查帳！」當下口中唸著她的身分。「灶房周嬤嬤跟前的幫廚霍大媽……來，這頁！」五福翻出一本來，指著帳冊頁面細細地唸了起來——某月某日什麼採買裡，虛報了單價，摳出了五十六個大錢，三十個孝敬了周嬤嬤，餘下二十六個，拿回去採買了什麼……

她一句句唸著，那霍大媽的頭慢慢下垂，最後竟是腿肚子都抽起筋來。

五福把帳冊拿到她跟前衝她擺了擺。「無話可說了吧？」一轉頭衝著急急被召回來的夏荷言語。「夏荷姊，她的月例銀子咱們省了，這人送哪兒去？」

「哪兒？」夏荷扠著粗了一圈的腰身一臉怒色。「當然是後門院口了，人牙子那裡等著呢！霍大媽，等下我叫人跑去妳家招呼妳那一天喝酒沒完還爛賭的男人過來拿錢贖妳，少一個子兒，妳這契書就準備轉到人牙子手上吧。我可告訴妳，四爺已經給京兆尹打過招呼了，妳們這些惡僕就等著被發賣吧！」

夏荷一說完，抬了手，粗使僕婦立刻把抹布子塞進了那霍大媽的嘴裡，當下拖著嗚嗚的她往後門去。

此時五福眼掃眾人。「還有誰想賭賭運氣？」

立時本有幾個準備站出來的，全都縮了回去。

就這樣一票心腹，閉嘴收聲的自求解約和謝府脫了契，她們都打發出去後，夏荷同五福才傳回了話來。

林熙衝夏荷說道：「這裡有五十兩銀票，把霍大媽和她男人送出去後，給她吧！」

「姑娘何必給那麼多，就是二十兩也足夠了的！妳已經幫了他們大忙了！」夏荷看著五十兩的銀票，替林熙肉痛。

「要把她們都鎮住，咱們需要一個老黃忠，縱然她的難處我幫著解決了，她女兒現下也無事，但到底為了我們，她出來唱了丑角，雖然她本就要上路遠離京城免得招惹是非，可去的也是偏山遠地，又這把年歲的，還是有點傍身的銀子才好啊！」林熙說著擺了手，夏荷點點頭，細細揣了銀票出去了。

林熙打進府起，明白這世家大府蛀蟲碩鼠是一樣不少，還因著老資格的，自己難以對付，便叫著隨進來的下人陪房，各處留意打聽。但不得不說，這些人都是老手，她能摸到的只是一小部分而已。

本來她打算韜光養晦，慢慢熬著查的，豈料老侯爺竟這麼去了，謝慎嚴更一躍成了家主，兩個小年輕，膝下尚無孩兒，其上又一堆長輩盯著瞧著，她不得不發力。

打蛇不死反被咬，她可不想頭一仗就輸，因而翻了葉嬤嬤留下的絹書，結果看到了一個關於「托兒」（注）的種種故事，立時有了法子。

於是她在府中物色人選，發現霍大媽最近頻頻找人借錢，便叫五福去打聽，結果才打聽到，這霍大媽的男人嗜酒成性又爛賭，欠了一屁股的債還不起，就把自己家的小女兒賣到了怡園——這個怡園並非是青樓勾欄之地，乃是專司調教「瘦馬」的，而「瘦馬」可與妓女有別，她們一旦賣進來，就會接受上好的教導，琴棋書畫、歌舞媚房，而後等著達官貴人們前來挑選，中意的便弄回去納為小妾，或是收養起來做個外室，而聘禮也好，納采也好，都是給了教養嬤嬤，再加之賣身錢種種的，也是出資不小，是以這營生還是大有人捧場而熱的。

霍大媽知道後求去了那怡園，見了主家嬤嬤，求著給機會，主家嬤嬤本看她女兒長得水靈動人不想放的，後聽得她是謝府上的幫廚，這才答應給機會，只要湊夠了錢就讓贖出去。可是霍大媽為了女兒的名聲，不敢大張旗鼓的提著女兒名諱借錢，結果因為她男人的緣故，根本借不到，霍大媽又去找了周嬤嬤，希望她給幫忙，自也說了實話，結果周嬤嬤聽了事情原委，不但沒借錢給她，還叫她認命，說她家女兒這般做了瘦馬，日後也是富貴人家的小妾，過得可不差，總比這樣跟著他們好！

霍大媽又氣又急，五福上前拉著她問，她也是急了，才說了實情，如此一來，林熙立刻出了銀子幫她把姑娘贖出來不說，還為了保住她家名聲，叫人幫著把他們送回了霍大媽的娘家山村去，霍大媽受了恩，五福又去和她說道了一回，她便如此還恩，豁出臉的當了托兒。

這些心腹一清了，林熙便把各路關係戶安撫了一下，而後就去了花廳裡等著了。

天剛臨近申時，何田氏帶著一幫子管事氣勢洶洶的殺了回來，結果剛把側門敲開，黃大管事竟就站到了她們的面前，二話不說，衝著自家的兒媳婦言語道：「回去！」

黃賀家的一愣，剛要言語，就被黃大管事的一雙牛眼珠子給瞪得閉了口，而後縮著脖子在自家公爹的「探照」一下，稀裡糊塗的跟著走了。

滿共八個管事，瞬間就只剩下六個了，何田氏見狀依稀覺出點味道來，眼珠子一轉說道：「放我們進來，只怕那丫頭有準備，我們不能就這樣沒個靠山，妳，去二房太太跟前哭訴，妳去三太太跟前，就說我們不知犯下了什麼事被人給攆了，妳們幾個，去找五房和四房太太，務必把她們鬧起來！」

「大姊妳呢？」周嬤嬤望著她。

「我去祠堂前哭去，我倒要看看，我這府裡的老輩子壓得住她這個小丫頭不！妳們給我記住，不要說自己無錯，人嘛，一把年歲的怎麼可能沒錯，就說她的不地道，更要記得說我們的寒心！」

「放心吧，我們懂！」周嬤嬤說了這話。「不過那丫頭能放我們過去嗎？」

「不放過去就一路哭號，謝家要臉，我看他們是想把事消掉還是弄大！」何田氏發了話立刻往祠堂那邊去，餘下五個管事，當下就散了各弁東西。

注：托兒，指從旁誘人受騙上當的人，類似於「槍手」、「捉刀」或「暗樁」等詞。

她們各自行動去拉人，一路上也都遇到一些驚訝的丫頭婆子，還不等她們驚訝，這些老根子便哭嚷起來，於是大家都袖手旁觀，看著她們各自進了院落。

林熙坐在花廳裡手捧一卷書冊看得很是專注，身邊放著的茶杯，水都涼了。五福拎著水壺進來給重新換過，剛端到跟前，遊紅進了來。「奶奶，她們回來了。」

林熙看得專注，一聲不吭，五福上前輕輕喚了一聲，林熙才抬了頭。「她們來了？」

「來了！」五福答了話看向遊紅。

遊紅立時言道：「側門敲開的，黃大管事把黃賀家的叫走了，剩下的分了幾路，有去二房太太那裡的，也有去四房、五房的，哦，鍾興家的還去了咱們太太處！」

「她肯定要去的，婆母可是她的原主子，她不求著她老人家還能拉巴上誰做靠山？」林熙說著轉頭看了五福一眼。「行了，我們等著吧，把點心什麼的備好，別等會兒耽擱久了把長輩們餓到。」

「是！」五福應了聲出去，林熙叫著遊紅繼續盯著，人便吃了口茶，又繼續瞧看了。

半個時辰後，林熙的花廳裡熱鬧起來，二房太太柳氏、四房太太趙氏、以及五房太太滕氏全都來了，她們身邊可立著各自抽搭不停的管事，王嬤嬤、武嬤嬤、周嬤嬤以及邱玉峰家的，這會兒全是一副受了委屈的模樣。

林熙見著她們不約而同到來，便知這三位已經聚過了，當下起身行禮相迎，一臉無知的表情望著她們。「不知伯母嬸娘的這會子過來是有何事？」

三個太太對視一眼後，二房太太柳氏開了口。「熙丫頭，白日裡妳叫人來知會一聲，說妳要整治府院，叫我們做長輩的多多見諒，我們誰也沒敢多聲，畢竟妳現在可是咱們府上的當家奶奶。但是眼下，我們幾個卻也想說上幾句——妳要整治這是對的，可到底她們也是府上的老人，有什麼不對的，何必非要打發了去？而且就算打發，也該正兒八經的，怎麼弄得神神秘秘的，一轉頭全都抹下換人了呢？妳這可不合適吧！」

林熙聞言淡淡一笑，坐回了椅子上沒有吭聲。

四房和五房對視一眼後，四房趙氏也開了口。「熙丫頭，妳二伯母和妳說話呢，妳這不吭聲的是個什麼禮數。」

她話語不重，似是輕聲說事，但這話卻也有些說教的意思。

林熙還是沒吭聲，依舊掛著淡淡的笑坐著，望著門口。趙氏見林熙這般便蹙了眉，正想再言語，滕氏拉了她一把搖搖頭，倒是不說話了。

花廳裡一時安靜，眼看林熙這般態度把三位太太都弄得似乎不悅，屋裡的四位管事都飛著眉眼，似覺得有了盼頭，然而這個時候，林熙卻起了身向前，眼神更看著外面，但見徐氏帶著鍾興家的走了進來，而她們後面，何田氏正哭得唏哩嘩啦的，那架勢就跟死了兒子一般。

林熙上前對著徐氏行禮，而後才問：「婆母帶著她們過來，莫非也是問兒媳的罪？」

徐氏一愣隨即搖頭。「我問什麼罪？妳是當家主母，妳拿妳的主意就是，最多我這做長輩的瞧一瞧，提點意見而已，但聽與不聽的在妳！」她說著向後掃了一眼，衝著還在抽泣的何田氏就言語上了。「對著祖宗祠堂哭成那樣，不知道的，當我謝家又去了誰，妳要委屈這裡說話就是！」徐氏說完直接走去了柳氏身邊，招呼一句後，才在一邊大椅子上坐了，同兩位弟妹點頭招呼。

現在徐氏的身分已是侯爺夫人，但還是顧忌著大小禮數，實實在在的周全。

徐氏放了話，何田氏以為機會到了，立即開口。「老身可是打謝家高祖上就伺候著的啊，縱然我有什麼錯，也不能這樣就被攆了出去，稀裡糊塗也就罷了，謹四奶奶您總得念點人情不是？您……」

「歇歇吧，要哭訴妳等會兒再哭訴吧！這會兒早了點。」林熙淡然的白她一眼，開了口。「敢問幾位原管事，八日前，我差各位做過什麼？」

幾個管事互相掃了一眼，何田氏答了話。「採購，我們依著單子採……」

「閉上妳的嘴，我問什麼答什麼，絮絮叨叨那麼多做什麼？」林熙眉眼一挑當即呵斥，繼而轉頭看向周嬷嬷。「四日前妳們上交的東西，我驗收過了對不對？」

周嬷嬷點頭說對，林熙又言：「東西是不是鎖去了庫裡？」周嬷嬷又是點頭說對。

林熙當即簡單說了自己那日裡摔跤和丟了鑰匙的事，而後立時朝外招呼。「五福！叫人把那水缸給我放倒，取出落進去的鑰匙來！」

五福立時答應叫著人忙碌，柳氏站了起來。「我說熙丫頭，妳這是……」

「別急啊，二伯母！」林熙一轉身看著屋裡的人說道：「還有嬸娘和我的婆母，還請妳們和我一同去往庫前！」

林熙把大家邀請到了庫前，站在那裡瞧看著四、五個僕人把大水缸放倒，從蓮葉與淤泥裡翻出了一把鑰匙來。

五福取出來，用帕子擦乾淨，也免不了上面的泥腥味，林熙卻當沒聞見，指了指庫房的門。「去打開，把裡面的東西都拿出來，擺在花廳前的院裡！」

她做了吩咐，自然下人們動作，看著大家把東西一樣樣的取出來擺起，何田氏已經明白林熙想做什麼，頻頻對著身邊的幾個管事飛眼色。

林熙看得到何田氏的動作，但是她當作沒看見，由著她在那裡「眉飛色舞」，而柳氏和趙氏也頻頻交換眼神，唯有滕氏蹙了眉頭的看著東西一樣樣抬出來，最後忍不住口裡嘀咕。「這都是前日上各處所用啊，我說熙丫頭，難不成妳準備了雙份？」

林熙衝她搖頭。「才不是呢，那些都是婆母早先準備下的，在我接手這事之前她給張羅的。」林熙說完看了眼五福，五福去了那庫房裡，將一本帳冊拿了出來，捧到了林熙跟前。

林熙抬手接過，把其中夾雜的那幾頁採購單亮了出來。「彼時我驗過貨後，就把東西收在了這裡，而後連這些也沒拿出來，一併丟到了裡面。」她說著走到邱玉峰家的跟前。「我當時是叫妳做的監督對不對？我知道妳病了，還叫人給妳送去了十兩銀子養身，生怕妳在監督上不能盡心，妳怎麼說的，妳說妳沒事，不是什麼大病，只是沒休息好，而後還是兢兢業業的在此做事是不？」林熙說著一指那些攏出來的東西。「這些妳監督驗收了的，對不對？」

邱玉峰家的能說不嗎？驗收時，不只管事們在，丫頭僕婦的一堆人，都是見證。

當下她只能點了頭，說自己是抽了幾樣檢查的。

林熙笑了一下，轉身衝幾位太太們言道：「伯母嬸娘都是做過府院中主母的，相信這些東西的好賴，妳們的心裡也是有數的，不妨去看看怎樣？」

當下柳氏、趙氏還有滕氏都去瞧看那些東西，而徐氏則是歪著腦袋瞧看著何田氏，既不去查驗，也不發話，就這麼瞧著。

很快，幾位太太們臉色難看起來，這些用慣了好東西的人，東西一到手裡便知好賴殘次（注），彼時臉色怎能好呢？

林熙見狀言語道：「我那日裡鎖了東西，為何要帶妳們去逛花園子？就是因為我在想，對著妳們這幫面對謝府那般重要的大事都還敢拆臺進兜的貪心奴才我該怎麼辦？妳們都是謝府上的老人，就算有年輕的，也都沾親帶故，怎麼我都該賣張臉的，可是，謝府上繼承勳爵的事，能出差錯嗎？謝家家長祭祀儀式能出錯嗎？妳們平日裡貪錢，我都當不知道，想著睜一隻眼閉一隻眼算了，可是到了這個節骨眼上，妳們還在想著如何斂財！我便明白了，不能因為妳們是老人，我就不動；不能因為妳們是謝家沾親帶故的，我就不動！謝家何以傳承千百年？老侯爺在世就說得清楚，那得是一家人的齊心協力，是一家人的取捨成全！可是我們在為著謝家小心翼翼的時候，妳們呢，妳們卻倚老賣老、不顧謝家安危與榮耀，只想著怎麼中飽私囊，妳們配做謝家的人嗎？」

林熙一臉怒色，幾位太太也大為不快，本來想藉著這個事，叫小輩知道自己的斤兩，可結果呢，反倒牽扯進來，她們萬沒想到林熙竟然如此保存下了她們貪贓的罪證，而且正如林熙所言，什麼時候貪不好，節骨眼上的大事竟也敢亂來，弄得她們現在都說不成話了。

「這東西有差錯，我們也是不知的啊，是、是那黑心的商販，與我們無關，是他們以次充好……」何田氏立刻把準備好的理由拿了出來。

林熙卻是嘆了一口氣。「我想給妳們留點臉，結果呢，給妳們臉不要臉！好吧，既然妳們想如此，我成全妳們。五福，按照她們提供的商家把人請來，對了，叫他們帶上十天之內的帳冊！」

五福拿著採購單子立刻應聲出去，林熙便邀請著三位太太連帶徐氏一起去花廳歇著，又叫遊紅端出了點心瓜果以及茶水。

一看這些東西，幾位太太們便知自己是進了坑了，當下更不言語，只默不作聲地吃著，還是徐氏見狀忽而提起了後日裡的蔭封人選之事，與她們閒聊著覺得誰比較合適。

這又是個大事，也是個不好開口的話題，大家有一句沒一句的嘮嗑著，轉頭就變成了幾個人想從林熙這裡探出口風來一個勁兒的問。

注：殘次，殘指的是殘品，即根本不能使用；次指的是次品，能用，但不是最好的。

林熙眨眨眼，一臉不知情的模樣——

「慎嚴從不與我說這些，我哪裡知道！」

「哎呀，這些事輪不上我插嘴！」

「我是真不知道的，我只知道什麼叫本分，打理好家院裡的事，事事聽他的就是，所以這個，我真不清楚。」

幾個費勁問了半天，竟收了這一筐廢話，不過時間倒也消磨過去，幾大商家的掌櫃帶著帳冊來了。

林熙叫人在花廳裡支起十二扇的抽絲織屏，邀了女眷們在後，這才叫人請了他們進來，並逐個開始詢問採買的情況，以及把帳冊調進來過手。

這些商家都是精明之人，都希望著能和謝家保持永久的合作關係，眼見召喚豈會不給五福塞點小錢，要她透點口風？於是五福一臉為難的略略放出口風來，說老管事們因為採買東西品質混亂，正被謝家新任當家主母給揭開了，這會子為了考慮到底以後還有哪些商家有資格供貨採買的，所以要招呼你們去看看，在日前的採買裡，都做下了什麼勾當！

商家們於是在花廳裡，一本正經的強調著自己東西的品質，而後一點沒客氣的說著她們前來採買時就要好次兩批，對於她們混雜入府那是實不知情，而後帳冊呈上，不但清楚的記著好次兩批的詳單，更記著單價，結果和送上來的單子上價格一對，這就露餡兒大了。

立時何田氏等人便無處可賴，只能在自己資歷和人情上作文章，並一再強調這是初犯。

遇上這樣厚顏無恥的老根子，林熙捏了拳頭，她忍著怒火，一臉平淡的叫人把各路商家送了出去，而後叫人把屏風撤了，轉頭叫五福取帳本好好和她們算算帳。豈料五福剛應聲，那鍾興家的忽然開了口。「不用了，奶奶不用和我們對帳，我這裡就有！」說著從懷裡拿了個帳本出來，隨即遞送上來。

這個帳本一出來，何田氏瞪了眼，而徐氏則看著何田氏笑了。「何田氏，有的時候我真不知道是該誇妳聰明還是糊塗，妳處心積慮的拉我身邊的人下水，無非就是想捏著我的手腳好應對，但是妳也不想想，我是什麼出身，我身邊的丫頭又是受過什麼調教的，妳以為妳真能收買得了嗎？」

何田氏立時變了臉，而徐氏此時看向林熙言道：「熙丫頭，鍾興家的是我身邊的人，我早先就安排她進來，為的就是弄清楚這裡面誰還能用、誰不能用，打算時候到了就動手清理，只是沒承想，妳動作倒快，正好省得妳還得費時間和她們清算。」

有了這個帳本，還用算嗎？五個管事立刻就縮了脖子。

此時林熙卻又看著她們言道：「妳們怨我不聲不響攆了妳們出去，說我不近人情、不念舊事，我就是念著近著，才不想和妳們像現在這樣清算！鑰匙有那麼容易丟嗎？我摔丟了鑰匙，又把自己娘家都拿來背錯，就是不想妳們這批良莠不齊的物品在謝家大事上出紕漏，然後丟人現眼！為此，我求到婆母那裡，動用了之前她採購的東西維持了謝府上的大事所用，又好言相求希望妳們最後為謝府能做的事，別掉鏈子！所幸，順利圓滿，我給妳們發了賞銀對不對，賞罰分明，妳們還想怎樣？是，我把人不聲不響地換掉，換掉的目的，還不是不想妳們這些人鬧得家裡難堪，謝府上那些得以信任的老根子，竟然全是些利慾薰心貪得無厭的碩鼠蛀蟲……這不是打臉是什麼？啊？可現在呢，妳們還是鬧了，弄得二伯母和嬸娘們都前來為妳們向我說教，妳們不覺得誆騙了她們前來深感羞恥嗎？就妳們這樣的奴才哪裡有點忠心仁義？就妳們這樣還配留在謝府上嗎？」

林熙連串問話後，一拍桌子，起身大聲言語。「我叫花嬤嬤帶了話給妳們，叫妳們想想自己做下的事，靜悄悄地走，大家都有個主僕的體面，也算全了緣分，可妳們卻到這裡來臊臉！好，既然如此，這體面不要也罷，謝家大門大府也不計較妳們所貪，五福，去，把這幾位管事的契書現在就送到她們手上，送她們出府，沒臉沒皮的惡僕沒資格領謝家給的遣散銀子！」

林熙發了這話，何田氏自然還是想留下，一面求饒一面說著自己的資歷。

林熙望著她，目光越發寒冷，最後一把將手邊的杯子摔在了何田氏的面前。「妳說妳的資歷是什麼意思？妳要倚老賣老當家作主不成？我告訴妳，這裡是謝府，我是謝家第一百八十九代家長的嫡妻，我是這府上堂堂正正的當家主母！我是沒有一把年紀撐身，更沒有多少代拿來擺譜，但是我是謝家此刻的主母，是主子！妳，有什麼資格在我面前指手畫腳哭哭啼啼？妳和我擺這些資格，是欺我小嗎？我告訴妳，莫欺少年窮，莫欺主子小，妳就是活上一百歲，也是奴才，而我是當家主母，這個家，我說了算！五福，叫人給我把她們捆了！」

五福立時應聲招呼，早有候在一邊的僕婦上來。她們早先已經練了手，這會子更是輕車熟路，兩兩把人一架不說，還綁住了手腳塞了口的把人摁在了地上。

三位太太見狀，已經完全明白現在是個什麼情況了，敢情這趟水渾得不是一點半點，她們三個掃了徐氏一眼，但見徐氏一臉淡然，誰都說不出什麼來。

此時林熙竟衝著她們四個一欠身說道：「林氏年歲小，很多事不如各位長輩們清醒，起初我念著舊情放了她們出去，這會兒瞧著她們如此咄咄逼人，才知道自己的糊塗，如今我可不敢放她們出去了，她們都是府上的老人，知道得太多，還請伯母嬸娘還有婆母教我，怎生處理了她們！」

徐氏聞言掃了林熙一眼，低下了頭不作聲，其他幾個更是妳看我、我看妳，最後還是柳氏開了口。「妳是當家主母，妳拿主意吧！」

林熙眨眨眼。「我拿主意？我年紀尚小，沒經過什麼人情世故的，只怕……」

「不不，妳年紀是輕，但看此事妳分明心裡清楚，妳處理吧，我們聽妳的。」趙氏急忙言語，先前林熙那段話看似衝著何田氏在罵，但她又何嘗聽不出那話中之意？

「是啊，妳剛才不還說，莫欺妳小嘛，妳拿主意吧！」滕氏也出聲響應。

林熙咬了下唇，看向了徐氏。

徐氏站起身來，衝著林熙一笑。「我雖是侯爺夫人，但也聽謝家當家主母的，妳拿主意吧！」

林熙見狀深吸一口氣。「那我可說了？」

幾人都是點頭，林熙這才說道：「祖父在世時一再強調，只要是為謝家長久安保，便沒有什麼捨不得，他老人家是這麼做的，我這個做孫媳婦的，更打算如此！」她說著轉了身衝五福說道：「按照剛才誰跟誰來的，把人抬到她們的院落裡去，人留給她們自行處理，滿共就三條，第一，確保謝家的秘密不外洩；第二，不要讓府上的人再去提及她們；第三，我們誰都不要再提此事，就這三條而已，而怎麼做隨妳們！」

柳氏和趙氏一聽這話就瞪了眼，滕氏則是攥緊了手裡的帕子，至於徐氏，她看著林熙，末了唇角漾出一抹笑來，聲音不大卻誰都能聽見——

「老爺子真是慧眼，這投名狀（注），我交了！」說著她轉頭看了眼被捆綁和堵住嘴巴的何田氏，輕嘆了一口氣。「知道太多的人，都是低調的活著，生怕別人還記著自己，妳卻倚老賣老，這怪不得誰！走吧，去我那裡待一陣子，我送妳去伺候謝府上的高祖！」

徐氏說完這話看了林熙，衝她滿意一笑，才看向柳氏和趙氏她們。「二嫂、弟妹，我們是謝家的一分子，為謝家計，妳們也痛快點吧！」

徐氏帶著鍾興家的把抬著的何田氏帶回了她的院落，不知道是徐氏的話刺激到了柳氏，還是柳氏明白眼下的情況，她直接扯了武嬤嬤陰著臉走了，至於趙氏和滕氏見狀也只能各自帶人離開。

她們都走後，林熙才長吁了一口氣坐回了椅子上，滿腦子都思想著，稍晚該怎麼再去和徐氏賠禮道歉，儘管她知道徐氏會支持她，滿意她的選擇，但到底她把自己婆婆也算進去，只為了把那幾位長輩給捆住，這還是很過分的。

「奶奶，她們肯嗎？」五福的聲音飄進了耳朵裡。

林熙抬了頭。「她們必須肯，謝家傳承的不只是家業、田產、文化，更有殘酷的現實，我是年歲小，可我是當家主母，她們為了謝家的安定，自然明白我需要怎樣的投名狀！」

五福聞言，低了頭沒再說話，林熙卻看向了她。「古嬤嬤回來後，我就不見了，妳直接幫我引她過去做事吧！」說完她又看了看外面。「天色不早了啊！」

注：投名狀，在古代是忠誠之證，意為加入一個組織前，以該組織認可的行為表示忠心。

第七十六章　永遠的靠山

不知道是謝慎嚴有意避開，還是真的挺忙，總之等他回來的時候，已經燈火通明了。

已經去徐氏跟前告罪過的林熙，得到了徐氏的諒解，這才內心丟了包袱，安生的看著他用罷了飯，便與他說起了今日之事。

謝慎嚴一言不發的聽完，既沒誇她做得好，也沒說不好，只是點點頭，全然一副不做理會的模樣衝她說道：「四叔的事已經定下了，明日妳同我去四叔跟前走一趟吧，雖說眼下我是家主，但也給他足夠的面子才好，而且這一蔭封出去，便是分家，這些年謝家的田產全賴他的操心，雖他為伯，也會得些賞賜，我思量著還是得同人伯分家一般，分些田產和莊園給他。」

林熙眨眨眼點了頭。「行，這些事你拿主意，我聽你的。」

謝慎嚴抬頭看了她一眼。「妳大姊夫就要到京城了。」

自新皇繼位，人事調動後，康正隆便從揚州調任到京城來做那都察院經歷，這會兒算算日子，也的確快到了。

「他給你遞了信兒？」林熙有點詫異，按照道理，康家到不到的，這消息該是娘家來人知會，可現在卻是由她夫婿告知。

謝慎嚴伸手在袖袋裡一摸，拿出了一封拆口的信來，遞給了林熙。「今日送到的，他給我的。」

林熙蹙了眉。「他倒真會阿諛奉承，只想巴上你！」說話間將信瓤取出，打開來掃了一下，前面都是些巴結的話語，感謝著他的關照，以及假情假意的論著什麼挑擔情，但信的末尾卻是一句叫林熙非常意外的話——

「……我如今歇在京郊驛站，明日可到，更可後日再到，而糾結之事只一：拙荊病體，究竟幾時言喪？」

林熙捏著信瓤，咬了唇，繼而一把將信揉成了團。

謝慎嚴瞥了她一眼，端了身邊的茶喝了一口才慢慢地說道：「這沒什麼好氣的，我倒覺得他問得在理，畢竟在揚州稱喪，有些事天高地遠的也好打馬虎眼，倘若一時為氣，扼著，制著，但將來點破之日，卻又麻煩了。」

林熙把揉成團的信瓤使勁的攥了攥。「話是沒錯，可他完全可以去信問到林家，卻偏偏把這話問到你這裡來，分明就是想拿這事作脅，要你與他買帳封他口！」

「正常，人之常情。」謝慎嚴說著放下茶杯問道：「到底妳大姊這裡是怎麼回事？」

林熙盯著謝慎嚴遲遲不語，謝慎嚴見狀嘆息一聲便起了身，一言不發的向外走。

「等等。你，回來！」林熙起了身衝著他背影言語。

謝慎嚴半轉了身子。「我不想迫妳……」

「不是你迫我，而是、而是我一時不知從何說起。」林熙說著上前兩步伸手扯了他的衣袖，將他往內裡的床前拉。

孝期忌諱房事，謝慎嚴求全是壓根兒就睡去書房的，是以這些日子全然都沒往內裡寢室走過，如今被林熙拉到這內裡來，立時挑眉，聲音壓低。「這事莫非很嚴重？」

林熙低著頭把他按在床邊，人才挨著他坐著輕聲言語。「是，這事的確嚴重，牽扯著林家的名聲，也多少能影響著我的聲譽。」

謝慎嚴看了她一眼，隨即伸手捉了林熙的手，輕輕地握著，也不催她，只這般捉著。

林熙舔了下嘴唇，輕聲言語。「我六歲那年，大姊她，忽然去世了，康家把人送了來，聲稱我大姊、我大姊背夫……偷漢，被康正隆捉了個正著，更說她一時羞愧投井自盡……我娘家乃清流背不起這丟人現眼的惡名，那康家也自持著書香門第不願一同丟臉，兩家言語之後，決定掩而不發，恰康正隆又是外放去揚州之時，便對外稱我大姊隨夫婿外放，實則私化了骨灰，供在廟裡，我們兩家這些年，其實也是斷了來往的。」

「看來你們是想把這事徹底掩蓋了，那康家去了揚州後幾年，大可發喪，為何又一直不發？」

「那時我大姊才嫁過去一年，若是病故，未免晦氣了康家，兩家昔日也有舊情，便說過上五、六年再說的，結果誰知道這五、六年尚未結束呢，我四姊姊就和莊家結親，那時莊家正紅，能扒拉上這樣的親戚，誰會傻得丟掉？康家便一直沒吭聲過，我們自也未提，後來我和你訂了親、成了親，那時回門不是你也聽到我與我大哥言語嗎？那是家中親戚途經揚州，發現他養著不少外室，整個揚州不知他有夫人姓林，彼時告知家裡，親戚們叫著出氣，我們卻不好言語，當時也曾想叫著發喪算了，可又不想壞了大哥的親事，之後的，你也知道了。」

「狐假虎威，脅迫至今，康家為了更好的仕途，自然又忍了這三年……」謝慎嚴說著把林熙的手一翻，將那揉成團的信瓤拿了出來。「如今他直接寫到我這裡來，就是想我知道妳大姊當年是做下了什麼事，他康家又付出了多少，而後嘛為了遮醜封口的，我就得多多照應他。呵，倒是挺會盤算的……」他說著看向林熙。「既如此，妳大姊的喪還是早發了好，我這就去信，叫他拖上兩日準備好諸事，那日進京時便可到此發喪，稱妳大姊路上病故了，只得先化了灰，到時牌位一立，骨灰一放，這事也就過去了，省得將來再言，無屍可殮！」

謝慎嚴說著起了身欲要去做，林熙卻扯了他的胳膊望著他。「我大姊是清白的。」

謝慎嚴看著林熙眨眨眼。「我記得妳那時和大舅子說的話，不過現下這個重要嗎？她已經去了，人死如燈滅，何況又牽扯這樣的事，肯定是煙消雲散被人遺忘才好……」

「不！」林熙使勁搖頭。「我不能讓我大姊含冤而死，她是被康正隆冤枉的，我得給她討個公道！她是清白的！」

「清白？」謝慎嚴挑眉。「妳何以如此堅信？夫妻之間的事，隔牆隔院的妳如何知道內情？」

林熙咬了咬牙。「我大姊的性子是驕縱，但她是林家的嫡長女，父親母親都是重名節的人，即便對她寬縱卻也不會在此事上短了教養，我大姊定是被冤枉的！」

「妳大姊若被冤枉，如何不找娘家求助，怎的自盡？」謝慎嚴說著瞧望著林熙。

「眾口鑠金，積毀銷骨，她被康家所謂捉個正著，只怕當時百口莫辯，為了保住林家名聲才投井自盡，也、也是想著把事化了……」林熙說著眼淚就止不住的淌了下來，此刻她覺得當年的委屈全在心裡，可是她卻偏偏無法為它們找到一個宣洩之口。

「她已經死了，還化成了灰，又隔了這麼多年，妳如何挖掘出當年內情？」

林熙聞言鬆了謝慎嚴的手，抱住了腦袋。「我不知道，可我、可我不甘心，真的不甘心……」

許久謝慎嚴的手搭在了她的肩頭。「行了，我知道了，眼下妳且收聲，叫著他先發喪才是正經，等過上幾年，大家都把這事抛在腦後了，我再幫妳查吧！」

林熙聞言詫異的抬頭看著謝慎嚴。「你說什麼？你、你要幫我查？」

「對，妳不是不甘心嗎？」謝慎嚴說著手指抹了她頰上的淚。「我不想看妳哭，所以還是做點什麼吧！」說著他將林熙摟進懷裡。「成親三年了，這算妳第一次……失態吧？」

林熙聞言身子一僵，摟著她的謝慎嚴則是一愣，隨即伸手在她的背上輕拍。「不用怕，我是妳的丈夫，是妳永遠的靠山。」

翌日，林熙跟著謝慎嚴去了四房院落談事，結果進了院子卻看到了正在同五爺謝尚擺弄算籌的四爺謝奕，他正一臉嚴肅地衝著五爺言語。「看清楚沒，應該是虧了兩千兩，而不是賺了四千兩！」

這位四叔，林熙見過他的次數一共就兩回，老侯爺去世後他是趕了回來，可那時她卻坐起了小月子，根本見不到，而後來出了月子，就操持起家族大禮，那時她才在公爹的院落裡見了他第一回。結果行禮後，這位四叔將她上下打量一遍後，只是說了一句話——「也未見有那傾城之色啊！」當時就把林熙弄得不知該應對什麼，可人家卻起身說著還有事就走了。而第二回見，就是祠堂外的儀式時，滿共也就是一個照面而已，更是沒說什麼了。

「四叔和五叔爭什麼呢，如此認真！」謝慎嚴當即言語著上前。

謝奕立刻衝他言語。「你來得正好，你五叔那個腦子連這點帳都算不清楚！你來告訴他，到底虧多少！」

「四哥，你這話過了啊，我可沒錯！」說著也一扯謝慎嚴。「你來評理，他問我，有一個人花了一千兩弄來了一張鹽路條（注），然後在回來的路上轉手以三千兩的價格賣給了遇上的一個鹽商，結果第二日他遇上個願意出七千兩買下鹽路條的，他一尋思又找了回去，用五千兩買回了那張鹽路條，又七千兩賣給了這個新的鹽商，最後他到底是賺了還是虧了？」

謝慎嚴聞言，呵呵一笑。「瞧你們爭成這樣，原來是為了這個啊，現在算帳的事輪不到我操心了。」他說著轉身衝著身後的林熙道：「妳說結果是什麼？」

林熙一愣，隨即答道：「四叔和五叔都是對的。一千兩的成本，三千賣掉，便是得了兩千，之後五千買進，七千賣出，又得兩千，只說尚包帳面的，是多了四千出來，可說賺了四千，但原本這東西最高可賣七千兩的，若是一次買賣，這便有六千兩的利潤，結果折騰上兩回，只得了四千兩的利潤，在商言商的話，的的確確又是虧了兩千兩的。」

林熙這般答後，四爺和五爺都是一愣，隨即五爺伸手虛點。「妳倒會左右都護著，兩不得罪！」

林熙一笑。「五叔這話可錯怪我了，我只是就事論事而已，畢竟這個怎麼說也都成的，恰是公有理，婆也有理，看怎麼算了。」

五叔笑了下沒言語，反倒是四叔把林熙上下又打量一次，嘴角露出了一個滿意的笑。「這腦袋不笨，小四沒走眼。」說完一轉頭看著謝慎嚴。「你找我有事？」

「是。」謝慎嚴說著臉上的笑收了。「我想犧牲四叔您。」

謝奕一愣，隨即言語。「成，要我做什麼？」

「四叔應當知道我們謝府現下是被宮裡兩后算計的吧！」

謝奕點點頭。「嗯，你直說吧！」

「想請您去做伯。」

謝奕再度愣住，繼而卻哈哈大笑起來，而後手指著謝慎嚴一陣點。「你呀你，何必拿話

注：鹽路條，即鹽引，古代官府在商人繳納鹽價和稅款後，發給商人用以支領和運銷食鹽的憑證。

架我！」
謝慎嚴衝著謝奕便是鞠躬。「並非是架，四叔為著謝家年年巡業，是家中除祖父外，最為辛苦之人。如今我將四叔送至伯位，不管外面言得多風光，還是內裡實為應付兩后，終是要把四叔分出去，這實在是苦了四叔您。」
謝奕收了笑，整理了下衣衫，衝著謝慎嚴一拜。「當不起家長這一禮，我是謝家嫡出四子，大哥尚且可分，我又有何不可？正好分出去，把兩后的『情』領了，再得一些田產什麼的，也不虧。」
「多謝四叔成全！」謝慎嚴鄭重再欠身，林熙也忙跟著。
「你呀！」謝奕說著托了謝慎嚴立正。「你那花花腸子對我還是省了吧，只是我分出去，便得有人打理田產，你是什麼安排？」
「我想叫誨哥兒跟著四叔半年。」
「成，我帶他！」謝奕說著看了眼林熙，又衝謝慎嚴說道：「把你媳婦餵胖點，孝期結束後，爭取一索得男，早點給謝家開枝散葉穩住這份家業才是正經，畢竟這田產誨哥兒是不能幫你巡一輩子的，遲早他也得分出去，就如你祖父當年一樣！亦如我們一樣，終了都要散遠了去的！」

第七十七章 一晃又四年

「這是今歲各莊子交上來的清單，我已經做了一份帳，方便奶奶您瞧看，畢竟清單多而雜，怕累著您！所以現下您就先看看這個吧，若有疑的，咱再細細翻了查可好？」古嬤嬤小心的遞上一份帳冊，身邊是遊紅指揮著兩個健壯的僕婦抬了一個兩尺來長、一尺半高的棗木箱子進來放下。

鋪著狐皮的躺椅上，林熙挺著肚子坐在邊上，正喝著一碗去胎火的青果燉肚湯，聞言抬頭衝她一笑。「知道了，妳就放那裡吧，這些日子我乏得厲害，實在沒心思瞧看，不若妳就多操心些，分類記數後，把分送各處的都留下，叫人直接送去各府院，剩下的妳就和夏荷盯著入庫吧！」

古嬤嬤聞言應聲點了頭人便退了出去，遊紅便看著林熙一指抬進來的箱子。「奶奶，那這清單……」

「送去耳房裡放著，等我生產後坐月子時再看吧！」林熙說著把湯盅也丟給了五福。此時門簾一挑，卻是花嬤嬤走了進來。「胡說，坐月子裡看，姑娘不要眼睛了？回頭讓太太知道了，還不得掐死我？」

林熙衝她無奈的一笑。「我又不是一個勁兒的看，每日裡看一會兒就是，也能打發時間，免得我閒得慌。」
「閒了才好呢，您這都要生了，還在上下操持算什麼？屋裡上下的事太太言語了幫著您操持，您倒好，還不放手！」
「不是我不想放，而是太太這陣子身子也不好，她咳得厲害，太醫本就囑咐了，累不得，也操心不得，這會子又是年關上，最是天寒地凍的時候，她閒散了這幾年，我把這些丟給她，她素來又是心高氣傲、一心要做到好的人，妳再把她累著，那不是我不孝了嘛！何況我也只是生產而已，最多一、兩日上丟了手，由著妳們和古嬤嬤給我盯著也出不了差錯，待生下來，也就對了。」
花嬤嬤聞言嘆了口氣。「是是是，姑娘總是有理，什麼都想全了。哎，老爺也真是的，這個節骨眼上也成日的不著家（注一），每天回來得那麼晚！」
林熙眨眨眼。「老爺們自有事忙，好歹也是妳姑爺，又是謝家的家長，妳還是嘴上放個門兒，把把門兒（注二）！」
花嬤嬤當下嘆了口氣。「我好心替姑娘不滿，姑娘倒怪上我了，我不說老爺的不是不成嗎？」
林熙衝她一笑。「我可沒不滿，他有他的事忙，妳們就別去煩擾他了，欸，對了，那邊怎樣？」
「還能怎樣？一年不如一年唄！」花嬤嬤說著袖袋裡一翻，拿出了一封信來。「四姑娘說了，日子過得清苦點沒什麼，四姑爺終歸是疼她的，這些年不管怎樣都和她同吃肉喝湯的，沒虧待她，只是現下弄成這樣，總不能一輩子就吃木，四姑爺又是慣出來的性子，哪裡儉得了？叫說看看能不能幫著給四姑爺尋個事做，一來免得人這麼荒著徹底廢了不說，二來也別有一天把什麼都吃空了，最後讓興哥兒什麼都揀不上了。」說著她把信封遞了過來。

「這是她今年給林府上老太太的孝敬銀子，還是叫妳給帶過去。」

林熙聞言眼裡閃過一抹傷色，伸手接了。「四姊姊當年出嫁那般風光，那時她當禍，我言也是福，可如今是禍是福的我都道不清了。說她苦吧，四姊夫還是待她好的；可不苦吧，家道中落，處處排擠，想暖和她點人氣，卻又四面都盯著，終了也只能遠遠地這麼問上一下，她還替咱們著想，盡可能的縮著。」

「誰說不是呢？」花嬤嬤贊同而言。「哎，這莊家、孫家，大起大落的都是因著那一位，嗐，我要是那淑貴太妃，再苦再難也得咬牙活著，至少她活著嘛，這外面的人也都還能過日子，瘦死的駱駝比馬大，也不至於像現在這樣，景陽侯府空落虛名，致遠伯被削了爵。」

林熙眨眨眼。「淑貴太妃是何等聰明的人？她若能活著自然會活著，只怕是宮裡不叫她活啊！」

自新帝登基，三皇子成了安南王去了蜀地後，宮裡看著一時太平，但一年後，淑貴太妃

注一：不著家，意指不想、不肯待在家裡。

注二：把門兒，意指看守門戶，這裡表示「注意言詞」的意思。

卻留下一封遺書寫著「甚思先帝而隨」便投湖自盡了。她這一死，安南王連上京告別的機會都沒有，只得到從京城送過去的一箱子淑貴太妃的遺物。

當年榮寵甚厚的貴妃，到了只有一箱子遺物，據後來林悠給花嬤嬤提起時所言，那箱子裡的東西還是她跟著嚴氏進宮去收拾的，不過幾身衣服、幾件珠釵而已，什麼好東西都沒了。

「何必呢，皇上都登基了，幹麼弄成這樣！」花嬤嬤嘆息著，林熙也嘆了口氣，將手中信封打開，裡面有一張五十兩的銀票。

「五福，今歲我私房是入項多少？」

「回奶奶的話，田產進項共六百五十八兩，莊頭上的皮貨、藥材還有……」

「行了，妳明日同花嬤嬤一道出去，支出三百兩的銀票出來！拿一百一十兩放進這信封裡，幫著給遞到我娘家老太太手裡，餘下的一百九十兩，花嬤嬤妳拿去給我四姊，就說興哥兒也是入小學的年歲了，小鬼難纏，少不得打點，這是我的私房，並非謝家產業，助力於她，若是不夠，叫她言語一聲，我拿私房貼她，不會叫兩家難堪。」

五福聞言應聲，花嬤嬤則嘆了一口氣。「姑娘好心相助，我就怕四姑爺……」

「妳避著他就是了！」林熙說著看了眼手裡的信封。「去年年歲，她尚且還給出一百兩，今歲就只有五十了，四姊姊是個要面子的人，若不是日子難過，也斷不會如此，只怕她那嫁妝也……欸，花嬤嬤妳和夏荷日後在田產上留心些，倘若我四姊姊有賣田產，妳可得叫人接著盤轉回我手，這都是林家的產業，若是落在別人手上，日後生出點什麼事，傷了林家的臉，老太太也好，我爹也好，都是傷不起臉的。」

「行，我知道了，我會告訴夏荷盯著的。」花嬤嬤應了聲。

林熙這才放了心，她把手裡的信封交給了五福，又衝五福問道：「對了，四喜那邊都安頓好了嗎？」

「安頓好了，前陣子來信就言語了，說謝謝奶奶給尋的好人家，嫁過去後一家子都把她當寶呢！」五福淺笑著答了話。

花嬤嬤便抬頭衝她言語。「妳和四喜年歲差不多，她大了都放出去嫁人了，妳呢，可想著也嫁人去？」

五福一愣隨即低頭。「五福不想嫁人。」

「四喜當初也這般說來著，結果轉頭看到媒人上來，就急得巴著門豎耳朵了。」花嬤嬤笑嘻嘻的揶揄。

五福猛然抬了頭。「她是她，我是我，我真不想嫁。」

林熙本沒當事，聽聞花嬤嬤逗她也就抬頭瞧看了五福，此刻見她表情如此急切認真，知道五福說的是實在話，當下便言語：「為何不願嫁？」

五福咬了唇。「我想伺候奶奶。」

林熙眨眨眼。「場面話省了，我知妳為人實在，妳不妨和我說實心話。」

五福低了頭。「我是賣身到府裡當丫鬟，可我家還有兩個弟弟一個妹妹，如今弟弟們都在讀書上進不事生產，大的去年中了秀才，單有一份廩米，小的還是童生，妹妹還小，這過日子實在緊巴。倘若我出嫁，不管奶奶怎生照顧我，給我尋個好人家，再貼錢給我置嫁妝，也總有貼空的時候，這世上沒有哪家夫婿會樂意媳婦貼娘家的，所以我不想嫁。奶奶這裡我一個月有一兩的月例銀子，恰好能幫我撐著我家。」

林熙聽了衝她一笑。「那如此，妳要撐到幾時？妳兩個弟弟若是遲遲不中舉，妳難不成要撐他們一輩子？」

五福點了頭。「對，我撐他們一輩子，只要他們兩個中有一個中了舉，我們家就能出人頭地，再不必這麼苦了。」

林熙眨眨眼點了頭。「好，我知道了，我不迫妳，什麼時候想嫁了什麼時候說，還有打年後起，妳一個月的月例銀子便是二兩。」

「啊？」五福愣在那裡，並非欣喜而是一臉驚色。

林熙一愣隨即笑了。「別誤會，我給妳這個數額，並非要把妳升做通房，妳這人老實本分，從不多事，在我身邊這幾年更是越發長進。我想慢慢的把妳培養起來，不管妳將來嫁不嫁人都是我身邊貼心伺候的，畢竟古嬤嬤也好，花嬤嬤也好，終有伺候不了的一天，由妳和夏荷給我做貼心的，我手邊有得力的左膀右臂，這才能踏實。」

五福聽了這話臉上有了喜色，她應聲答應謝恩後，林熙便擺手叫她出去了。

「這人奇，人家當丫頭的，一心想往通房上擠，她倒怕。」花嬤嬤口裡輕聲唸著，自己把林熙的腿抱到了懷裡，輕輕的給她搓著，臨著生產，林熙的腿腳都已開始浮腫。

「這不是奇，而是聰明，她跟著我進的謝家，又在我身邊看了這些年，這一晃眼七年多了，還有什麼看不明白？」林熙說著抬手指指院外。「妳看雲露，現在不也這麼吊著(注)？」

花嬤嬤聞言倒笑了。「吊著才好呢，一輩子都只是個通房別抬為姨娘那就更好。」

林熙掩口輕笑。「妳呀，若要不抬，那我豈不是只有年年生，得學著太夫人那般生上好幾個才穩得住？」

花嬤嬤點了頭。「是這話沒錯，這麼大的府門就得開枝散葉才是，哎，要不是連著事，姑娘您這會兒，早膝下有哥兒在跑了。」她說著忽而眼角就泛起了淚花。

林熙立刻抬手輕拍了她的胳膊。「妳可別招惹我。」

花嬤嬤立刻擦抹眼睛。「是是，我、我不招惹您。」

兩人話音才落，院裡就傳來了丫頭招呼老爺的聲音，花嬤嬤一聽樂了。「喲，今兒個日頭是打西邊出來的吧？這才申時，老爺竟回來了？」

林熙聞言扯了她袖子一把，笑嗔了她一眼。「倚老賣老！」

花嬤嬤笑著立刻去了門口，才把簾子掀起，謝慎嚴便已兜著一身冷風走了進來。

花嬤嬤幫著給把皮帽和皮袍脫了、掛了，五福也送了熱茶進來，兩人倒是自覺，做完手

注：吊著，意指不上不下。

邊的事就都退了出去。

「怎麼樣？今日可還好，腿還腫得厲害嗎？」謝慎嚴說著就坐到了躺椅邊上，把林熙的腿抱過去便搓。

「使不得，叫丫頭來就是了，何必你……」

「行了，叫什麼丫頭，咱倆這樣說話也方便。」他說著就已經給她輕輕的揉了起來。

林熙望著他，伸手摸了他的耳朵。「戴著帽子也能把耳朵凍得這麼紅？你就不操心著自己？」

「沒事。」謝慎嚴說著衝她一笑。

「今兒個怎麼回來這麼早？莫不是，你的事辦完了？」

謝慎嚴點點頭。「辦完了。」說著臉上的笑容放大，身子往林熙這邊一倒，話音咬著她的耳朵。「全數都搬過去了，真要有什麼，也不怕了。」

林熙聞言也是臉上有些激動。「是嗎？奔忙了整整一年半，終日辛苦的，哎，也不知你那閣裡藏了多少書，竟耗費這麼久。」

「謝家傳承千年，這才是真正的家族傳承，田產古玩甚至真金白銀又算得了什麼？」謝慎嚴說著昂了頭。「這是我謝家的重中之重，我若不把它藏到踏實的地方，又怎麼放心呢？」

林熙聞言伸手攥上了他的手。「說真的我到現在都不明白，你幹麼還要把它們都藏出去呢？大伯一家分出去的，早就沒做念想；二伯母孝期一過便就回了邊疆，也扒拉不上；四叔分了出去做伯，分家的時候就沒提過；至於五叔，這會兒人家一家人都在外省安宅了，你這又防備的是誰？」

謝慎嚴衝林熙眨眨眼。「妳沒想出來嗎？」

林熙搖頭。

謝慎嚴眼掃向了林熙鼓起的肚子，抽手撫摸了上去。「妳這一胎能鐵定生個兒子嗎？」

林熙聞言一愣，謝慎嚴又言：「妳我年紀輕，的確有大把的時間來慢慢充填，我不急，可是族裡老人卻不會不急，妳萬一生個女兒，而彼時皇上又要和我鬥勁兒的話，我拿什麼來讓大家和我一心？」

「那些就可以嗎？」林熙有點反應不過來。

「對，因為那是我謝家真正的傳家之寶，誰都想擁有，投鼠忌器，他們只能妥協，而皇上嘛，難免會盤算著和我制約平衡，他是君，我不可能憋著他，但是我也不會把謝府上的傳家之物送出去不是？所以，密雲閣依然在，只是內裡的東西，我都掉了包，日後就算有來盤算的，我也不怕！」謝慎嚴說著捋了一把鬍子。「這只是防備之招，我真心希望這個防備的招，用不上！」

「對了，有樁好事得和妳提一下。」謝慎嚴突然臉上閃過一抹笑容，咬了林熙的耳朵。「妳大姊夫最近和鵬二爺走得很近乎。」

林熙聞言一挑眉。「鵬二爺？哪個？你說的該不會是孫二姑娘跟的那個吧？」

「對！就是他，金大將軍的次子。」謝慎嚴說著又低頭給林熙搓腿。

林熙眨眨眼。「自從那會子說孫二姑娘回了娘家，又被孫家給送回金家後，就沒再聽到關於她的音信，你這猛地一提，我竟都覺得有恍如隔世之感，哎，也不知這幾年她如何，莊、孫兩家如今落敗的，只怕她那日子……」

「她到底是嫁出去的，莊、孫兩家拖累不到她多少，只是她沒了靠，又是那個性子，鵬二爺這些年和她早不對付，據說原先府院裡鎮日是鬧得雞飛狗跳，自宮裡那樣後，沒雞飛狗跳，而是各過各的了。只不過最近那兩房妾侍好像懷了子嗣，似乎又給鬧上了。」

林熙掃他一眼。「連這些你也知道？」

「鵬二爺和我比較親近，他總羨慕我討了妳這麼個好妻房，心裡發苦了，就難免要衝我念叨念叨，我最近忙乎自己的事，沒多和他像以前那樣湊得勤，而這兩日上，妳大姊夫辦事又被權貴壓著，焦頭爛額尋到我了，我點撥了一下解了，只是吃酒時他又和我念叨不少，若不然我怎麼知道他們兩個親近？家醜不可外揚，鵬二爺都唸給妳大姊夫聽了，擺明了兩人親近得很。」

「康大姊夫嘴上裹蜜，眼角盯人，最是善於人事，他這幾年倒不上不下，吃了不少權貴排擠，越發懂得拉人圍人，你這麼由著他，只怕再有個幾年，他也就混脫出來了。」林熙說著眉頭蹙起。「彼時我再想為大姊討個什麼公道，只怕更難了！」

謝慎嚴轉頭看她。「我剛和妳說了是好事，妳莫不是還沒反應過來吧？」

林熙一愣，眨眼好半天還是不太懂。

謝慎嚴嘆了一口氣。「自妳這出懷後，妳便似笨了一般，往日一點就透，現下卻還要我多費口舌了。」說著他又靠她近一些。「孫二姑娘是鵬二爺現下之憂，妳大姊夫和他那般近，若想要關係再近一些，妳說會如何？」

「和人做一百件好事也及不上做一件壞事。」林熙盯上了謝慎嚴。「難道……」

「沒錯，而且這樁壞事還正好解決了這人的憂愁……」謝慎嚴說著伸手刮了一下林熙的鼻頭。「妳大姊夫有些頭腦！」

「把柄落手，為我所用……」林熙說著抓了謝慎嚴的胳膊。「這麼說孫二姑娘……」

謝慎嚴伸手按在了她的唇上。「自掃門前雪。」

林熙鬆了他的胳膊。「我和孫二姑娘並不投緣，因著你，我們兩個就跟鬥雞一般，誰也不待見誰，可是想到那麼一個人要被潑了污水，我心頭還是替她有些難過。」她心裡酸楚，因為她知道自己當時是多麼的百口莫辯，多麼的難。

「妳要想給妳大姊洗清冤屈，只有這個法子。」謝慎嚴輕聲說著。

林熙聞言卻是一愣，隨即看向謝慎嚴。「難道這事是你……」

她記得他當年的言語，更記得他說他是她永遠的靠山，這幾年她一門心思的等著他想法子去查，卻沒想到等來的是這樣的方式。

「鵬二爺和我訴苦了幾回，他口中的孫二姑娘和妳說的大姊有些相像，我介紹他們熟識就是想看看有無機會，等了這四年，總算看到點眉目了。」

林熙聞言莫名的鼻子一酸，伸手扯了他的胳膊。「都是我不好，為難著你，要你去做這等……這等事。」

「傻瓜！」謝慎嚴擁了她。「為政者沒一個乾淨的，這點事又算什麼？政客的眼裡只有結果，只有利益，至於途徑，哼！妳夫婿我就是個政客，妳犯得著說這話嗎？這可是臊我！」

「是，我知道，可鵬二爺畢竟是你的朋友……」

「妳以為他對我是摯誠之心？」謝慎嚴嘴角泛起嘲意。「權貴之交乃是利益之交，沒有真心。你沒落難，我是你的兄弟、朋友，等落了難……誰還認識誰？」

林熙抬頭望著謝慎嚴，一時不知可以說什麼，只用手輕輕的在他心窩子處蹭啊蹭。

這幾年她管起了整個家，前三年丁憂在家的大伯和五叔沒少旁敲側擊的提點她許多，徐氏更是一心的傳授，她越發的明白高處不勝寒的道理——看似風光，看似繁花似錦，卻恰恰誰都和誰是錦上添花的關係，想要雪中送炭？得了吧，能叫別人不落井下石便是大能耐！因此她也明瞭謝慎嚴內心的苦，他其實是內心孤獨的一個人，唯有守著她，兩人偎在一起暖。

「哦，對了，朱家那邊回了話，意思著，等到今年恩科過了再定。」

林熙聞言撇了嘴。「這算盤打得夠精的，恩科過了出榜才訂婚事，是貢士了才成，不是貢士便黃？」

謝慎嚴笑了起來。「沒辦法，朱家的女兒一夜貴如珠！」

「噗！」林熙笑著輕捶了謝慎嚴一下。「你也真是，連這話都說，沒你這麼損人的。」

「不是我損，而是事實嘛，自朱家大女兒雀屏高中得了淑妃之號入宮奉帝，可不是他朱家女兒一夜貴如寶珠了？我和妳說，這還是我的面子，要是換了別人，只怕得等殿試出來，捧了狀元去才成！」

林熙聞言無奈的搖搖頭。「哎，葉嬤嬤也不知怎麼想的，我前後幫襯著給瑜哥兒也相看不少了，那陳家的，還有何家的，多好啊，可葉嬤嬤卻偏不樂意，我又受了她師恩的，由著她挑揀，卻不想她最後竟看上朱家的小女兒，還得讓你去跑一趟的探探口風。」

「老人家的心思哪裡那麼好猜？以我看，也是葉嬤嬤希望瑜哥兒能少走些彎路吧，畢竟他祖上空沒有靠山，葉嬤嬤再大的臉，如今也耗空了，等到她百年之後，還有什麼能助力瑜哥兒？倒不如選個當紅的托著！要知道我這大世家靠的是家業傳承，新起之秀大多靠的就是石榴裙！若那淑妃有朝一日混到了莊貴妃的分兒上，家業當紅就是我們世家不也得客氣著？」

「你說得沒錯。」林熙蹙著眉。「只是這樣府門上出來的女子，只怕驕縱得很，瑜哥兒怕是要惱火些。」

「那倒未必！」謝慎嚴搖搖頭。「大姊能得一個淑字的封號，必然是教導有方的，老大好，小的也不會差太多，他們這算一代紅，相對好些。妳看那景陽侯，還是有些能耐的，只有當紅起來後，家業才出的紈袴……」謝慎嚴說了一半，忽然抬頭向外，隨即眉頭一蹙。「妳坐好，我出去看一下！」說著放了林熙的腿腳往外出。

林熙好奇，趿拉上鞋子，撐身起來，跟著出去，就看到謝慎嚴已經到了院中，張望著遠處。林熙舉目瞧望，但見遠處一股子青煙遙遙升起，似是哪裡著了火。

「冬日裡天乾物燥的，也不知誰家這麼倒楣！」花嬤嬤見林熙張望，忙到跟前扶了她，口中唸了一句。

「那煙挺大的，只怕火勢不小呢！」林熙說著昂頭張望，隨即突然感覺肚腹抽著痛了一下，立時呻吟了一聲，花嬤嬤忙緊張地看她一眼。「哥兒又踹妳了？」

「好像是，哎喲！」她伸手捂了肚子。

「怎麼了？」謝慎嚴聞聲也急忙跑了過來。

「沒什麼，疼了一下，不礙事。」林熙說著擺了手，她沒生過孩子，卻聽了七、八回。打懷上起，徐氏就跟她分享了四個孩子的生產經驗，前幾天她也這麼疼過，過後卻又沒事了，便也不甚在意，當下扶著花嬤嬤的胳膊往回走。

結果走了兩步，林熙還沒坐回躺椅上呢，人就忽而一聲痛叫，捂著肚子蹲了下去。

謝慎嚴立時上前扶抱起她。「怎樣？可是痛得厲害？」

「我……」林熙的話頓住，繼而低頭看著肚子，然後臉上一紅，一面似疼的抽抽兒，一面又似羞不能言。「我、我……我尿了！」

花嬤嬤聞言立刻撩了裙圍往內一探，隨即笑了。「哎喲我的姑娘欸，您那是羊水破了！您這是要生了！」

林熙躺在早就收拾出來做產房的燕寢裡，身邊大大小小丫頭圍著她，有的伺候各路東西，有的睜著大眼盯著她，生生弄得她不自在的看向身邊的花嬤嬤。「穩婆來了嗎？」

花嬤嬤捉著帕子給她擦汗。「差不多快到了，哎，這火著的，正好是那邊，一堆人圍著救火，許是路上耽擱了些。不過姑娘可別著急上火，老爺已經叫人去請太醫給您壓陣，太太更發話叫把周邊能尋到的穩婆都弄來，保證您呀順順利利的。」

林熙喘了口氣，這會兒是陣痛的當間，她尚能緩緩氣兒。

「姑娘吃點東西吧？這疼還有得受，我替您瞧過了，只過得半個拳，還有一陣子的罪受呢！我是過來人，聽我的，吃上點，這樣才有勁兒，免得生時沒力氣。」

「那、那就吃一點吧！」林熙聽話的應聲。

花嬤嬤立刻招呼丫頭們幫忙，五福便端著燕窩往她口裡送。

「太醫到了！」外面一聲招呼，花嬤嬤立時就笑了。「聽見沒，太醫到了，姑娘您就安心吧，相信很快穩婆也就到了。」

林熙點點頭，又吃了兩口，此時忽而聽到外面謝慎嚴的言語聲——

「熙兒，妳別擔心，我在外面，萬事有我！」

林熙聞言鼻子一酸，眼淚花子就冒了出來，她用力點了頭，淚就唰的落了下來。

花嬤嬤立時高聲向外招呼。「老爺，奶奶聽見了，正使勁點頭，點得眼淚都下來了呢！」

一時間房裡人都笑了，林熙也不好意思的抬手抹淚，結果剛抹了淚，陣痛又來，當即就哼唧上了。

屋外謝慎嚴聽見林熙又一輪的叫喊，立時捏了拳在外轉圈。

徐氏見狀咳嗽兩聲，湊了上來。「行了，別轉了，我生你那會兒足足疼了兩天才把你生出來，你這樣轉，難不成打算轉個兩天？還是屋裡待著去，等生下來再招呼你吧！」

謝慎嚴搖頭。「不，我就外面等著。」

「天寒地凍的你這是……」

「娘，她在裡面為我受苦，我不過受凍而已，何況當年您生我時，爹也是在外守著的不是？」謝慎嚴說著看向了一旁也沒安生的安三爺。

安三爺當即笑了。「能不守著嘛，你是我兒子的嘛！」說著聽到屋裡傳來的叫聲，咧嘴一笑。「一晃這二十多年過去了，如今我這是守孫子嘍！」

立時三人相對而笑，謝慎嚴又緊了緊徐氏身上的狐皮斗篷。「娘，您身子不好，就別這裡候著了，回去吧？」

「唷，還早，我晚點吧！」徐氏說著還往那邊張望，而就在這個時候，四、五個穩婆也到了。徐氏當下出言招呼，叫著把穩婆先領到耳房裡仔細洗淨，而後再換上早備下的乾淨衣裳入燕寢伺候，以免遇上臍風（注）。

幾個穩婆被招呼去忙碌，外面又是衝著內裡喊穩婆到了，叫著安心，此時方姨娘卻急急忙忙帶著一個丫頭跑了進來。

「妳可來了，王家穩婆還沒到嗎？」徐氏瞧見立時問話。

方姨娘臉色難看。「她來不了了，趕上大火，燒那邊了！」

「啊？」徐氏一愣，忙擺了手。「晦氣！」隨即瞪了她一眼似乎責怪方姨娘說了這岔，然而這一瞪她倒注意到了方姨娘身邊的丫頭，一愣之後忙言：「這不是小穗嘛！妳怎麼來了？妳這一臉的土灰……」隨即她又看向方姨娘。「王家穩婆是挨著曾府的……」

方姨娘使勁點頭。「沒錯！」

此時那丫頭一臉急色。「姨太太，不好了，曾家人火燒起來了，整個胡同出來幫著滅也、也沒壓住，房屋宅子全燒沒了，太太管事他們正在胡同口上哭呢！」

「啊？」徐氏聞言身子一晃。「沒燒著人吧？」

「榮爺和寶姨娘還沒出來，火勢太大，大家又衝不進去，太太瘋了似的要進去，要不是下人們攔著只怕要出事，姨太太您快去、去看看吧！」

注：臍風，即新生兒臍帶破傷風。

第七十八章　並非意外

夜半子時，耗了幾個時辰的林熙，宮口順利地早早開全，立時讓五個準備熬到明日下午的穩婆跟打了雞血（注）一般地圍著她，有的扶著她，有的幫她順著肚腹，齊聲協力的喊著使勁、用力等言語，伺候著她開始生產。

就在燕寢裡林熙賣力生產的時候，先前還歡欣一片激動不已的徐氏，此刻卻是淚流滿面的陪在羅漢榻上曾徐氏的身邊，一面緊緊地拽著曾徐氏的手，一面拿著帕子抹淚。

曾徐氏此刻昏迷不醒，她臉上的煙灰土塵雖然被擦拭過，卻還是留下一些印子，看起來髒兮兮的不乾淨。

「哇……」忽而小孩子的哭聲傳來，驚了徐氏，她轉頭向身後看去，便看見滿面塵灰的林嵐抱著膝頭上一歲多的孩子，急急忙忙地哄著。「乖乖不哭，爹爹沒事，爹爹一定沒事的。」

徐氏蹙了眉，隨即鼻尖再湧一波酸楚，忙張口衝著外面招呼。「芸兒！」

方姨娘應聲進了來。「夫人。」

「去，到四爺的院裡從備下的乳母挑一個過來，先奶哄著……」她轉頭看向林嵐。

注：打雞血，形容一個人特別的亢奮，有調侃的意味。

林嵐立時答話。「弘、弘哥兒！」

「先奶哄著弘哥兒！」徐氏說罷，方姨娘立時答應著退了出去，徐氏掃看了一眼林嵐。

「妳也一夜沒合眼了，不如先去歇著……」

林嵐搖頭。「不，我不歇著，婆母此時都還未醒，我怎麼也得守在她的身邊，我要在這裡等著信兒，我得知道我夫君他到底逃出來了沒。」

徐氏聞言撇了嘴兒，嘆息一聲，轉頭又去看曾徐氏。

昨兒個黃昏時分，她和安三爺趕過去時，就看到火勢凶猛，無人能入，曾家府院連帶著周圍一條胡同都幾乎燒成了黑架子，在暗色見黑的天空下，火光沖天，發出噼噼啪啪的燒裂之音。

曾徐氏看到姊姊來，便抱著她一通叫嚷，嚷嚷著要她派人進去救人，可這種火勢下，你就是許諾重金，也沒人肯賣命。何況火勢太猛了，靠大家潑水壓制根本不成，你只能等它燒完，才能進去尋人查屍。

曾徐氏終於是哭喊著背過氣去，徐氏立刻掐了她的人中，讓她緩過勁來，她看著妹妹那哼哼唧唧的可憐樣子，心中怎不心疼？當下叫隨行的人把她硬給揹離了那裡，送到了謝府上，當然也把曾家府上逃出來的十幾個人一併帶了過來，其中就有林嵐和曾家妾侍生下的兩個孩子，而安三爺則留在那邊，只等火勢小了，再做打算。

那大的女娃兒乳名盼兒，如今四歲多，帶過來後，徐氏就派了人手安置著她和她的奶媽去了客院睡了。這個小的弘哥兒，自寶姨娘生下後，就在寶姨娘跟前養著，並未交到林嵐跟前，大火燒起來時，恰好曾徐氏叫著乳母抱了他陪去外面的珠寶店裡挑副金項圈，結果躲過了這場府中大火。

曾徐氏回來看到府邸大火，就驚嚇非常，後見林嵐被人從大火裡救出來時便問她休沐的兒子榮哥兒，林嵐說夫婿昨夜宿於寶姨娘處，至今還未回房。曾徐氏一看寶姨娘附院那邊燒得最旺，立時嚇得昏厥了過去，林嵐就將這男娃兒一直抱在懷裡，後看到曾徐氏醒了嚷嚷著要救榮哥兒，便叫人拉著婆母免得出事，自己抱著孩子圍在跟前，直到謝徐氏的到來。

後隨著一道入府，就抱著孩子守在這裡，說是害怕婆母醒來後瞧不見，便不肯叫人帶離了去。

方姨娘動作挺快，不一會兒帶了個乳母過來，將孩子接到手裡哄著，孩子吃了一氣終於睡了，看到孩子睡下，林嵐便湊到乳母跟前伸了手，乳母有些詫異，但還是交了過去，林嵐抱著那孩子一副安定的模樣，又靜靜地坐在了旁邊。

方姨娘見狀衝乳母低聲言語。「妳去耳房裡歇著吧，需要了冉喊妳。」

乳母退下，方姨娘又去了徐氏身邊，輕聲言語。「夫人，您可還病著呢，不如去休息一會子吧，這裡我給您盯著……」

「不。」徐氏搖頭。「我還陪著她吧，她若睜眼瞧不見我，只怕更會亂了心，曾家這一次到底有多傷尚未可知，我只希望老天爺可憐她，叫榮哥兒無事，要不然她可怎麼和我那妹夫交代！」

一晃幾個時辰過去，這其間曾徐氏也曾動彈過兩回，但口中如囈語一般吐了幾個字後又昏睡過去，並無徹底清醒。

徐氏守著她，不時的仰頭口中唸著幾句保佑的話，而林嵐則抱著睡著的孩子站在窗邊向外張望，一副掛心擔憂的模樣。

「太太，生了！謹四奶奶生了！」院落裡忽然有了招呼聲，隨即夏荷一臉喜色的跟著方姨娘奔了進來，她乍一看到屋內這低迷氣氛還有些愣神，再一看到林嵐更是意外，只懷疑是不是自己花了眼。

「是兒子還是女兒？」徐氏聞言立刻轉身望著她。

「哦，是個少爺，胖嘟嘟的！」夏荷答著話，眼掃了掃林嵐和她抱著的孩子，掛了笑上前行禮。「夏荷見過六姑娘！」

林嵐抱著孩子點了下頭，面色陰冷。

「妳奶奶可好？」徐氏又發話而問。

夏荷轉身而答。「穩婆們都說好，母子平安。」

徐氏點了頭，直接看向林嵐。「妳先在這裡守著妳婆母，我去看看我那孫兒就來。」說著便鬆了曾徐氏的手，又衝方姨娘看了一眼，這才起身向外走。

林嵐低了頭，一副乖巧安順的模樣，夏荷掃她一眼，狐疑的跟在徐氏身後，結果兩人才走到院子裡，卻是安三爺一臉苦色的疾步進來。

「怎樣？」徐氏一見夫婿，立時快步衝過去抓了他的胳膊。「榮哥兒可有下落？」

安三爺點點頭，但目色已悲，徐氏往後退了一步，臉色立時發白。「難道……」

「我聽逃出來的人說，榮哥兒是歇在附院裡的，這會兒那邊燒光了，已沒什麼火勢，我花了二十兩銀子，使了兩個人進去，他們出來後說，他們在臥房那邊的兩具焦屍上發現了這個！」安三爺說著從袖袋裡掏出了個燒得有些變形的金臂釧來。

徐氏一見此物，立時一把奪了過去，就著廊邊的燈火看到上面依稀可見的刻字時，眼淚立刻就落了下來。「這是、這是你給他的啊，他五行缺金，小時多病，看了多少郎中也沒見好，後來求到咱們這裡要借謝家福蔭，還是你給出的金錠打了這纏臂金，我又陪著妹妹一道去大師跟前開的光，他自小戴到大，從不離身，如今竟、竟……我的天，榮哥兒沒了，我妹妹她、她可怎麼活啊！」

安三爺上前攬了她的肩頭輕輕地拍著，也是一字說不出，只扭了頭往一邊瞧，結果看到了夏荷，愣了一下才反應過來。「妳過來了，可是熙丫頭生了？」

「回老爺的話，謹四奶奶生了，母子平安。」夏荷立刻作答。

安三爺聞言面上閃過一絲笑顏，隨即正要言語，卻是主屋前門簾子一挑，林嵐抱著那小娃兒奔了出來。「姨爹，我夫婿如何，可有找到？」

安三爺無奈的嘆息一聲，那邊徐氏已經把纏臂釧亮於她眼前，林嵐立時一個抽氣，隨即喊了一聲。「我的夫啊！」人就抱著那娃兒跌去了地上。

立時院落裡的人都來幫襯，拉扯安撫的，夏荷在旁也不可能不理，結果才幫手把人拉起來，徐氏就抬手把她的手從林嵐胳膊上扯下，將她往外一拉。

「這個節骨眼上，我們就先不過去了，等消停了再去瞧看。妳嘴巴慢著些，這事晚些告訴妳那姑娘，免得她知道，擔心她六姊的傷了身子，月子裡要緊什麼妳是過來人我就不囑咐了！」徐氏說著擺了手。

夏荷立時低頭退開，往外去，她走到這院口時，不但聽見了林嵐尖利的哭嚎，更聽到了她懷中孩兒的哇哇哭聲。

夏荷急匆匆回到了院落裡，剛到院中就迎上了滿臉喜色的花嬤嬤，她捧著紅布托盤，其上放著剪斷的臍帶，張望著她的身後。「欸，怎麼就妳？太太和老爺呢？」

夏荷向燕寢張望了一眼。「姑爺呢？」

「進去了，攔都沒攔住，非要進去看看咱們姑娘，哎，問妳話呢！太太……」花嬤嬤話沒說完就被夏荷拉到一邊，咬起了耳朵，花嬤嬤臉上的喜色先是變成了驚色，隨即又有些幸災樂禍，最後撇了嘴嘀咕。「人在做，天在看，報應！就是這時候挑得不好，還耽誤謝府上的大喜！哎！」說著看了眼燕寢，無奈言語。「看來這『拋龍』（注）就只能咱們瞧望著了。」

夏荷點了點頭。「我還不知道該怎麼和咱們姑娘說呢！」

花嬤嬤眉一挑。「有啥說啥唄！」

「不行，太太特地囑咐了，叫慢著些說，怕咱們姑娘心疼六姑娘傷了月子。」

花嬤嬤嘴角上勾，一臉嘲色。「心疼？就那種眼裡無親的人，有什麼好心疼的？」

「太太發的話啊！」

「好，不說行了吧！得了，妳端著，我去把姑爺請出來吧！」

花嬤嬤當下把托盤給了夏荷，自己折身進去，不多時，謝慎嚴便一臉笑容的走了出來，當他看到夏荷一個抱著托盤立在那裡時，他的眉微微蹙了一下，卻什麼也沒問，衝花嬤嬤交代了一句後，走上前來只將那臍帶用手抓了，綰了個結，繼而拿捏著仰頭看了看正房的屋頂，一把拋了上去。

此時鞭炮聲已在院內炸響，天邊也泛起了魚肚白。

五日之後，林熙就已經全然緩過勁來，雖然穩婆們強調過—不准，但她精神大好，覺得躺臥了這些日子，屁股都疼，便還是扶著五福和遊紅，慢悠悠的在屋子裡轉圈。

「這些日子府上沒什麼事吧？」林熙隨口問著。

五福和遊紅對視一眼，都沒有出聲。

林熙轉頭掃了她們二人一眼，微微蹙眉。「怎麼？出了什麼岔子？」

注：拋龍，把新生兒的臍帶打結丟到房頂的一個舉動，這在古代是個求吉利的流程。

五福這才言語。「奶奶可別著急上火，謝府上沒出什麼岔子，是謝府上的親戚有點不妥。」

「親戚？」林熙一愣。「哪房的？怎麼了？」

謝府上的親戚繁多，猛然這麼一句，她如何知道是誰？

「奶奶先這邊坐，奴婢再告訴您。」五福說著和遊紅把她往床鋪上引。

林熙見狀意識到這事不算小，便趕緊挪了過去坐靠著，瞧望著她們兩個。「說吧！」

「是曾家出了岔子。」五福說著蹲在了床榻邊上，伸手給林熙捏著腿腳。「太太的意思原是叫著別早說的，不過奶奶都歇了這幾日，奴婢思量著還是說給您知道吧，反正這兩日上，您還得主持著一份奠賻。」

「奠賻？曾家？」林熙的眼裡閃著驚色。「到底怎麼了？」

「您生產的那日不是瞧望到城頭起火了嗎？那起火的便是曾家。」五福說著嘆了口氣。「六姑娘的夫婿榮爺和他府上的寶姨娘叫火給燒死了！」

林熙聞言，張大了嘴。「什麼？」

「奶奶，曾家那火太大了，不但曾府燒沒了，連那一條胡同的住戶也都遭了殃，我從管事那裡聽說，曾家可燒死了不少人呢，從僕從到姨娘的足足死了三十多號人！」遊紅在旁言語。「而那位曾姨太太似乎悲傷過度，不但一病不起，還一天裡難得清醒一回，這幾日都是咱們侯爺和太太叫著人全數的看顧著，聽說太太這幾日氣色極為不好，咳得越發凶了。」

林熙聞言當下捏了拳頭。「五福，妳速速去黃大管事跟前言語，叫他去請院正來給太太看診，再去方姨娘跟前招呼一聲，叫她務必勸著太太注意身體，倘若她要是不好了，豈不是讓大家更為擔憂！」

「是。」五福答應著便起身，林熙又看向遊紅。「去，速速把花嬤嬤還有夏荷叫來！」

遊紅答應著立時出去，片刻後花嬤嬤和夏荷都到了林熙跟前，林熙一指門外，遊紅立刻退出去看著，林熙望了她們兩個一眼。「曾家的事我已經知道了，現下我只想知道一樁事，他們現在如何安置的？」

「曾府都燒沒了，他們便無家宅安身，太太前幾天就作主把他們都接了進來，如今安置在了咱們謝府的暢院裡，說只等著曾家老爺從青州回來再做打算。」夏荷立時作答。

林熙看向花嬤嬤。「我六姊姊是何情形？」

「哭得兩眼紅腫，死死抱著弘哥兒，誰都不叫碰。」花嬤嬤說著蹙了眉。「那個樣子，看起來也真造孽！」

林熙聞言抿了下唇。「大火的起因可查了？」

「這不清楚，但肯定是會有人查的，畢竟燒的可是曾家，那麼大的火，燒死那麼多人，連榮爺都沒了，太太怎麼可能不理會……」花嬤嬤口中念叨。

林熙瞧望了她一眼。「我要知道起因。」

花嬤嬤一愣。「莫非您是覺得……」

「我怕是我所想的那樣，所以我一定要知道起因！」林熙說著抓了手邊的被角。「如果是我所想，她絕不能留在謝府上，否則還不知生出多少事！」

花嬤嬤立時點頭。「我知道了姑娘，我這就去打聽。」當下花嬤嬤言語著鑽了出去。

林熙則瞧望了夏荷。「我生產那日是妳傳信過去的，對不？」

「是！」

「彼時妳可有瞧見她？」

「有！」

「說，她是何等神情、何等態度？」林熙急忙詢問，夏荷便把自己看到的、聽到的都描學了一遍。

林熙當即蹙了眉。「夏荷，這事我娘可知道？」

「知道，第二日上全城都知道了，林府豈會不知？咱們老爺太太也過來了的，只是為怕傷著您的月子才瞞著的。」

「我娘他們沒說把六姑娘接回府上照顧？」

「說了，不過太太拒絕了，畢竟曾姨太太躺在床上昏沈不醒的，少不得藥石調理，太太不放人，那位更不會走了，現在乳母下人的轉圈圍著伺候，熱鬧得緊。」

林熙伸手揉起了太陽穴。「不行，她留在這裡始終叫我如芒刺在背，夏荷，妳去和古嬤嬤招呼一聲，叫人把暢園那邊盯緊了，虛稱關心，實則看仔細，有什麼立刻來言語。」

「是！」夏荷應著聲也奔了出去。

林熙便一個人窩在床榻上，她咬著唇一臉凝思——倘若真是自己所想的那樣，那麼她現在會圖什麼？是只為了盯住謝家，還是，有別的盤算？

曾徐氏這一次因為喪子，悲傷過度而痰迷心竅，湯藥灌下去不少，人卻難得有幾時清醒，這都五天過去了，人卻還是不見好轉。

太醫院的劉院正看了許久後，也無奈地搖頭。「哎，老夫真的有些無能為力了！按說我下了針，這痰便能發出，可她咳也咳了，卻沒見散症，湯藥有助於疏解，她早該清醒，但至今看來，卻依舊昏沈，我估摸著若是這一劑下去再不見效，只怕以後都只能如此，倘若真就這樣了，不能下地、不能動身的，短則半年，長則八、九年，人也就……」

「劉院正，你妙手回春，醫術高明，請你務必，咳咳，救下我妹妹！」徐氏聞言急忙言語，結果倒因為激動，激得自己一陣咳嗽。

劉院正當下又抓了徐氏的手腕給她號脈，繼而嘆氣。「侯爺夫人，您這些日子只怕是不眠不休吧？若您這般不聽醫囑，日後謝府上還是另請高明，不要叫我來看了，我再看都是徒勞！」

安三爺聞言立刻上前。「劉大人勿惱，拙荊也是掛心其妹，因而夜不能眠，並非不眠不休。」

「侯爺，悲傷之事只能是節哀順變，倘若久在其中，實在對自己無益。侯爺夫人本就肺虛濕熱，若再諸事煩哀，只會更加重，說句不中聽的過分話，若再不體諒著注意著，她也倒下了，這謝府上豈不是沒個安生日？我來是你們謝家當家主母使的帖子叫我來，這一趟主要看的就是侯爺夫人，年歲小的都明白這個道理，盡著一份孝，何以你們還在悲傷裡陷著，自己不放了自己？」

劉院正到底和謝安是好友，這會兒說著掏心窩子的話。

「曾家太太這邊，我已盡力，成不成的都只在這一劑了，畢竟她身子骨也不算好，這一劑也算猛藥，若再無效，過了治療的好時機，這可就……」

「我知道了！」安三爺說著看了一眼徐氏。

徐氏也低了頭。「我會注意的，多謝劉院正關懷。」

劉院正嘆了一口氣。「罷了，我這就去開方子吧！」

當下安三爺陪著叫人引了他去書房寫方子，一轉頭看向了還守著妹妹的徐氏。「妳也聽見了，就乖乖回去躺著吧，妳可是我妻房，在妳們兩個當中，我在乎的是妳啊，妳總不能叫我為著妳擔心吧！」

「我知道，我知道。」徐氏說著捏了帕子擦抹眼角。「你疼我，兒子、兒媳也掛著我，可到底她是我妹妹，如今榮哥兒沒了，妹夫回來還不知會如何發難，她又這個樣子，我、我心裡怎麼踏實？」

安三爺上前摟了她肩。「有什麼不能踏實的？這是意外，誰能料到？而且我們可是謝家，妳妹妹躺在這裡，我們也盡心照顧，還有曾家的少奶奶和孫少爺一併都照顧全了，他曾家還能怪到我們這裡來？就算他要怪妳妹妹，妳妹妹都這樣了，他還怎麼怪？一日夫妻百日恩，何況這些年老夫妻了，妳那妹夫再是個清冷寡性的也不會不知道理！」

徐氏嘆了一口氣。「希望吧，欸，謹哥兒這都跟著大理寺幾日了，到底弄出眉目沒啊？」

「妳就別操心了，他若得了消息一準來和妳說，妳就是操心也……」安三爺話還沒說完，院子裡就有了招呼聲，乃是謝慎嚴回來了。

門簾子挑起，謝慎嚴帶著一身寒氣入屋，釗下了身上載雪的斗篷，便有丫頭立刻送上狐皮袍子給他罩上。

「雪這麼大，你們還能查清楚嗎？」徐氏一見兒子進來立刻言語。

謝慎嚴快步到了徐氏跟前，抬手將她攙扶著往繡凳上按。「娘，坐著說！」

徐氏望著他，眼眸裡滿是焦急，謝慎嚴見狀輕拍了她的胳膊。「有了一些眉目。」

「是怎樣？」

「您且等等！」謝慎嚴說著又出了屋，立時聽到一陣他的指派聲。

安三爺詫異，走到窗前張望，但見院落裡伺候的丫頭管事全被支了個乾淨，只有一直隨身跟著謹哥兒的兩個僕從，站在了門窗前。

謝慎嚴此時進了屋，安三爺立刻蹙眉上前。「這般小心，莫非你查出了什麼？」

「咱們裡面小聲說。」謝慎嚴說著扶了父親來到床榻邊，這才輕聲言語。「按照負責查驗的提刑大人所言，這火燒得最旺的地方便是清和園，就是寶姨娘所在的附院，依照曾家逃出來的下人言，那燒得最旺的火點，依著房中布局，乃是在她房裡燒炭的火盆所在之位。」

「這麼說，就是意外了？」徐氏挑了眉。

謝慎嚴扭頭看了一眼躺在床上的曾徐氏，對著自己的母親搖搖頭。「不是。」

「不是？」徐氏瞪了眼，安三爺也詫異的望著謝慎嚴。「到底是何情況？」

「仵作驗屍發現，兩具燒焦的屍體裡，一具口鼻裡無半點灰塵煙屑，一具鼻腔裡有些許，而他們兩人屍體全都平躺於床，手臂無曲，指甲乾淨，並無絲毫抗爭逃命之舉。」

安三爺瞪大了眼。「什麼？這豈不是說，他們遇上大火也不逃命？」

「何止是不逃命，而是已無知覺，根本就是已經死了，不，有一個還尚有一點殘息，至少火起時，尚氣若游絲，但最終還是無力起身，而也只是鼻息有煙塵，口中無煙塵，看來很快也就嚥氣了，至少連張口的力氣都無。」謝慎嚴說著蹙了眉。「雖然仵作說，因為燒得厲害，身形有些難辨，但我比照了兩人腿骨長短，表弟腿長，顯然出事的時候，他已經死了，而寶姨娘尚有一息。」

「我的天，這麼說，他們根本就不是死於大火，而是死於其他，然後、然後凶手放火掩蓋殺人惡行？」徐氏此時也完全反應了過來，再看到謝慎嚴點頭後，當即撲到了曾徐氏的身上哭了起來。「妹妹啊，妳快醒醒啊，榮哥兒不是死於大火，他是……」

徐氏的嘴巴被謝慎嚴一把捂住了，徐氏詫異時，謝慎嚴已急聲言語。「娘，您切莫聲張，這事若要查凶手，曾家大宅之中人人都有嫌疑，我和大理寺以及提刑們都做了交代，對外只稱是意外，以免打草驚蛇，而後等凶手認為萬事已畢，我們再把這事查個水落石出來，畢竟表弟不能死得這麼不明不白！」

「好，我不聲張，我什麼也不說！」徐氏急忙抹了眼淚。

「記住曾家上下無一人可告知內情，包括曾家少奶奶！還有我們身邊的丫頭僕人的也別提，免得走漏風聲出去。」謝慎嚴立時囑咐。

安三爺點了頭。「放心吧，這些你爹娘我們心中有數。」

「那就好，晚上吃飯時，你們假意問我一次，我說出乃意外的結論，大家就暫時如此言語，只等時機……」

「你怎麼說怎麼來，可是後日裡便是殮葬之時，你還要查驗的……」安三爺蹙眉而問。

「放心吧，我已經安排好了，這次大火燒死的屍體不少，有很多都是人牙子賣出來的丫頭，沒有家人的，我在裡面找了兩具身形差不多的，到時先把他們殮葬了再說，至於表弟和寶姨娘的屍首嘛，這天寒地凍的倒也放得住，咱們爭取在姨爹趕回來前找出這個凶手！」

「好！」安三爺應聲。

此時床榻上的曾徐氏忽而有了動靜，她雙眼微張，嘴巴張合，口中模模糊糊的叫著。

「榮哥兒……」一雙手更是在床鋪上摳啊摳。

徐氏立刻上前喊她，盼著她清醒，但曾徐氏似聽不見一般，口中喊叫了幾聲後，就沒了動靜，竟又昏了過去。

「姨媽日日如此？」謝慎嚴這些日子都在外查著火情內在，根本沒在府上待多久，因而並不知道曾徐氏這般情形。

「是啊，隔幾個時辰會有一次動靜，片刻後就又這般昏了，湯藥灌了不少，卻沒多大作用。」徐氏說著嘆息。「我和嵐丫頭輪番守了這些日子，卻始終等不到她徹底清醒。」

「妳別這樣了，人各有命，榮哥兒是她的心頭肉，傷得太深了！」安三爺說著伸手拍了徐氏的背。

此時院外有了動靜，謝慎嚴看了徐氏一眼，快步到了窗前，就看到林嵐抱著弘哥兒帶著乳母走了過來，當下他便主動挑了簾子，門口守著的侍從見狀，自不會攔著，於是林嵐抱著孩子一愣，隨即也進了屋。

「七妹夫，你可回來了，到底是何情況你可有查清楚？」林嵐進屋便言，連屋中的徐氏和安三爺也不問禮，顯然一副掛心非常的模樣。

謝慎嚴當下把在提刑司得的結論說了一遍，林嵐一聽乃是意外火災，當下就眼圈泛紅淌了淚。「怎麼會這樣呢？寶姨娘院裡的下人都是幹什麼吃的，怎麼就讓火給著了呢！」

謝慎嚴掃了一眼爹娘，安三爺便衝林嵐言語。「嵐丫頭，妳快別哭了，妳姨媽才止住，妳莫再惹她。」

林嵐聞言擦抹著臉頰，立時收了淚，徐氏便嘆息一聲，安三爺又衝林嵐言語。「妳怎麼這會兒就來了，還沒到申時呢！」

「我在房中也歇不踏實，想到謝姨媽身子骨不好，熬不得，我便過來了，不如姨媽姨父就此回去休息吧，這裡有我照應著，你們不必擔心，千萬別把你們累壞了，到時妹妹出了月子，勢必要怪我拖累了。」

徐氏伸手拍了拍她胳膊。「別這麼說，熙丫頭性子溫和，妳逢此難事，她又怎麼會不體諒呢！」

林嵐低了頭，沒再言語這個。「對了，適才聽說有院正來瞧，不知我婆母她可好些？」

徐氏嘆息著把劉院正的話學了一遍，林嵐又是拿著帕子擦拭眼角。「不，婆母最是疼惜人的，老天爺斷不會叫她去的，劉院正的湯藥一定會有效的！」她說著抱了弘哥兒便到了床前，衝著曾徐氏言語。「婆母，您會沒事的，我每晚都向佛祖祈求希冀著您的平安，您放心，您一定會沒事的！」她說著把弘哥兒往床上一放，人就在床邊跪下，向著四方開始磕頭，口中唸唸：「菩薩保佑，求護我婆母一條生路，為此我甘願折壽十年以換她醒來！」

徐氏和安三爺瞧著她如此，又聽著她這般言語，兩人皆是滿眼憐惜，紛紛上前相勸，而謝慎嚴雖一臉傷色瞧望，然則背在身後的手指卻細細地搓了起來。

第七十九章 螳螂與黃雀

林熙蹙著眉歪靠在榻上分析揣摩，忽而有溫熱的手按壓眉頭，她才驚覺身邊多了謝慎嚴，此刻他穿著狐皮袍子，望著她一臉輕笑。

「好好地，怎麼蹙著眉？莫不是愁著沒一次給我生個一兒一女？」

林熙聞言嗔怪的白了他一眼。「你當我是送子觀音，想生什麼就什麼啊！還一兒一女，就生他一個，就把我疼得都散了架了！」

謝慎嚴聞言自己倒蹙眉，一臉為難。「這樣啊，那日後怎麼辦？我還想要七個、八個兒子姑娘的膝下暖呢！難不成要通房們使勁？可我喜歡嫡出的啊，夫人是不是受累再接再厲？」

林熙伸手往他胸口砸了一拳。「才生了一個就想著二了，橫豎你也叫我消停休養不是？原先還處處體諒，如今倒不寬厚著了，你若是想要通房姨娘的只管開口，我不攔著就是！」

謝慎嚴呵呵笑了起來。「妳不攔著我也不敢要，我可想著家門安寧，免得也起一場火。」

林熙聞言一愣，目光驚悚似的望著謝慎嚴。

謝慎嚴的笑收了收，伸手揉上了她的額頭。「妳這坐月子的因何蹙眉？還不是有了煩心事，而眼下煩心事便只得這一樁，妳呀看來是知道了的。」

林熙習慣了謝慎嚴的聰慧和洞察，但是先前的話才是叫她驚悚的關鍵，她伸手抓了謝慎嚴的胳膊，眼望著他。「你先前的話……」

謝慎嚴一臉認真。「我沒哄妳，我真沒打算弄些姨娘通房什麼的養著，我打算學我祖父，守著妳一個，這樣家中都是嫡出的，親兄弟容易連心，守著家業也好一些，不必像那有了庶出的，有個什麼不對，就易生出嫌隙來，大家日後爭風對掐的反倒不美。」他說著手還滑到了林熙的臉蛋上，輕輕地拍了拍。

「不過這可得妳努力啊，這個想法得妳來支撐，倘若十年之內妳不能再生個兒子給我壓住子嗣一項，那時就算我心中不齒，也得納妾收房，畢竟世家枝葉，一脈單傳是不可能的，更別說各項護佑了。」

話題一下跳轉至此，林熙有些萬沒想到，謝慎嚴願守她一個，實在叫她感動，但之後言談卻也是實心實意的，畢竟偌大的家業，倘若人丁單薄，子孫脈弱，根本無法撐住這家，守住這業，是以她很認真的點了頭。「我知道了，我、我努力。」

謝慎嚴笑著伸手摟了她，輕輕地順拍著她的背，那份愛護似夫又似父，叫她一時心中暖而有靠，這般沈靜了片刻，林熙忽而想起先前的話題來，急忙從他懷裡爬開。「你先前說那話，到底……」

謝慎嚴伸手在她鼻頭刮了一下，眼往窗外看。「妳那六姊心術如何？」

林熙一怔。「我當初不是和你提過嗎？」

「是，但妳所言只怕不全！」謝慎嚴說著轉頭看向林熙，輕聲將自己得來的查驗結果，以及剛才看到的那一幕全部告訴了林熙。

「我這人心黑面善，最善做偽，初知這火情背後有鬼，我並未敢確定就是妳六姊所為，畢竟她雖是得利者，卻也是失利者，我表弟一去，她便守寡，也為慘事。但剛才我在那裡見妳六姊一副孝媳模樣，卻能斷定是她所行，畢竟倘若真心求告者，自去菩薩面前埋心而求謂誠，何故在我們大家面前說什麼折壽？還有我爹一句勸言，那淚便止，呵，她那傷，可見並非心底之傷。」謝慎嚴說著目色漸冷。「我表弟娶的不是媳婦，是隻惡鬼啊！」

林熙聞言低了頭。

林嵐是多麼的惡性她很清楚，但有些話她豈能說呢？她可姓林，她的惡性更是連著林家的名聲，如果按照謝慎嚴所言，林嵐就是作惡的凶手，那將林嵐告發入了牢獄，對曾家的罪是贖了，可林家怎麼辦？

殺夫滅宅啊，多麼的狠毒，林家養出這麼一個閨女來，爹爹林昌官位還得保嗎？皇上一脈本就吃了林家女兒的助，但也因此在心中將林家視作知情者，沒有把柄，林家他們不會動，還能依靠著一些名頭光耀，可若真有這事告發出來，皇上只會順手把林家滅了，以絕後患！就算自己嫁出去的女兒潑出去了染不上，但兄弟亡故，林家破敗，一個沒了娘家的主母，就是手段再強，又還能在謝家主母的位置上守得住幾年？

林熙越想越寒，連背後都激出了汗來。

謝慎嚴注意到林熙那驚恐的表情，眼睛一轉，便知她想得有多深遠，當即伸手抓了一旁的被褥給她後背披上，衝她言語：「妳莫亂想，我好歹都是顧著妳的，倘若不顧著，方才我便言語了，也不會這裡和妳說。」

林熙抬頭望著他。「你說給我又如何？最多是關起門來治了，可曾家會樂意嗎？曾姨父這些年隨靠著謝家有些助力，但看曾姨媽的態度和如今他的官位，便大約可知，你們的助力並不是很大。婆母高傲明事，這些年也和曾家半疏半近，要不然曾姨媽也不會極少登門的，我只怕曾姨父心裡有著不滿，如今大火更燒死了他的兒子啊，還連曾家之業也一併燒了，他如何會同意我們關門處理？萬一他發了狠，我怕謝家因著連帶，而……不乾淨！」

謝慎嚴望著林熙，伸手攏了她的髮。「難為妳思量如此深而遠的……到底是我謝家主母！」

林熙衝他輕嘆。「唉，這個時候你還說這話！」

謝慎嚴眉猛一挑高。「熙兒，我問妳，對於妳這六姊，妳心中是怎生想的？」

林熙咬了一下唇，腦袋裡回想著當年林嵐所言，那一套她願意去謝家當寡婦的言論，不就是今日所行的內心獨白嗎？

「欠債還錢，殺人償命，就是關門了結，她一命也不足給曾家上下三十多口賠命！」林熙說著望著自己丈夫。「我不會姑息養奸，也願意處置，只是掣肘太多，顧念林家將來，更顧念……我自己。」她說著羞愧低頭。

「人都是自私的，妳不必低頭。」謝慎嚴伸手勾起了她的下巴。「我意思著，不如這樣，我們設一局，以別的事引她入局犯錯，而後借由那個名頭處置了她，當然內裡也會讓她知道殺人填命的道理。」

「好，我沒意見，只是這局怕不好設，她如今殺了丈夫與妾侍，抱持著孩子，分明是想就此做了曾家的話事人，從此不由人拿捏，處處自己拿主意，只要曾姨媽去了，她便得逞，還有什麼可誘惑著……」林熙說著忽而鑾臉挑眉。「等下，曾姨媽遲遲不見好，該不會……」

謝慎嚴眉一蹙。「壞了！我還以為她只是容不下妾侍，卻不想……」他話沒說完，人已經起身向外跑出，林熙在屋內不能出去，只能趕緊起來站在門邊大聲招呼。「來人！」

遊紅和五福聞召而來，匆匆進屋。

「奶奶有什麼吩咐？」

「妳們兩個帶上院中僕婦，分兩路，遊紅妳一路給我去煎藥的灶房，停火留灶，所有在那裡的人都給我守住，哪裡也不許去！五福，妳那一路先去暢園知會夏荷和花嬤嬤把園子給我封住，誰也不許進去，叫她們稱有一丫頭偷了我房裡東西跑了，妳們找那丫頭的同時也找那被偷的東西，給我好好搜查清楚她房裡可有什麼藏匿的藥粉之物，妳記住，把所有暢園裡的丫頭僕婦一照面就抓住封口的給我帶到後院裡，分別鎖住，不許放開口舌手腳！」

「乳母要抓嗎？」

「抓！若是有人為難說奶孩子的事，便說我院裡有得是乳母，直接叫送過來餵！」林熙說著一擺手。「快去，都只管辦事，少些言語！」

當下遊紅和五福便立刻出去，不多時就聽著院裡一陣騷動，隨即各路管事派了粗壯僕婦出來，她們兩個便帶人離去。

她們不再跟前伺候，遊翠、遊碧便進來侍奉，林熙心中還是不安，當下又吩咐。「遊翠，去叫速速伺候一頂暖轎出來，密封著些，抬到院中來！遊碧，取狐皮襖子和斗篷給我套上，連帶皮毛、耳護、手暖的，都給我套上！」

「奶奶，您是月子裡，出去不得，這天寒地凍的風大，您要是受了涼拉下月子病來，我們兩個吃罪不起，就是被打死也挽回不得！」兩個丫頭說著跪了下來。

林熙急忙伸手拉她們。「都給我起來，不是我非要出去為難著妳們，而是眼下有事必須我去，這事太太碰不得，別人也碰不得，只有我這個當家主母碰得！妳們快些給我備好，不然會壞了老爺的事，到時麻煩更大啊！」

兩個丫頭聽聞會壞了老爺的事，又見主母如此焦急敢於破月子禁忌，便也明白這事真大，立時動作起來，一個去安置，一個開始給林熙裹得嚴嚴實實，當林熙把自己裹得跟粽子一樣，蒙臉罩頭只露一雙眼的上轎時，謝慎嚴也已經奔到了主殿內。此時林嵐正端著藥碗伺候在曾徐氏的身邊，而弘哥兒則呼呼的睡在曾徐氏的身邊，至於房中安三爺和徐氏已經回去歇息了。

「妹夫？」林嵐見謝慎嚴奔進來，當即一愣，隨即低頭繼續向著曾徐氏餵藥。「您這般急急而來，是為何事？」

謝慎嚴眼見，快步上前捉了她的手臂而後把藥碗往旁邊一放，就把她往旁邊一扯。「先別餵了，有樁事我得問問妳！」

謝慎嚴把林嵐扯到了一邊，這舉止說合適，其實有點過，說過卻又有點欠，林嵐盯著謝慎嚴拉著自己胳膊的手，步子隨行，當走到窗邊，看到他鬆了自己胳膊時，眼裡閃過一抹失望。

林嵐抬頭望著他。「不知妹夫要問什麼？」

謝慎嚴見她面色不急，對那藥碗也不關注，便輕咳了一下說道：「這事問起來可能會令妳難堪，但畢竟事關表弟，我不問也不合適。」

「你問吧。」林嵐望著他，目色不挪。

「表弟所納寶姨娘，她到底是外室收進來的，還是妳給牽進來的瘦馬之出？」

林嵐聞言一愣，隨即蹙眉。「妹夫為何問這個？」

「寶姨娘已與我表弟同去，她家我們也得有個安置，故而得清楚內情，才好把這安撫銀子使對地方。」

林嵐嘴角一撇轉了身。「我當什麼大事勞妹夫這般急急來問，不過是個姨娘的出身罷了。」她說著走向桌邊準備端碗。

謝慎嚴忙言：「妳以為這事是小事？拿捏不好，妳可難堪！」

林嵐聞言立時轉頭，目光直直盯著謝慎嚴。「我難堪不難堪的，與你何干？」

謝慎嚴一愣，隨即一個冷笑。「妳是糊塗了吧？妳夫婿是我表弟，妳妹子又是我妻，如今曾家一把火燒成這樣，姨媽遲不見醒，兩個娃兒又是流涕小兒，說妳孤兒寡母也不為過，倘若處理曾家一眾事上，有個紕漏，日後別人拿這事作起文章，妳壓不住府怎麼辦？妳這寡母日後如何主事？」

「我還當妹夫操心我，原來不過是怕我連累林家和謝家的名聲，我就那麼沒用、那麼不堪嗎？」林嵐說著眼皮子一黏，眼淚唰地就流了下來。

謝慎嚴見狀立刻上前言語。「哎呀，妳這是哭什麼，我又不是這個意思，我這是為妳好啊！」

林嵐身子突然一晃向側倒去，謝慎嚴抬手一扶，林嵐便倒在他懷裡不說，更是全然把重量都倒在了他的身上。

謝慎嚴蹙眉卻沒推開，他眼珠子一轉，展眉不說甚至還把手輕環上了她的腰，隨即輕聲言語。「妳這是怎麼了，怎麼好好的暈眩起來？」

他說著話眼角掃著那邊桌上的藥，此刻與之相隔的梢間側門被小心翼翼地拉開，跟在謝慎嚴身邊的隨從端了碗藥，躡手躡腳地走了進來。

「還不是這日日愁眉不展，心中傷！」林嵐說著抬手推了一下謝慎嚴的胸膛。謝慎嚴沒有放手，勾著她言：「節哀順變的道理，妳不懂嗎？我表弟已死，妳更要活得好才是啊！」

「我也想，可我命苦啊！」林嵐說著也不推搡了，就這麼手放在謝慎嚴的胸口抬頭望著他。

謝慎嚴自是低頭瞧望著她，兩人姿勢十分過界。「妳何必苦嘆，我表弟這一去，我知道妳難！」

「難，我難得很！我那時失足落水跟了他，只望著夫妻舉案齊眉，但我命苦，宮寒不孕，不能為曾家添嗣，我知我錯在此，婆母納妾我不言語，可誰知一場疫病，她們兩個都去了，而我得佛祖護佑活下，卻從此成了府中的惡，夫君當我妒，婆母念我剋，這日子叫人委實難過！你先前問我寶姨娘何出，她乃瘦馬出身，是我親自為夫婿上門挑選，以重金納進府門，促了她和夫君的恩愛緣分，彼時我們說得清楚，生下子嗣無論男女都由我這嫡妻過繼膝下，好為曾家添上香火。可男丁落地，她就不認，仗著夫君疼愛，出爾反爾，以一個姨娘之身養著弘哥兒，彼時我心中窩火，卻也沒有言語，說到底那也是曾家骨肉，是我夫婿的孩兒啊，我便終日禮佛，由著他們恩愛，由著他們像足了一家子，卻沒我的事，可誰料這麼一場大火突來，我夫君死了，他是和寶姨娘一起在火裡燒死的，你可知，我的難堪？」

林嵐說著抓了謝慎嚴的手就往自己的胸口上拍。「你摸摸我的心，這裡有多痛！我是你表弟的嫡妻啊，他卻是休沐之日大正午的和一個姨娘睡在一起被火燒死，這滿城不知多少人念著我的笑話，拿我的苦當談資！而我還得一聲不吭，當什麼都沒聽見的去為曾家護著小的，照顧著老的，甚至如你言，一個不對，我便是罪大惡極之人，妹夫啊，我苦，我真的好苦啊！」

林嵐說著竟把腦袋都往他胸膛上靠了，此時謝慎嚴看著梢間的門被拉上，他一把抽開了自己的手，退後兩步。「那個，六姨子啊，我知道妳苦，不過還請自重，我知妳情緒激動，舉止有過，但希望妳此時更盡本分，恪規守則。」說著便轉身似要離去。

林嵐一愣，抬手抹去臉上淚痕一把抓扯了他的胳膊，繼而盯著他。「你、你說這話？是誰剛才抓著我的胳膊？又是誰趁著扶我環腰不放？我不過與你訴苦罷了，你竟叫我恪規守則，謝慎嚴，別以為你是謝家家主，我就可以任由你欺負，大不了我豁出這條命去，也要鬧得街坊鄰居都知你那謙謙君子玉郎之名下，是一副怎樣的貪色嘴臉！」

謝慎嚴聞言臉上滿是驚愕，隨即便在林嵐氣勢洶洶地撂下話語後一臉惶恐。「妳我乃是親戚，此等行舉有虧，丟人哪，這只是一時不察而已，妳何故發難？傷了妳的名，妳不也難堪嘛，還是大家各退一步不提罷了！」說罷一甩胳膊。

「憑什麼我要各退一步，我林嵐豈能任你白占便宜？」林嵐說著邁步擋在了謝慎嚴面前。

「那不然妳想怎樣？」

林嵐抿了唇，隨即人往前兩步又和謝慎嚴蹭在一起，話語也變得嬌柔軟糯起來。「什麼叫我想怎樣？你是謝家家主，堂堂的玉郎，更是我的妹夫，我卻是一個生不了孩子的寡婦，夫婿在，我守的是活寡；夫婿死，我守的是死寡，我的內心好空你知道嗎？我不求什麼別的，只求你可憐我、疼惜我而已！」

謝慎嚴眨眨眼。「怎麼疼惜？怎麼可憐？」

林嵐抓了謝慎嚴的一隻手讓他環抱上了自己的腰身，另一隻更放置在了胸口。「我只要你抽空陪我排解一下寂寞，別的一無所求……」

謝慎嚴搖了頭。「不行，這會對不起妳妹妹的。」

林嵐眉一挑。「有什麼對不起？姊妹共侍一夫又不是沒有？再說了，我又沒打算說出去讓人家知道，只你我兩心知而已……」

「兩心？對不起，我給不了妳心！」謝慎嚴說著便要抽手，林嵐卻死死按住。

「你不答應是不是？你信不信我立刻叫人？」

「信！妳這等不要臉皮的潑婦還有什麼做不出來？」謝慎嚴話音剛落，雙手一個抖力擺，林嵐哪裡抵得住，直接就摔去了一邊。

謝慎嚴望著她一臉厭惡。「惡婦啊惡婦，妳夫婿過世才堪堪五天，妳便想著如何覓下男人，妳還要臉不要？」

林嵐咬了唇。「我是不要臉，可你也好不到哪裡去！謝慎嚴，你敢摔我，我要叫你身敗名裂！」

「好大的口氣啊！仗著自己伶牙俐齒，淚眼婆娑就想顛倒黑白嗎？我告訴妳，妳太看得起妳自己了！」

林嵐瞪眼。「怎麼，你當我不敢嗎？」她說著就要往外衝。

謝慎嚴快她一步，一腳把門踹開，指著外面言語。「妳去，只管大聲的喊，倘若妳覺得不夠，我還可以幫妳把街坊鄰居都招呼過來，讓他們聽妳信口雌黃！」

大凡權貴最怕名聲受污，尤其世家更是謹小慎微，林嵐順勢相挾，卻不料謝慎嚴完全不吃這一套，而這一腳踹門踹得她反而心中突突，倒不敢貿然出去，只是盯著院落裡大眼瞪小眼的一眾僕從不知該怎樣言語，直直頓了兩息後，一聲嚎啕，轉身就撲去了曾徐氏的床邊，揚聲哭了起來。「婆母，您快醒醒啊，您的兒媳被您的姨甥欺辱啊！」

她這一嚎，嚎得滿院丫頭都是驚訝，但隨即一個、兩個卻都低頭各自忙碌全當自己沒聽見，林嵐嚎了幾聲未見有用，伸手就掐上了被吵醒還發懵的弘哥兒，立時弘哥兒扯著嗓子哇哇大哭起來。小孩子的嗓門那可亮多了，不一會兒，隔壁院落的人聽著小孩子啼哭不止便往這裡跑，結果一看到自家家主背手立在主殿門前，滿院子的人都當自己耳背，立時都默不作聲的掉頭退了出去。

林嵐見狀意識到情況完全和自己想像有所出入，這嚎啕大哭便減弱了許多。

謝慎嚴望著她厲聲言語：「林六！妳好歹也是林家女兒，是我妻房的姊姊，當初妳德行有虧，我娘看在妳妹妹的面上為妳搭橋做路，讓妳跟了我表弟，否則，以妳庶出之身，焉能做他正房？我看曾家遭逢變故，這幾日為著曾家後事忙上忙下，問妳兩句寶姨娘所出，好看撫恤銀子使在哪頭，妳卻一昏二黏的搭上我，還敢說我欺辱，林六，我謝慎嚴是什麼人，我謝家又是多大的業，我要什麼女人得不來，需要碰妳這喪夫的寡婦？晦氣！」

「你！」林嵐瞪著眼珠子。「好，謝慎嚴，你等著，我就讓你看看，你身敗名裂得了不！」她說著便要往外衝，豈料此時一頂轎子卻從院口直抬而入，林嵐一愣，頓足，謝慎嚴也詫異挑眉。

轎簾一掀，露出了裹得厚實如熊的林熙，她的到來讓兩人都是一驚。

「熙兒，妳怎麼出來了？妳還在月子裡。」謝慎嚴立刻上前言語，更是眼露責怪的眼掃兩側隨行。

林熙立時抬手言語。「慎嚴莫怪，是我執意要出來的。」她說著扶了謝慎嚴的胳膊走了出來，眼望向林嵐。

幾年不見，林嵐越發的瘦，兩側頰骨深凹，看著那眉眼竟見陰冷。

「六姊姊，好久不見啊！」林熙扶著謝慎嚴上前兩步。「想不到今日一見，妳卻要身著孝服，頭戴白花，妳叫妹妹我是對妳說節哀順變呢，還是要我說，妳心狠手辣？」

林嵐聞言瞪大了雙眼。「妳這話什麼意思？妳可是我妹妹，難不成妳要欺負妳姊姊我？」

「欺負？」林熙伸手扯了蒙住口鼻的圍布衝她一笑。「我剛才在外面可聽得清清楚楚，適才妳還說我夫婿欺負了妳，怎麼我一到這裡，就成我欺負了？我滿共才和妳說幾句話而已，可一個指頭都沒碰妳！」

「可是妳男人他剛才輕薄了我！」林嵐立時扯著嗓子大喊。「他對我動手動腳，他對我……」

「他對妳許諾要與妳恩愛纏綿，還許諾給妳榮華富貴是嗎？」林熙一臉淡色。

林嵐倒是被她這話給激得一時無言，而謝慎嚴轉頭看了林熙一眼，眉眼裡閃過一絲疑問。

林熙衝他輕輕一笑，捏了捏他的胳膊再次看向林嵐。「妳想讓我夫婿因妳而身敗名裂，我懂，可妳也該多等幾日才是。是，他是一時不受妳誘，妳更該多多費心慢慢思量，終叫他一日遇伏，就此洗刷不清，投鼠忌器，這才能保妳所求啊！可妳手中連點證據都沒，如何能把罪名坐實了，叫他身敗名裂？又如何能論功行賞，討得一張護身符，既不用隨著謝家、林家倒勢而罪，還能就此呼風喚雨？」

林熙問到最後一句，依然一臉厲色。

林嵐迎著她，目光中有了閃爍。「妳、妳說什麼論功行賞，我、我聽不懂！」

林熙看著她，喚了一聲花嬤嬤，花嬤嬤立刻從轎子後面走了出來，眉眼裡充滿了怒色。她捧著一個匣子到林熙面前，而林嵐一看那個匣子，便已是臉色大變。

「打開！」林熙一聲言語。

花嬤嬤將匣子打開，立時一塊金色的權杖露了出來。

謝慎嚴一看權杖便是挑眉。「宮令？」說著他一把抓起，拿到手反轉而觀，但見其後一隻鳳凰展翅……

「昔日我進宮時，葉嬤嬤帶著我去過，我見到過這樣的權杖，方才我去妳院落裡轉了一圈，發現不少東西，其中一樣便是這個，當然更叫我驚奇的是，我手裡的管事認出了妳身邊的一個人，還是老熟人呢！」林熙說著衝林嵐一笑。「來人，給我制住她，扒了她的外衣！」

第八十章　還了業報！

林熙這一聲招呼，把滿院子的人都弄了個懵，包括花嬤嬤，但好在身後跟著許多利索的管事，她們中好幾個可都是葉嬤嬤介紹來的人，昔日在宮中做過宮女，有些經歷，故而一聽主母這話，立時前衝，不管不顧的衝了過去。

林嵐一聽招呼，立時往屋內床帳處奔，一眼看到那個哇哇哭的弘哥兒，瞪著眼就過去了，林熙見狀緊張的一抓謝慎嚴的胳膊，謝慎嚴立刻抹下林熙的手，衝了進去！

林嵐一把扯了弘哥兒起來，放在身前作脅，只是她才張口，謝慎嚴似一團影霧十分鬼魅的已到她身前，朝著她臉上一巴掌後，弘哥兒就在她一痛一懵間被謝慎嚴給搶奪了過去。

謝慎嚴抱著弘哥兒急退，管事們立刻就把林嵐給摁在了地上，只聽得衣料撕扯聲聲，一件似泥捏的白色軟料坎肩竟穿在了林嵐的身上，其上此刻一堆的手印和拳頭。

謝慎嚴一看這東西，雙眼圓瞪，他詫異地盯著林嵐身上這件東西，然後發現在其胸口、腰身處，自己的手印赫然在其上，當然此刻已經被一堆管事們的手印給遮蓋了大半。

林熙一看此物閉上了眼，深吸一口氣後才看著她。「林嵐啊林嵐，人心都是肉長的，妳的心到底是什麼長的，怎麼如此的惡？」

林嵐望著她目露惡色。「成王敗寇，我輸了，我無話可說，只是我好奇，妳怎麼知道我身上有這東西？」

「我可以回答妳，但妳得先告訴我，妳身上的是什麼東西？」林熙出言詢問。

林嵐睜大了眼。「妳不知道？」

林熙搖頭。

「葉嬤嬤不是疼妳得很嘛，不是什麼都告訴妳了嘛，怎麼沒告訴妳她做出來的這種東西？」林嵐一臉得意。

林熙眨眨眼。「葉嬤嬤教會我的東西已經足夠我享用一生，少一樣多一樣，又有什麼呢？何況我沒猜錯的話，這東西自出來後，就被列屬於宮中所有，外界不予流傳，葉嬤嬤一輩子謹慎，豈會犯錯？」

林嵐咬了下嘴唇不言，林熙看了眼花嬤嬤，花嬤嬤立刻衝過去從林嵐身上往下扒拉那東西，而林熙則一面看著一面言語。「妳問我如何知妳身上有東西，那還得謝謝妳的提醒，妳方才大聲喊著要叫我夫婿身敗名裂，我是妳妹妹，在家中就見識過妳的手段，妳素來是個工於心計的人，豈會不做準備、不握證據？何況這是宮裡來的授意，自然是想一招封喉的，沒有證據，只靠捕風捉影，不但扳不倒我夫婿所掌的世家，還會引來我夫婿的反擊，故而她要的是鐵證，是叫他百口莫辯的證據，彼時他的名聲真就壞了，也就無從辯護、無從反抗！」

花嬤嬤把林嵐身上的東西扒拉了下來，皺著眉頭拿捏著抱到了林熙的面前。「姑娘，這東西好像是麵團。」

林熙拿了一點捏了捏，口中輕唸：「難道這是那個……橡皮什麼泥？」她在葉嬤嬤給她的絹書裡看過類似一個相關的東西，那東西她清楚的記得是列在孩童啟蒙篇裡的，怎麼眼下卻成了算計她夫婿的證據了呢？

她握著那東西在手裡捏了捏，赫然發現留在其上的手指紋路，她又看了看被撕在地上的孝服，最後再看看那泥料甲上的手印大小，立時明白了。「原來妳要的證據，就是手印，一個和我夫婿手掌一樣大小的手印，尤其還得是在輕薄之地，六姊姊，妳可真夠豁得出去的！」

「哼，少說風涼話，有本事妳就處置了我，太后娘娘可會為我作主！」林嵐雖然被摁在地上，卻言語囂張。院子裡的人一聽到太后，個個變了臉色。

「夏荷，去，給我掌她的嘴！」林熙立時大聲言語。「這等黑心之人，竟敢誣衊太后娘娘，將我林家置於何地？將謝家又置於何地？用心如此險惡，給我打到她不能言！」

夏荷聞言立時上去抽打，那嘴巴子，聽著聲音就叫人咧嘴。

沒辦法，就是林熙叫輕她也不會輕的——搬出太后來，想讓這裡的每個人都背上罪名嗎？他們可受不起！所以下手能輕嗎？害人精不打打誰？

林嵐初始還在言語叫囂，可越叫囂夏荷抽得越狠，最後還是一邊看著的古嬤嬤，突然抽了腦袋上的銀簪子，推開了夏荷，一把上去塞到林嵐的口裡又攪又戳，最後林嵐是破嘴爛腮掉了牙，一口血水的終於是只叫疼不嚷嚷了。

兒。

「再敢亂言，我替奶奶斷了妳舌頭！」古嬤嬤臉黑黑的丟出一句來，林嵐只有呻吟的分

此時林熙卻扶著五福慢慢地挪了過去，她聲音不大，也就跟前的幾個管事能聽清楚。

「妳靠山是太后娘娘沒錯，可是妳忘了一件事，她交代給妳的事，妳沒做好，現下妳就是個失敗的棋子，妳的存在會讓我謝家知道太后的算計，妳的存在更會讓她知道自己的失敗，妳覺得妳將來會如何？妳以為她會護著妳？皇親國戚素來都是明白和世家平衡相處之道，為此世家家主從不立於朝堂，而皇上逢大祭祀便要恭請世家家主，手段在背，誰會置在人前？」

林熙說著嘆了口氣。「我本念著妳我一家，都是姊妹，處處讓著妳，可是現在妳卻把堂子弄得這麼大，我相陪不起，與其讓妳死在太后手上，讓我林家受牽連，我倒樂意狠下心送妳一程，就當妳是個貞節烈婦，陪夫而去！」

「林熙！」林嵐含糊著聲音。「妳要殺我？殺我？」

「人要自保，要護著家，當年我就和妳說過，無根者無家，是妳不要了根，是妳拋棄了家，那麼現在，我們也只能拋棄妳！」林熙說著，回身看了一眼花嬤嬤。

花嬤嬤立刻放下了匣子，轉頭從遊紅的手裡拿過來了一個紙包，快步遞送到了林熙的手上。

「妳當年藏藥也花費過心思，結果成為了妳的罪證，這一次妳聰明多了，事事自己不出頭，由著別人去做，就連這東西也都藏在人家身上，好叫妳推脫個乾淨。但是妳忘記了一件

事，對方可不是普通的丫鬟婆子，她是皇宮中的人，她很清楚若這東西在自己身上，她橫豎都會成為替死鬼，而且她怎麼可能讓她的主子沾染上這樣的事呢？人家已經說了，自出宮無路去，便在妳府上伺候，是妳許以重金叫她與妳一起藥昏了榮爺和寶姨娘，又趁著無人注意密封了窗戶，好做個中了炭毒的假象。可是寶姨娘處的丫鬟太精，妳怕窗戶關死了，丫頭不認，妳有嫌疑，乾脆放了一把火，想叫他二人化了灰，偏偏火勢太大，不但燒了他們的院落，連妳的府院也都被燒了對嗎？」

林嵐伏在地上，一言不發。

「其實妳也委屈，我知道，因為那把火之所以會燒得那麼大，乃是那位嬤嬤根本就多點了兩處火，好讓曾家完蛋，好讓妳無處寄身，於是妳順理成章的到了謝家，而後在安置你們的暢園裡，她告訴妳如果妳想要得到和謝家一樣的權勢，想要自己不再卑微，就得為那位做一件事。結果妳動心了，妳那顆不知怕的心，讓妳對妳的婆母下了藥，讓妳穿上了這泥甲，不知廉恥的貼上妳妹夫之身，只為求一個妳要的榮華富貴，妳要的一身驕傲……可結果呢，妳卻只是別人利用的一顆棋！」

林嵐抬起了頭。「妳是嫡女，妳是家中的寶，妳不會懂，身為庶出的苦。」

「我知道，嫡庶有別，但也不過是男兒差別大些，何況我母親寬厚，待妳不薄，縱然言語上冷著，卻也沒少妳短妳，甚至爹爹最寵的就是妳……妳還記得當初爹爹為妳覓下好兒郎嗎？妳嫌棄人家醜，不肯嫁，鬧成那樣，最後才落到了曾家去，可現在那位已經官拜四品，以他的年歲，日後可是如日中天！妳敢說爹爹沒為妳細細物色盤算嗎？」

林熙說著又嘆了一口氣。「人要知足，人更要明白什麼是度！妳不知足，更無有度，貪心不足蛇吞象，今時今日的結果，都是妳咎由自取！」林熙說著把藥包衝她一晃。「這藥若是無害，妳便無事；若是有害，妳就當還了業報吧！」她說著轉了身，將藥包直接塞到了古嬤嬤的手裡。「古嬤嬤，拜託了！」

古嬤嬤一愣，隨即點了頭輕聲說道：「奶奶信我，我會手腳乾淨的。」她說著伸手扯出了袖袋裡的帕子，直接塞進了林嵐的口裡，而後衝著那幾人說道：「這等恬不知恥的惡婦，我這就帶著妳回暢園閉門思過！」她說完叫著那幾個僕婦把掙扎的林嵐給抬了出去。

弘哥兒還在哇哇啼哭，林熙轉身走了過去，伸手將他從謝慎嚴手中接過。

雖然謝家準備了乳母，但葉嬤嬤的絹書上在育兒篇寫過，最好將自己的初有乳汁餵給孩兒吃，有助身體健康，所以林熙還是堅持著給孩子餵過。所幸她的奶也不少，如今身上還有股子奶味，小傢伙一到了她的懷裡，聞著奶味就把腦袋直接往林熙的胸口上蹭，看得林熙眼角發酸，看得一旁的五福忙著要叫乳母。

「不了，我餵吧！」她說著抱著弘哥兒往內了些，而後解開了衣扣……

當小傢伙咂著奶哼哧哼哧的吃時，謝慎嚴已經走到了她的身後，他想要說什麼，卻又沒言語，只是把手放在了她的肩頭。

林熙一笑。「這小傢伙嗓門真大，也真有勁，竟哭了這許久。」

謝慎嚴彎下了身子看了弘哥兒一眼。「小傢伙，你吃的可是……你姨媽的奶。」

林熙一愣，抬頭看向謝慎嚴。

「妳六姊這麼一去，榮爺房裡就空了，且不說我姨媽會怎樣，總之都要給曾家一個交代，與其要他算計，還不如……」

林熙點了頭。「我明白，這個甥兒我認，我會替我姊姊好好盡責教好他、助力他，讓他為曾家延福。」

謝慎嚴點了頭。

一切都安置好後，為了給家人一個交代，謝慎嚴帶著林熙又去了安三爺和徐氏跟前。

按照謝慎嚴的本意，本是想壓下去這事，免得給自己妻子娘家抹黑，但林熙坦然言語。「我不想心中有虧，金無赤足，人無完人，何況一個家呢？我決定面對，就算婆母因此嫌隙，我也想堂正無愧。」

去的路上，謝慎嚴在轎中糾結了半天說了一句。「她身上有我的手印，妳不問嗎？」

「我剛才與她所言你也聽見了，我知道是她設計的你。」

「妳都不懷疑嗎？」謝慎嚴說著眨眨眼。「也許真是我主動放上的呢？」

林熙抬頭望著他。「那也是你有自己的盤算！」她說著頭靠上了他的肩。「謝家是世家，你是家主，你從來都明白自己的一舉一動會是什麼結果，所以你寧可用一個完美無缺的玉郎來遮掩自己，就是不想自己一時的舉動為謝家帶來麻煩。你從來睿智，能做什麼、不能做什麼，心中有數，我是你的妻，我相信你，更願永遠和你相依偎，這樣，當我們面對無情大雪，才能相互取暖不畏寒冷。」

謝慎嚴抬手將她緊緊摟住。「我謝謹這輩子最得意的事，應該就是選了妳！」

林熙聞言低了頭。

「真的，若不是妳，我今天險些中招，我以為只是妳六姊想占曾家頭椅，卻不料她竟和……」

「不是你的錯，而是太后娘娘為了兒子想要把世家拔掉。」

「沒錯，我年輕，她便以為這是機會，可是我會讓她知道，權力只有在制衡下，才會是最好的，否則一旦偏執，失去了控制，權力就會成為一把刀，割傷自己！」

林熙聞言抬了頭，她看到了謝慎嚴的眸子裡閃著一抹冷色的光。

「你，打算如何做？」林熙抿了抿唇，輕聲發問。

謝慎嚴捋了一把鬍子。「妳且看著就是。」

之後安三爺和徐氏聽了事情的內因時還有些不能信，待看了宮令後，便知真和宮裡脫不了干係，因此倒沒怪罪林家出了林嵐這糟糕的女子，只嘆太后的手段毒辣。

當古嬤嬤回來覆命說林嵐已死，林熙嘆了一口氣，當即言語：「準備一下，發喪吧！」

古嬤嬤應聲出去了，林熙看向了謝慎嚴。

謝慎嚴衝她一笑，根本沒問為什麼那藥會讓林嵐喪命，反而說道：「那個嬤嬤的命留著，我有用。」

林府上一家人正在商量著怎麼處理林嵐這件事，才叫謝家、曾家和林家都各自好辦，正爭論著，門簾子一挑，竟是管事直接奔了進來，這失禮的進入立時讓林賈氏不悅的皺眉，話還沒問出來，管家就已經哆嗦著言語。「老太太，不好了，咱府上的六姑娘她，她……」

「她怎麼了？什麼不好了？」林賈氏剛接了一茬，管事將話道了出來——

「她自盡了！」

「什麼？」一屋子的人皆為震驚，萍姨娘更是一步就衝到了管事的跟前。「你說什麼呢？什麼自盡？」

「謝府上剛剛傳來的消息，半個時辰前她們發現咱們的六姑娘自盡在屋裡了。」管事說著低了頭。

萍姨娘當即言語。「這怎麼可能？」說完後，卻猛然感覺到一道目光盯上了自己，她轉頭捕捉這目光，便看到陳氏瞧望著自己，她一愣，急忙說道：「六、六姑娘向來心高氣傲的，她、她自盡，這、這太不可能了。」

「對，的確不可能！」林昌也點頭言語。「是不是哪裡弄錯了？」

管事聞言一時也不知說什麼好，倒是林賈氏將手邊的枴杖捉起，直接敲上了桌。「錯？有什麼錯？謝家怎麼說，就怎麼來！說她自盡她就是自盡！」

林昌轉了身。「娘，您這是……」

「這是什麼？嵐丫頭什麼性子你不懂？」林賈氏說著一指管事。「去，出去備下馬車！」

管事答應著立刻出去，林賈氏繼而看向了林昌。「有什麼疑問，我們去謝家走一趟便會清楚，你就少在那裡大呼小叫！」

林昌低了頭。

陳氏上前言語。「婆母，這天寒地凍的要不您在屋裡歇著吧，我和老爺去那邊走一趟……」

「不成，我得去，我這把年歲看看孫子不正好？彼時閒聊一二，也好過去謝家質問。」林賈氏說著轉頭吩咐常嬷嬷準備，那邊林昌和陳氏也告辭著回去換身素色的衣裳，萍姨娘跟在他們身後，眼看著老爺和陳氏就要離院，立刻湊了過去。「老爺太太，我、我能不能也去謝府上？」

一個妾侍，通常是沒有資格出入高門大府的，萍姨娘的言語立刻讓林昌皺了眉頭。「妳忘了自己什麼身分？」

萍姨娘低了頭。「妾身並非不知道身分，只是去的是六姑娘，太太過去也是身為嫡母，少不得要在她跟前相守，妾身是太太身邊出來的丫頭，這種時候就得、就得出來為太太分憂，彼時有什麼打點跑動的，我照應著就是，也好過太太還得陪著臉的耗著。」

她這番話說來情誼真切，林昌聽著也覺得有些道理，當下她看向了陳氏，陳氏看了一眼萍姨娘搖了頭。「不成，妳為我著想，我知道，可到底那是謝府，壞了規矩和禮數的，不大好，何況這個節骨眼上，我只想少些是非，妳還是好生在府裡待著，好好看家吧！」

林賈氏、林昌還有陳氏坐著馬車趕到了謝府，徐氏咳嗽著同安三爺一起在大廳裡接待了他們。

兩廂才寒暄上，話都沒說呢，花嬤嬤便已經奔了過來，張口衝著林賈氏、林昌和陳氏行禮後，便是言語。「姑娘叫我來請各位到她院裡說話，說侯爺夫人近日為著曾家已經拖垮了身子，這會子六姑娘又忽然自盡殉夫，可把侯爺夫人累了個夠嗆，說著今日的事，她和你們交代，好叫婆母公爹先休息休息，以免明日累著。」

當下林家人心裡明白，這其中必有故事，立時同徐氏和安三爺客套了兩句，便隨著花嬤嬤一道到了主房院落。

林熙因著月子，還落在燕寢裡，知道他們會來，便早在燕寢裡加了幾把椅子，又擱置了一座八扇綢屏，以做小忌。

很快他們到來，花嬤嬤領著諸位進去，林熙便隔著屏風同家人問候，立時屋內都是問候寒暄之聲，直到七、八句過後，林熙自己提起了林嵐。

她壓低了聲音，把林嵐做下的事講了出來，說到最後的死，卻是略略改了改。「彼時揭穿後，她也難做，太后那邊她是廢棋，活？她是活不成的，橫豎都會拖累上林謝兩家，後來我叫人把她先關回了暢園，著人看著，自己和慎嚴商量著該如何善後，豈料還沒商議好怎麼辦，那邊送飯的便發現她死在屋裡，死時頭臉整潔乾淨，還躺在床上，應該是自盡。」

林昌聞言低了頭，一字難言，惡毒的女兒種種惡行簡直無家無父母，倘若此刻她在自己面前，他當然脫下鞋子狠狠的抽打她的臉，然而現在她已經死了，選了個體面又周全的死法，背著殉夫的美名，掛著貞節烈婦的頭銜就這麼死了，倒叫他罵也不是、哭也不是。

林賈氏嘆了一口氣。「罷了，人都死了，還念什麼，至少她最後還是悔了，願意一死周全了大家，倒也不枉她姓了林。」

陳氏點了點頭，隔著屏障言語。「那這喪事還是挪回林家辦吧，免得沖了我這外孫的福祉。」

林熙應了聲。「行！不過為免外面流言蜚語，我只好做了手腳，這裡有一封，我冒她筆跡寫下的遺書，也好讓她名正言順的做了貞節烈婦，免得少了這個叫人家背後閒話。」她說著把一張紙交給了五福，由她遞交了出來。

林昌看著那字，又是一聲嘆息。

屋內氣氛實在壓抑，林熙也不想家人過多沈浸在其中，當即提起了孩子，偏巧小傢伙正在睡，當下林熙便叫著花嬤嬤領著他們去隔壁和孩子親暱了片刻。

林熙靠在軟靠上，聽著隔壁那邊的笑語，嘴角浮著一抹淡淡的笑，不多時，陳氏卻又折了回來。

林熙瞧著只母親一個，便乾脆叫著她到了屏風後，母女兩個當即牽手。「娘定是想瞧我了，不然也不會偷偷的折回來。」

陳氏拍了林熙的手。「妳呀，我回來是想問妳，曾家這邊將來怎麼弄？」

林熙把全力照顧兩個孩子的意思講了出來，陳氏這才放心，林熙看著她耳鬢竟生華髮，不覺神傷，摟著她問了許多，當她隨口問到萍姨娘時，陳氏便把今日萍姨娘兩處激動言語了出來。

「……她這些年話少事少，很多時候就跟個木頭棒子一般杵在那裡，別說伺候了，整個府裡，她都是一副獨來獨往的樣子，雖我不大快，卻也覺得這樣挺好，至少大家相安無事的，可是今兒個她倒忽而替我著想了，我心裡念著妳叫我小心提防，最後我也沒答應她來。」

林熙聞言蹙著眉。「她怎麼忽然就上心了？」

「可不是？那消息傳進府時，她竟激動得一番言語，我就納悶了，這人今兒個怎麼熱心起來！」

「熱心？」林熙唸著這兩字，忽然眉一挑。「娘，萍姨娘原本是您的陪嫁對吧？」

「是啊！」

「她在您還是姑娘時，伺候得如何？」

「貼心懂事，人也乖巧，要不我也不會選她陪嫁，更給她開臉了。」

「娘，我記得您說萍姨娘當年是人販子賣到你們府上的，她的賣身契可還在您手裡？」

「在啊，妳問這個做什麼？」

「契書上有著人牙子的印章簽名，如果運氣好的話，應該可以查到萍姨娘的出身。」

「出身？妳打聽這個能做什麼？」

「我總覺得怪怪的，她既然一直似個木頭棒子，怎麼忽然熱心起來，她熱心的事和六姊有關，還是和謝家有關？又或者有什麼我們也摸不清的連繫……」林熙說著一臉嚴肅。「我必須順藤摸瓜弄清楚這裡面的蹊蹺，我可不想再入一次太后娘娘的套！」

桃花開盡綠柳漸蔭，轉眼已是四月的天。曾家老爺和曾家大爺收到消息後一路急趕慢趕，終於在三月中旬的時候趕回了京城。

那時曾家府院已經開始了重新修葺，殘垣斷壁的都拆扒乾淨，曾家老爺就算悲傷，但至少免了觸景傷情，再加上路途遙遠耗費了時間和心力，最終也就是對著欣欣向榮的繁忙場面，掉了幾滴眼淚，哽咽了兩個時辰。

謝家這次出了大力氣，從安撫到修葺，全然包到底，當然對曾家老爺言語的實情，略有更改，乃是——太后安插了下人，挑唆了心灰意冷又內心悲憤的林嵐衝動而行，最後落得家毀人亡後，林嵐羞愧，自盡相陪，昏迷多日的曾徐氏則熬了過來。如此版本讓曾家無奈，他是可以惱恨謝家牽連，但現在謝家不但什麼都包了，謝家當家奶奶更許諾會把弘哥兒和盼兒日後之路也包了，曾家老爺還能不知足嗎？

人都已經死了，你再哭也沒用啊，在外做地方官更加明白有了世家依仗的好，立刻就敗給了實際利益，和和氣氣的把這事給抹了過去，只說小兒子命苦，死於大火。

雖然曾家還有兒女，不耽誤香火繼承，但曾徐氏卻是最疼著這個小的，老爺子沒怪罪她，她卻有些過不得心裡的坎兒，知道內情後，每每看到林熙，就會想起那天差地遠的林嵐來，最終房子才修葺一半，便作了決定，捨了這處宅，同曾家老爺一道去地方上過，曾家大爺也表示這樣好，他也能就近照顧。

謝徐氏知道後，極為不捨，但離開傷心地無疑是最好的選擇，於是拿了私房錢出來貼補了大半給了曾徐氏，又叫安三爺寫了七、八封託事的帖子，叫他們日後好請那邊有名的先生給孩子蒙學，等到日後七、八歲再上京城來，謝家為他辦進小學裡正經看護著。

於是這件事就這麼揭過了，曾家離開後，林熙想了想還是說著宅府照修，日後等弘哥兒來，再交於他手，至少在京城這也是個產業，更是謝家以及林家給他的一份補償。

四月徹底斷了寒氣，處處暖融融的，府中上下更是都換上了春衫，就連小寶也換上林熙親手做的小夾衣。

小傢伙已經會爬了，成日睜著一雙圓溜溜的大眼睛四處的瞅，忽而不知看到什麼咧嘴一樂，便是一通手腳亂爬，口中還跟給自己使勁加油一般的嗯嗯個不停。

林熙捧著手裡的帳冊歪在榻上，眼睛略有些往一處黏糊，她擋住了最外的一個口，乳母姚氏擋住了另一側，便由著小寶在內爬個不停。

此時門簾一挑，五福走了進來，輕聲言語。「奶奶，娘家太太和大奶奶過來了。」

「哦，快請！」林熙的瞌睡蟲被驚走，叫著遊紅給她伺候了帕子擦了一把臉，才抹了點面脂勻開，她們便進了屋。

林熙忙著招呼，陳氏卻是一進來就直衝著小寶去了，洪氏伸手扯了林熙衝她笑。「妳快別招呼了，婆母這一路都念叨著他呢，妳且等她把心裡那口子癢肉熨貼了著吧！」

林熙聞言噗哧一笑，看著母親逗弄著小寶，便伸手把洪氏直接拉到了一旁的椅子上。

「怎麼就妳一個跟著我娘過來，也不帶著妳那兩個！」

「帶不出來，大的那個跟著妳大哥的恩師墨先生已經開了蒙，終日要忙著讀書，小的那個二月上已經學會了走路，如今天好，成日的拉著人到處在府院裡轉，看到什麼都新鮮，妳若不如他意，就知道扯著嗓門哭，混得厲害，我才懶得帶他出來，省得鬧得妳府上不安寧，咱們也說不了事。」洪氏說著從五福手上接過茶潤了一口，便同林熙問道：「欸，瑜哥兒那邊的事怎樣了？老太太扳著指頭數了這些日子，叫著我來問清楚，她也好早點給葉嬤嬤一個定心丸。」

「我還當就我一個要惦記著，敢情老太太也念著。」林熙說著看了一眼還在逗弄小寶的陳氏。

「能不念著嘛，自六姑娘去了後不久，她身子便不大爽利，前些日子聽莊子上傳來信兒說葉嬤嬤前些日子摔了一跤，傷了骨頭，她就記掛上了，最近時常念叨著『恩怨兩消』的半截話，就催問著瑜哥兒的親事呢！」

「您說葉嬤嬤摔傷了骨頭？」林熙立時關注起來。「怎麼也沒人知會我一聲？」

「怎麼好知會，妳這邊事情那樣多，老太太生怕妳應付不完，怎好擾妳心呢！不過妳也別擔心，老太太叫人把葉嬤嬤接到府上來了，說著留在莊子上怕養不好，叫著就在跟前養，兩人時不時的坐一起能嘮嗑一下午呢！」

林熙聞言嘆了一口氣。「祖母疼我，就想叫我少掛心，只是葉嬤嬤不同，我到底受了她太多恩惠。我看我還是揀個日子過去一趟瞧瞧她，順便把瑜哥兒的事也給她仔細說說。」

「應該的，只是這事，不會有變數吧？」

「放心吧，瑜哥兒考也考過了，還有兩日便會放榜，只要中了進士，他朱家閨女便是娶定了，倘若瑜哥兒時運不濟，慎嚴也幫著給物色了鍾家的，那可是書香門第的大戶之家，也虧不著他。」林熙正說著，小寶突然哇的哭了起來，林熙立時起身過去抱了抱，只是片刻的工夫，小傢伙就安靜下來，再瞧他，竟是閉著眼睛開始呼呼的睡了。

半盞茶後，林熙便把他交給了姚氏，由她抱著去了隔壁休息。「這才多大點兒，就學會吵瞌睡了，一要睡便先哭兩嗓子。」

「妳還說他，妳小時候還不是一樣！」陳氏當即剜了一眼林熙，老人家疼孫子，橫豎是你不能在她面前唸一點不是。

「是！」林熙忙笑著扶了陳氏的胳膊，拉著她在榻上坐下。

洪氏也湊到了跟前。「怎麼是妳哄著，沒叫乳母安撫？」

林熙臉上一紅。「我餵了他吃了些我的奶，小傢伙就親上我了，如今就算不吃我的，也喜歡叫我抱上一抱。」

「兒子親娘，好著呢！」陳氏眉眼裡透著笑，打量著林熙。「胖了，我這姑爺還成，沒餓著妳！」

林熙立時哭笑不得。「娘，好歹我也是謝家主母，您這話說的，不知道的還以為謝家沒糧了呢！」

陳氏聞言笑了起來，卻又忽然眉眼有了一絲傷感，林熙一愣，忙知自己話語有欠。

果然，陳氏嘆了一口氣。「我看著妳便總是心生感慨，三個女兒，老大就那麼去了，老二看著嫁了個富貴人家，到頭來日子卻也過得緊巴巴的，唯獨妳好著，卻偏偏還得隔著門，連面都見不得。」

林熙低了頭。「嫁雞隨雞嫁狗隨狗，我在謝家，四姊姊在莊家，這有什麼辦法？若四姊夫是個圓滑通透的人，也不至於如今我們還隔著門。」

陳氏搖了搖腦袋，似還鬱悶，倒是洪氏伸手搖了她的胳膊。「婆母還是想開些好，雖說四姑姑，現如今的日子是緊巴，但到底四姑父還是待她極好的，妳看三姑姑，縱然衣食無憂，卻整個人消瘦清冷不說，看著更像個老婦人一般，這哀莫大於心死，四姑姑和三姑姑比起來好太多了。」

陳氏聞言點點頭。「也是，人得知足。」

林熙看著洪氏哄住了陳氏，為免她還在這裡繞著，便問道：「娘今日過來，是不是有什麼事和女兒說？」

陳氏點了頭，伸手從袖袋裡抽出一封信來。「上次妳和我說了那事，我便回去翻了契書，抄了她當初的名字和人牙子的行號，寫了封信回娘家，叫著幫查她出身。今兒個早上這信兒就到了，我一看，嚇了一跳，這秀萍原本竟然是罪臣家的女兒，罰到官家為奴後，才一個月就給發賣了出來，後來在人牙子手上過了三道才入了我府。」

「罪臣之後？」林熙口中唸著取了信瓤細細讀了一番。

陳氏把所求發了回去，娘家人便托銀子去了官府找了師爺，師爺幫著又尋了這人販子出來。這人販子已經老了，本說自己過手那麼多人，根本記不住誰，但後來看到王雲兒這個名字，卻一下來了精神，說著這個孩子她有印象，因為這孩子到自己手裡後，就不像別的人哭啊嚎的，一直都很安靜，以至於她太過安靜，到了幾處人家，都被人家嫌棄性子孤僻給退了出來，幾經轉手進了陳府後，倒沒再見退出來。

「妳外祖父寬厚，見她不愛言語便叫她跟著我，說我們一般大，她應是流離失所太久，習慣了一個人，所以不大會與人相處。後來我什麼都分她一些，包括我的首飾，日子久了，倒也和我親近，慢慢也對了，因此我把她做了心腹，帶到了這邊，後面又給她開了臉，幫我理著帳。可誰承想，我那般暖都暖不熟她，末了竟是心向外了，我就不懂，到底是為著什麼呀！」

林熙沒有言語，她盯著信瓤上罪臣家眷四個字看了許久，忽而一拍腦門。「哎呀我怎麼就忘了呢，珍姨娘也是罪臣家眷啊！」

陳氏聞言一愣。「她是罪臣家眷，妳提起她做啥？」

林熙急忙拉了母親的手。「娘，您可記得珍姨娘的出身？她是哪個罪臣家罰出來的？」

陳氏立時愣住，她呆了好半天還是搖了腦袋。「最初妳父親說過一次，我那時也沒太留意，後來她人都沒了，我也早把和她相關的都丟了，免得自己不痛快，妳這麼一問的，我哪裡記得起？」

「那娘最好還是從祖母那裡打聽一下吧。」

「哦，可妳問這個是什麼意思？」

「我要找萍姨娘的離心根由，就得查出個眉目了，如今看著這上，忽然想起珍姨娘也是罪臣家眷，這是她們兩個唯一相似的地方，我只希望是自己一時想多了，但有任何一點可能，我們也還是得查清楚，畢竟這麼不清不楚的，我可不想夜長夢多。」

陳氏點了頭。「好，我知道了，我會回去問問妳祖母的，只不過我倒覺得應是沒什麼關係的，畢竟她那會子跟著我，可也沒少和香珍對上過。」

「可是娘，六姊姊出事的時候，她卻很反常不是嗎？所以她和六姊姊、和珍姨娘之間有沒有瓜葛，還有待咱們去查證。」

「我知道了，我肯定會……」陳氏正說著，外面院裡有了下人招呼的聲音，隨即遊紅走了進來。

「奶奶，林府上的管事來了，說有急事。」

「快叫著進來！」林熙立時發話。

陳氏則和洪氏直接對視，洪氏一臉莫名不解，此時管事也進了屋。「太太、大奶奶，不好了，二爺和二奶奶又打起來了，二奶奶這會子鬧著要回娘家去，老太太身子又不大好，我們不敢叨擾……」

陳氏聞言立時蹙眉。「這個長佩，定然又是去拈花惹草！」

「什麼？」林熙撇了嘴。「年前不是還說著他長進了的嘛，怎麼……」

「年前是長進，那是他媳婦盯著他讀書，幾乎夜夜陪著讀，如今才考完，他就在、在勾欄那種地方過了一夜，回來後被妳爹罰著去祠堂跪了一宿，他媳婦見狀又心疼著，求著我們算了，彼時妳祖母動怒，親自持著家法打了他三下，他還許諾再不去那種地方，如今竟又鬧起來，定是又拈花惹草去了。」陳氏說著蹙了眉。「妳沒叫萍姨娘去勸著？」

「叫了，可萍姨娘也勸不住啊，二奶奶那性子太太您還不知道嗎？」管事為難地言語。

陳氏一聽嘆了口氣。「罷罷罷，我這就和妳回去。洪氏，妳同熙兒把我帶來的那些東西交代一下吧。」

陳氏言罷急急帶著管事去了，洪氏便把兩人帶來的小娃衣裳鞋帽的拿了出來，分別說著，這是三姑姑做的，這是四姑姑做的之類。林熙看著那些小衣服小鞋子的，心中熨著暖，細細的一件件叫著收好，而後又扯了洪氏問她。「二嫂子不是說大家閨秀的嘛，她脾性難道很強？」

「強得厲害。」洪氏說著搖搖頭。「妳不知道，她在府上對著妳那二哥，就跟母老虎似的，我估摸著妳二哥定然是覺得這會兒考得好，心裡有了底氣，便同她爭嘴了。」

林熙聞言無語。「還沒放榜呢！」

洪氏噗哧一笑。「那妳就祝妳二哥高中吧，要不然定然被二弟妹好好收拾一番！」

林熙卻嘆了一口氣。「我倒希望他別中，如此他縱然被二嫂子收拾，但家還是家，倘若他高中了，只怕兩個人就過不下去了。」

洪氏一愣點了頭。「是啊，女人太強也得藏著掖著，哪能和她那樣鎮日凶悍，不然老爺們一個不樂意，女人便是要啞巴吃黃連了！」

林熙和洪氏又聊了幾句後，洪氏便也告辭，畢竟林府上這會兒鬧將起來，她又是做大嫂的，還是得過去幫襯才合適。林熙沒做挽留，送到了二門外，叫著五福相送到府門上，自己則帶著遊紅慢慢的往回走。

今日和洪氏的一席話，讓她回想起昔日的自己，越想這心中越是喟嘆連連——

以前我就是太傻，只奉著真心，卻沒想過掖著藏著，結果所有的行徑就和這二嫂子一樣，處處拿捏著他、管著他，只想著讓他上進，卻沒想過他的面子、他的在乎，倘若我當時不是那般刁蠻任性的發脾氣，而是哄著勸著，何至於他才一發跡，便起了心要害我？

我彼時還處心積慮著想把他的通房給發賣了，結果呢？還沒等我下手，身邊的丫頭就看出端倪來，叛了我給我下藥，最後落得那樣一個下場……

「奶奶怎麼一臉悲傷？」遊紅歪著腦袋，小心翼翼地詢問。

林熙轉了頭。「遊紅，妳要記住，日後做事要多多思量，任何時候都不要一味的堵，而是疏，如此才能得善，知道嗎？」

遊紅聽著這話來得莫名其妙，卻也還是乖乖點了頭，林熙繼續前行，可才踏上月亮門，身後就傳來了謝慎嚴的聲音——

「喲，今兒個稀罕，妳竟不賴在床上了？」

林熙聞聲回眸衝他一笑。「原是想賴的，只是我娘和嫂子過來看小寶，陪了一會兒，剛送了去。」

謝慎嚴快步來到林熙身邊，遊紅則趕緊地先進了院了，於是謝慎嚴到了林熙跟前，伸手就扯了她的胳膊一拉。「這天暖了，就多出來走走，等過些日了了，我帶妳去附近的莊子上轉轉，也能讓妳玩耍一二，省得窩在這府院裡，如今連出來走動的興致都沒了。」

林熙笑著搖頭。「我才不是嫌棄府院呢，說得我跟心野了似的，只是如今眼瞅著日子越發順當，心裡總要擔心宮裡那頭，便想學你，有些早招做下防備，故而這陣子忙著過帳盤算，想看怎生把手中的糧與銀子換成穩當的東西。」

謝慎嚴聞言將她肩頭一摟。「這些日子我忙著給曾姨父一家鋪陳，沒顧上妳在府中忙著這個，要知道妳忙這個，我就和妳言明，不用盤算了。」

「這是怎麼說的？」林熙不解。

「我謝家最重要的便是密雲閣的藏書，這也是我們世家真正最厲害的東西。」謝慎嚴說著抬頭看了看天空飄浮的雲彩。「何為世家？大世之家！大世如何稱？不就是因為我們是歷朝歷代最顯赫、最盛名的家族嗎？可我們為什麼能顯赫、為什麼能盛名？就是因為會別人所不會，長別人之長，如此而已！隋唐之前，世家紛多，到頭來卻幾乎一個不剩，是因為什麼，就是因為世家手握的書冊已經流失，已經被子孫敗壞，丟了個空，忽而後代無所長、無所能，又如何背負盛名？故而最後被皇權所奪，也是因為這個世家已經失去了和皇權抗衡的東西。」

「這個我懂，大伯為官那些年，經營下官脈護佑謝家，若然他沒有真學才幹，那些高官顯貴可以在他面前低頭躬身？二伯戍邊在外，這些年都是謝家的鐵骨，送著軍功，憑此證明著自身的力量為朝廷送上一份相護，若然不是他精通兵法、能征善戰，也不可能至今讓邊境相安……」

「沒錯，每一個謝家子弟都在用自己的本事無聲無息的護衛著這個家族的延續，而我們謝家為什麼能屹立不倒，就是因為所有的珍藏，全在密雲閣，只要密雲閣的藏書不毀，我謝家兒郎就能學下別人所不能的，那麼在文人墨客之間，依舊高昂頭顱，在將士甲冑面前，依然挺直腰桿，如此錚錚，誰又能動之？世家不經商，若不是我那四叔憑著一副好算的本事，保著家族田產處處，這麼大的業也難在各處開銷中立足，畢竟佛要金裝，人要衣裝，謝家丟不起臉。」

「是，所以我才想著怎麼張羅。」

「可是妳要是張羅了，手腳大起來，不等於告訴那邊咱們的動作了嗎？我得和皇權角力一局，才能叫新皇明白世家之重，那就必須得讓那位先動起手來。那位如此狡猾，若然咱們戒備，還如何動手呢？所以只有讓她們以為咱們想不深遠，才可能動手入套啊！」

「可是若然不動，萬一有什麼差池了，咱們手中沒了踏實的……」

「妳放心吧！」謝慎嚴扯了林熙，咬著她的耳朵嘀咕了幾句。

林熙立時瞠目結舌。「原來你們早已……」

謝慎嚴一把捂上了她的嘴。「我可什麼都沒說過啊！」說完又從袖子裡掏出一副巴掌大小的玉算盤來衝林熙一晃。「這我給兒子親手打磨的，如何？」

林熙伸手接過瞧看，但見粒粒光滑飽滿，便是眼圈子一熱。「人家當爹的，總是出去買些東西回來哄著哥兒，你全都自己做，小寶有福！」

謝慎嚴伸手把小算盤拿回，一臉喜色。「我要他知道，爹娘的心意，只有如此，將來我凶起來，他才能明白，我對他的愛是多深多重。」

林熙聞言一愣。「凶起來？」

「當然，世家子弟的家規若是不能執行得嚴，子孫後代就易出紕漏，故而小時以嚴，大時便能自律，做事有度，方能明白度之玄妙。」

林熙眨眨眼。「我怎麼聽著這話，像是你要教兒子如何鑽空子。」

「玩得懂規矩，便可碰政，若然此處不精，那就做個富貴閒人的好，一輩子莫碰政。」他說完一轉身。「我去看雋哥兒！」

林熙當下跟在他的身後一道進去。「先前正睡著呢，還不知道醒沒醒，只是你這一套東西，不能晚些教他嗎？到底只是孩子，如今周歲都還沒滿呢！你給他屋裡的東西，全是你親手所做的筆墨紙硯，如今算盤也來了，你是不是也給他做些尋常孩子家玩的東西？」

謝慎嚴咬了咬唇，回頭認真的看著林熙。「我很愛他，他是我的兒子，但愛有很多種，若然他生在一個普通人家，我也不必如此，他生在謝家，就得面對這個，就如同皇室子孫會面臨的傾軋一般！還記得嗎？得其耀必受其苦，他若是不從小就立志磨心，將來被那些紈袴一帶，豈不是就入了另一條路？」

「可是，孩子還太小……」

「磨心要趁早。」

「可……」林熙還是有些心疼。

謝慎嚴此時拍了她的肩頭。「有句話不中聽，但我希望妳能記住，慈母多敗兒。」

林熙聞言立時不出聲了，謝慎嚴看了她一眼，輕聲言語。「若不是我爹娘當日對我慎嚴，我又豈會成為今日的慎嚴？」

林熙點了頭。「我，懂了。為了孩子的將來，為了他能擔負起謝家的重擔，他必須……」

「沒錯！子不教父之過，我得讓我的兒子也能做謝家的脊梁。」謝慎嚴說完拿著小算盤興高采烈的直奔屋裡。

林熙卻抬頭看向了天。

當年的我們，爹娘便是寬厚疼愛，後來我們遇上了葉嬤嬤，才有了之後的路，若然還是當年那樣，那會不會今時今日，我即便重生一次，也走不到今日的路上呢？

她想到此處，忽然就想去見葉嬤嬤說說心裡話，只是心中才閃過這個念頭，花嬤嬤就急急的走了進來。

「姑娘，老爺可在？」

「在，在雋哥兒的房裡呢！怎麼有事？」

「對，有事。跟著姑爺的趙五說有急事要見老爺，還叫把這條子遞給老爺。」花嬤嬤說著揚起了手裡捲成管的條書，林熙立時擺手，花嬤嬤便直接入了雋哥兒的房，林熙也隨後入了內。

花嬤嬤言語中，抱著雋哥兒的謝慎嚴接過卷書單手打開瞧看，看完後便是臉上閃過一個笑容。「總算等到了！」

第八十一章 雙簧

「什麼等到了？」林熙瞧著他那笑容透著喜與苦的交雜，不覺心中一動而問。

謝慎嚴掃了一眼身邊的花嬤嬤，抬手拍了下她的肩膀。「妳心心念念的那一樁事。」而後低頭小心的從雋哥兒手裡把自己的鬍子給扯出來，急忙把他交給了林熙。「我得出去一趟。」

「好，早點回來。」林熙知趣的沒有多問，看著謝慎嚴走了出去。

「嗯，嗯……」小寶手裡沒了鬍子可以抓，似乎極為不滿，他哼唧著伸手扯上了林熙的衣領，再次使起勁來。

林熙伸手逗弄著小寶，腦袋裡卻在閃著謝慎嚴剛才那複雜的笑容與一個個的猜測，忽而她的心一顫。

「等、等到了？」她反應了過來，他說的等是什麼，現下還有什麼事要等著呢？

「姑娘，您在說什麼？」花嬤嬤聽她言語，立刻湊上來。

林熙看了她一眼，將孩子交到了她的手裡。「沒什麼，妳哄著他玩，我、我想回房去待一會兒。」說罷似慌亂了心一般急匆匆地出了屋。

花嬤嬤驚訝的看著林熙就這麼出去了，一時也呆住了，隨即小聲嘟囔起來。「這是怎麼了？姑娘竟這麼毛手毛腳了啊！」

毛手毛腳的林熙一回到屋裡，就把房門給關上了。

心裡充斥著一種激動，叫她完全無法抑制，十幾年了，她重活十幾年了，真的可以為自己昭雪洗去冤屈了嗎？

天擦黑的時候，謝慎嚴終於回來了。在屋裡激動了一下午的林熙，這會兒反倒沈靜下來，她沒有開口詢問謝慎嚴，而是一如既往的伺候著他換了衣裳，又親手給他泡製了一杯好茶。

謝慎嚴看著她如此的淡然，嘴角抿著一抹笑，眼中卻閃著一抹疼惜。

當聞香杯在手轉動的時候，清亮的茶汁入杯，升騰的水氣細霧裡，他恍若看到了那個八歲的小丫頭，一臉戒備與小心的轉身避讓，沒有半點此時年歲孩童的天真，就好像自己，從小就已失去了單純。

茶遞到面前，他放了聞香杯，酌口三分，在舌尖的回甘裡，他輕聲言道：「明日，妳夢必圓。」

林熙執壺的手頓住，她抬頭看他一眼，笑著點頭。「知道了。」

茶水澆在紫砂壺上，畫著圈兒，他看著她，不發一言的品著手中的茶。

夜，她枕著他的臂膀，一如既往的鑽在他的懷中休眠，但卻沒有半點倦意。

忽而他將她緊緊摟住。「相扶並相依，相知共同行，同歡亦同樂，同苦齊一心，一生又一世，一雙永相扶。」

她的手抱住了他的腰身。「這輩子能嫁給你，真好。」

「謝謝夫人最好的讚言。」他說著吻輕輕落在她的額頭。「睡吧，明日，我們還要早起。」

她點點頭，努力的貼著他的心口，聽著他的心跳，一下又一下，恍若有一隻手，輕輕的拍打在她的背上、心上，哄著她入眠。

翌日大早，林熙才將管事們聚在一起問著此一季的各種添置作耗，遊紅便急急的捏著一張素白的帖子奔了進來。

林熙一看到那素白的帖封，手指便捏緊了手中的帕子。「是何處的？」

「金家送來的！」遊紅雙手交上。

林熙將其打開翻看，在看到「孫氏」那兩個字時，她便合上了帖子。「去遞給老爺。」

遊紅立刻接了出去，林熙便言語道：「今日就不多說了，金家那邊我們要去一趟，妳們先各自張羅著，按往年的走著。」

管事們答應著出去，林熙又叫著準備了素服，才離開花廳回到了房裡。二人換了衣裳，重新修飾了一番，又叫五福從庫裡取了奠賻出來，這才帶著去了金家。
金府此刻人頭攢動，依稀可聞哭聲，二人下車時，金家大爺已經迎了出來，領到了靈堂。上香、拜禮後，金鵬一臉傷色對著他們還禮，林熙眼掃過去，卻能看到他唇間之平，毫無悲傷，心中立時泛起一抹酸楚。
毫無悲傷，虛假做作，當年的康正隆大約也是如此吧？
才心中念著，康正隆便被引了來，謝慎嚴帶著林熙讓到一邊桌前坐下，康正隆便已行禮結束，林熙的眼神沒有避讓的直直看了過去，她看到了康正隆嘴角的上揚。
心中一股子怒氣壓過了酸楚，她迅速地低下了頭，不想讓自己的憤怒有一點暴露。
「金老弟，弟妹她這是……」康正隆出言詢問。
金鵬嘆了一口氣。「這半年來，她身子一直不適，每日醫藥調理，也不見效，昨夜裡忽而叫著痛得厲害，一時、一時狂性了，便想不開撞了牆……」金鵬說著竟潸然淚下，看起來一副悲傷不已的模樣。
林熙卻看著他一直搓動的指尖，嘴角泛起冷笑。
「哎，病痛難熬，想來弟妹也是不想拖累於你，金老弟還是得承弟妹的一番心意才是！」康正隆說著又向孫家列席者言語。
林熙順著他的所到，一一注視孫家人的眼眸，但見傷色中，有尷尬隱現者，有悲痛欲絕者，更有羞憤者。

她眨眨眼，低下了頭，腦海裡閃過當時祖母、爹娘那日的神色，娘的痛哭、爹的氣忿，以及祖母的痛與怒，依然清晰得恍若昨日。

「讓開！」就在此時，一聲男人的大喝中，莊明達竟然提著一桿銀槍大步衝了進來，身後跟著緊張的金家人，以及一臉不安的林悠。

林熙蹭地站了起來，下一秒她看向了謝慎嚴，謝慎嚴一臉驚訝的表情立在那裡，但他這份足足超過一秒有餘的表情，無疑宣告著他的知情。

「明達，你這是什麼意思？」金鵬眼看著莊明達持著銀槍上前，一臉緊張與怒色的高聲質問，在林熙的眼中卻是虛張聲勢。「今日是你表妹喪禮，你怎的持著槍入我府？」

莊明達陰著一張臉，歲月帶給他的坎坷讓他眉眼間竟有了些滄桑，尚未而立之年卻似而立之人。

「哼，姓金的，你是不是欺我孫、莊兩家勢弱，便害我表妹！」莊明達依然大嗓門，這話出來立時把整個靈堂前震得一片驚愕。

「明達！」孫家太太起身衝到明達面前。「你別胡說，你表妹是一時痛昏了才尋了短見，你別這裡鬧騰！」

「是啊！明達，你誤會了！」孫家的人紛紛起身上前圍住了莊明達，試圖將他拉拽到一邊，莊明達卻是忽然大喝一聲。「你們給我滾開！什麼叫誤會？什麼叫鬧騰？表妹死得不明不白，死得冤屈，你們不作聲的嗎？你們孫家願意看著她死，我莊明達卻眼裡不容沙子！金鵬！我表妹到底如何死的，你今日給我明明白白說個清楚！要不然，爺我今日一槍挑了你，叫你到陰曹地府給我表妹陪葬！」

莊明達是什麼性子？說一不二的渾不吝（注），即便這些年吃了不少苦，有點打磨，卻依舊是炮筒一個，這會兒也不知是真對孫二姑娘的死動了怒，還是要把這些年心中的苦發出來，竟然扯著嗓門，將手中銀槍在周身掃了一圈後，單臂持槍直衝衝的對上了金鵬。

「你，莊賢！」金鵬立時瞪了眼。「論著姻親，我與你客氣，你卻當我金家無人嗎？你以為你還是景陽侯府那個呼風喚雨的賢二爺？你以為你姑媽尚在人間不成？」

莊明達一甩銀槍，槍頭拍地，發出脆響。「金鵬，你少對著爺說這些廢話，今日我來只問你我表妹死因，若是說不清楚，我便要你賠命！」

「明達！」

「二爺！」

此時孫家人再一次衝上來圍住了莊明達，顯然不想他在此生事，但這樣的舉動卻叫這些全長了心眼的權貴們，捕捉出來不同的味道。

「二爺，二爺！」一人高呼而來，不過他喊的可不是莊明達，而是金鵬。

「管家何故大呼小叫！」金鵬不悅的衝著管家訓斥。

管家激動的指著外面。「大理寺和提刑衙門的人，來、來了！」

「什麼？」金鵬一愣，而此時一幫皂衣朴刀之人衝了進來。

「閃開，都閃開！」

「讓讓！」

他們凶神惡煞的高喝著，奔到對峙著的金鵬與莊明達之間，而後一位身穿官服、手持紙扇的人邁著步子不急不躁的走了進來，林熙打量他的官服，便知是提刑一銜。

「趙大人？」金二爺出聲言語，金家大爺更扶著一位虎背熊腰的中年人快步走了過來，不用說便是金大將軍了。

「趙大人，你這是什麼意思？」金大將軍邁著步子高喝而來，那言語的口氣都充滿著沙場上的氣度，叫不少人聞聲都是一緊。

可這個趙大人卻沒被這一聲喝得慌了膽，他將扇子一合，慢條斯理的衝著金大將軍一欠身。「金大將軍勿要激動，本官是奉了聖旨而來的！」他說著身子一轉，一位黃門太監手捧聖旨走了出來，高聲唱著接旨，於是在場眾人紛紛跪下，聽著那黃門太監聲調拔高的唸著聖旨。

聖旨唸完，黃門退開，眾人起來後，趙提刑一臉嚴肅的同金大將軍言語。「金大將軍、金二爺，今日聞您府上遇喪，我們兄弟本不願叨擾，但今早有人擊鼓鳴冤，狀告你金家設計謀人性命，大理寺聞之駭然。因孫家乃淑貴太妃娘家，金家又是功勳之家，兩廂牽扯下，若有其事，難免驚駭，茲事體大，我們也不知接與不接。故而我們循例報去了宮中，太后娘娘

注：渾不吝，北京方言，意指啥都不在乎的性子。

與皇上聽聞後下令徹查此事，好給故去的淑貴太妃娘家和金家一個交代，以免傷了兩家名聲，所以還請金家、孫家的人，與我們一道回衙門，協助我們查清此事！」

趙提刑這話立時讓眾人議論紛紛，金家同孫家都是一臉惶恐之色。就在這個時候，謝慎嚴卻走了出去。「趙大人，今日是金家舉喪，雖然查案在理，但怎能將兩家人都帶去大理寺，荒了靈堂？這不是讓已逝者不安嘛！」

他話一出，金家和孫家立刻相應，口中附和，說著如此與禮不合。

莊明達此時衝著謝慎嚴大叫。「慎嚴，你知道什麼？我表妹死得蹊蹺，若然不為她查清死因，那才是真叫已逝者不安！」

謝慎嚴眨眨眼，退後一步，一言不發，可孫家人卻急了，他們圍著莊明達，伸手拉扯堵嘴叫他別再言語。

這邊金鵬則上前拉了謝慎嚴的胳膊。「慎嚴兄，你快幫兄弟討個薄面啊，此時靈堂哭拜，怎生弄出這樣的事端，倘若堂空無人，別人日後還不戳我脊骨？」

謝慎嚴一臉為難。「我可不敢言語了，免得明達當我惡人。」

孫家大爺立時站出。「慎嚴兄，你何苦這話，至少賣個面子求緩到明日也是好的，這個節骨眼上怎能離人呢！」

謝慎嚴摸摸鼻子一臉為難，趙提刑則說了聲得罪，招呼著人便要「相請」。

「慎嚴！」金鵬拉扯著謝慎嚴的胳膊，一臉激動。

謝慎嚴終於是一跺腳的又站了出去。「趙大人，今日是不是不合適了些，不能寬一下嗎？」

「聖旨都下了，本官就算想寬也難啊！」趙提刑一臉為難。

謝慎嚴吧咂了一下嘴，忽而抬手大聲言語。「我有個提議，能兩全其美。」

「謝兄請言。」趙提刑非常客氣。

「聖旨已下，叫著速速徹查，的確耽誤不得，然而靈堂空離卻是大忌，不如就在此處審之如何？反正我們都在，也可做個圍觀見證，若能在孫氏的靈前弄清楚內因，我想對孫家、金家都是好的。」

謝慎嚴這話出來，孫家、金家都是咄然，然而趙提刑卻是擊掌叫好。「這是個法子！就這樣好了！」當下便高聲在此宣佈著，就在靈堂之上問個清楚。

莊明達不掙扎了，孫家呆住了，而金大將軍卻是大聲說道：「好，沒問題！我金家也不願背此惡名，就在這裡，當著大家的面，查個清楚好了！」

當下金大將軍叫著人置備書案、座椅，以供審查記錄，而林熙卻是看向了謝慎嚴。她很清楚，趙提刑和自己的夫婿是早已勾搭好的，因為趙提刑的表情騙不了她，這兩人其實唱的是雙簧，給金家下套的。

謝慎嚴迎著她的目光轉了過來，輕輕地眨了一下眼睛，嘴角揚起一抹若有似無的笑。

「金大人，本官此次查案紀錄可要報上去的，所以，待會兒問起話來，有什麼不周到的，請您包涵。」趙提刑把話亮在前頭。

這麼多人看著，金大將軍能說，你敢歪我一試嗎？所以當下自己說著應該，也帶著一幫金家人表了態。

金家人表態完了，也少不得孫家。

孫家已經沒落，算不得什麼權貴，但在此時，也得客氣言語，於是他們一面臉色難堪的應承，一面目光都狠狠地落在了莊明達的身上，而莊明達卻是個直愣貨，他當即大喝——

「你們幹麼那般看我？表妹有沒有病你們不知道？現在她死了，金家人說她自盡，你們就不聞不問？莊家、孫家再是沒落，也不至於連個家人死於何故都不問個清楚！」

孫家人臉上除了尷尬更有苦楚，林熙望著他們臉上鮮活的表情，只覺得自己腦海裡翻出一張張塵封的臉，父親的怒、大哥的哭、母親的不能言……臉再變，變成了康正隆指著自己的破口大罵，變成了婆母朝地啐痰的鄙夷，變成了貼身丫頭的扭頭沈默……

心，多麼的痛啊，眼角都開始如針刺一般的疼，然而就在這個時候，驚堂木拍在了桌上，趙提刑開始查案了。

「金二爺，煩勞您將貴夫人去世之因講一遍如何？」

金鵬吸了下鼻子昂著腦袋上前大聲言語，所講和先前同康正隆說的那般無差，只是再詳細一些，從看病的太醫到伺候的丫鬟，也都一一點出來答腔，於是他每說一個人，便會把那個拽出來，當面問著，吳太醫是不是這樣，桂花，是不是如此……於是等到他洋洋灑灑的講述完畢，在場的人聽到看到的，都覺得完全沒有問題。

林熙看著金鵬，覺得心裡有些不是滋味。

金二爺她雖然不算熟，但他和謝慎嚴一直是親近的人，而且最初她在林府上能遇上謝慎嚴，也是因為他為著金鵬出手。可結果呢，這個本在她眼中還不錯的男兒，卻把一樁做下的局遮掩得乾乾淨淨，光這些人證，就能讓他在這裡昂頭挺胸，而棺木中逝去之人，又豈能開口說出冤屈？

「啪！」驚堂木拍得響，趙提刑瞇著眼睛撚著鬍子，慢條斯理地開口。「如此聽來，貴夫人是病痛難耐，以致撞牆而死，對否？」

「當然！」金鵬大聲迎合。

趙提刑立時轉頭衝著那些被他一一拽出來作證的人一指。「來人，記下他們的姓名，與金家、孫家以及故者的關係，而後把他們說過的話，都寫在上面，叫他們看清楚了，簽字畫押！」

他這舉動一出來，全然是審完才有的結具之舉，立時覺得女兒做了不軌之事而不願聲張的孫家人眼裡閃出一抹喜色來，大家也紛紛以為這就是一個過場。

可是在議論紛紛中，相關證人們全部都簽字畫押後，此時趙提刑卻是一清嗓子說了一句話。「本官先前說過，今日能前來審案，乃有人擊鼓鳴冤，指證貴夫人之死蹊蹺，這人今日也來了的，不妨我們聽聽他鳴的什麼冤！」隨即他高喊了一聲請吧，大家便立刻順著他的視線望去，如今便看到了一個長相實在有些醜的人——雷敬之。

「雷大人？」

「敬之兄？」

眾人大驚，金家和孫家的人更是瞠目結舌。

擊鼓鳴冤這種事，是堂堂布政使雷大人做的？

雷敬之這些年平步青雲，一躍再躍，他本就得先帝厚愛，後做了鹽運使，將茶鹽兩道治理得是井井有條，後來先帝崩時，他尚在外查繳私鹽。回來後，新帝繼位，他不曾參與內政變革，卻手握茶鹽兩道，立時新皇將他拉在手中，從先帝厚愛說起，雷敬之一臉鼻涕眼淚的表了忠心，自然被新皇當作手中王牌，提至布政使這從二品一職，做了新皇手中重臣股肱——也難怪大理寺要上報到宮裡了，堂堂布政使擊鼓鳴冤，這得多駭人聽聞啊！

雷敬之此時一臉沈色，步步如石前挪，他這架勢渾然透著一分剛正不阿之氣，不但引得眾人紛紛把目光掃落在金家人身上，就連金大將軍都詫異地蹙起眉頭掃看向了自己的次子。

雷敬之這些年是怎樣的手段，他們可都見過，嘴，能說會道；事，乾淨利索；行，有度溫文；舉，雷厲風行，實實在在是一個溫面鐵腕的人物，如今人家一臉肅色，還擊鼓鳴冤，大家心裡自然會做一個比較，紛紛懷疑起金家二爺了。

「我雷敬之，想必大家都知道是什麼脾性的人！我年紀輕輕能官拜如斯，憑的是忠心，是內心一桿秤！這鼓是我擊的，因為我有冤要替不能言者鳴！」他說著伸手指向金鵬。「金二爺，三月初五那日申時，敢問你在何處？」

金鵬立時愣住，半天後才言。「這、這都一月有餘，我豈能記得……」

「那不如我給你個提醒！」雷敬之說著直接轉頭看向了一旁立著的康正隆。「康大人，請過來！」

康正隆一愣，陪著一個訕訕的笑走了過去。「大人您有什麼吩咐？」

雷敬之看了他一眼，轉頭向著金鵬言語。「看到康大人，你可想得起來了？」

金鵬立時和康正隆雙目相對，隨即兩人的臉上，都閃過不到一秒的慌色。

是了！林熙捏了拳頭。

「雷大人您這啞謎，金鵬不懂。」金鵬立時轉頭衝著雷敬之言語。

雷敬之點點頭。「金秋閣。」

這三個字一出來，林熙便看到了金鵬與康正隆雙肩的微挑，顯然一語中的。

「這是什麼意思？」金鵬依舊裝著不知。

「三月初五日，我在金秋閣設宴招待昔日一幫同窗共飲，途中方便，去往淨房時瞧見康大人去了甲三雅間，便於方便後，前往甲三想與康大人打個招呼，豈料我剛到跟前，還沒叩門出聲，就聽見了一句話，金二爺你一句話——『要是她不自盡怎麼辦？』聽聞此言，驚得我不敢叩門，卻在那裡聽足了你二人對話。」

「你血口噴人！」康正隆立時高聲言語。「雷大人，我與你無冤無仇，你可不能誣陷我啊！」

雷敬之眉眼一挑。「誣陷？血口噴人？康大人，我還沒把你二人對話學出來，你怎麼就知我是誣陷，是血口噴人？」

康正隆立時頓住，金鵬此時言語。「你剛才說什麼她不自盡的話，這不是說我們有謀害之嫌嗎？這不是血口噴人是什麼？」

雷敬之搖搖腦袋。「金二爺，我有說那個她，是尊夫人嗎？」

金鵬立時無言，雷敬之伸手指著他二人。「瞧瞧，此地無銀三百兩啊！」

「雷大人！」康正隆猛然直身抬頭。「您是朝中重臣，在下卻是都察院的經歷，我雖品不如您，卻也是做的御史之活兒，你這般言不明、語不清的在此處詐人言語，算什麼？」

「算什麼？我就是要為一位冤死之人道出個事實真相！」雷敬之說著，轉頭衝趙提刑欠了下身，趙提刑忙是大禮還之。「下官受不起。」

「趙提刑乃此案之審者，我這一禮乃是敬。」雷敬之說著將手一甩背在身後。「請趙大人主審！」

趙提刑當即應聲。「那下官就不客氣了！」隨即驚堂木一拍。「擊鼓者道出所訴之情！」

雷敬之立時言語。「我在甲三門前聽得這般言語，當即不敢叩門，當時生怕弄錯了房間，看了看門號後，便點破了窗紙，窺視其內，希望是自己弄錯。結果我看到了金二爺，也看到了康大人，彼時康大人正把一個小小紙包塞進金二爺手中，還言：『這是洋金花，把這東西下到她吃喝之物之中，不出半個月，便能叫她瘋癲起來，而後你再去言語上奚落幾句，便可叫她狂悖，彼時滿府的人都能見證她是發了病，你再去叫那吳太醫來就是，保證幾副藥下去，抑鬱不堪，已生死心，而後嘛，你再把她落進那局中，她必然求個速死解脫，也不敢鬧得自己身敗名裂！』」

「你胡說！你……」

啪！驚堂木打斷了康正隆的激動，趙提刑厲聲喝言：「康大人，此時未到你言語之時，你且稍安勿躁！」

康正隆瞪著眼。「他這是誣衊！是扯謊！」

趙提刑眯縫了眼。「康大人您應該是熟知律法之人，此時您還要插言的話，是要叫我本官動簽籌（注）不成？」

康正隆聞言只得悻悻扭頭，閉上了嘴巴，畢竟這個時候要是因此挨上簽籌，就是掌嘴一巴掌，也能叫他丟臉到姥姥家去。

「雷大人，您請繼續！」趙提刑做了個請的姿勢。

雷敬之眼掃康正隆。「扯謊？哼，等下我看你如何喊叫！」他說著轉了身繼續言語。

「彼時金二爺問康大人：『那吳太醫當真可信嗎？』康大人一臉不耐地說：『金老弟，我給

注：簽籌，用竹木等物做成的細棍或片狀物。

你介紹的人還能有錯？若不是把你當兄弟，我何須為你出謀劃策，何須幫你佈置許多？我實話告訴你，這吳太醫早年與我便是好友，我交代他幫你，不會有錯的，而且有了這一環，萬一日後有人起疑，有他甩出病因來，也能堵上人的口，還能幫你免去後顧之憂。』」

雷敬之學著兩人言語，把兩人如何設計孫二姑娘講得是一清二楚。

立時大家便聽得明白，孫二姑娘是如何遭了夫家與外人算計，要被弄得病瘋自殺，而雷敬之話到末處卻有一轉——

「彼時我聽得冷汗涔涔，難以置信堂堂金家二少竟與外人謀在一處害其夫人，正在驚駭間，聽到上樓之聲，我立時避讓到一旁窄道，伸頭瞧望。但見一伶人叩響甲三之門而入，我以為是他們叫來聽戲，便打算離開，但當時心中閃過一念，想萬一這害人的勾搭牽扯出來，也得知道那伶人模樣，做個時間見證，便又過去窺視，結果這一瞧，又聽到了些更叫人噁心的事。」

雷敬之說著看向孫家大爺。「孫家大爺，你在今日令妹發喪之事上，幫著金家，是不是心中有苦難言？你是不是怕令妹的醜事爆出來，傷了你孫家最後的名聲？」

「我……」孫家大爺已然驚恐。

雷敬之不等他答話便言。「你上當了！令妹並未與人有私，更未真正被人捉姦在床，是他們和那伶人談好了價錢，叫他作假！我在外把他們的勾當聽得清清楚楚，那吳太醫給令妹飲食中下了迷藥，丫頭桂花因兄長身陷囹圄，為求脫出，要康大人幫忙，而做了幫凶。金二少同她將令妹置在一張床上，又把伶人帶了進來，而後離去，不久後帶著浩浩蕩蕩的一幫人捉姦，踹門之下，但見衣衫不整，再一盆冷水潑下，令妹神志不清難以言明，伶人卻苦苦求告，彼時丫鬟痛哭求饒，不為主母辯解，終使得令妹有理說不清，有話無人信，再加上藥性作祟，這才一頭撞牆而死！」

孫家大爺聽得瞠目結舌，轉頭直勾勾的看向金鵬，此時孫家人全部都瞪起眼來直向金鵬奔去！

「這是胡說，胡說！」金鵬高喝。

「胡說？」雷敬之一拍掌，隨即一個伶人捆手捆腳的被抬了進來，丟在了地上。

孫家人一看，瞪直了眼。「是你！」隨即孫家大爺衝著金鵬就吼上了。「你不是說把他填埋了嘛，怎麼還活著？」

「填埋？」雷敬之冷笑。「他們可是一夥的！此人梨名喚作夢郎，本在金福昌中唱的旦角，後因酗酒壞了嗓子，便落在了勾欄裡，專司一些客人之需。他可是康大人常常光顧之人，被他拉進來做此勾搭，而報酬則是康大人給的一百五十兩銀子，外加送到揚州去。只可惜，因為我聽見了此事，也不知是真是假，便叫人留意著，結果發現他離京時，便叫人立刻把他捉了來，正問著話呢，金家府上就發喪了。嘖嘖，我這無意撞見聽見看見的人，豈能昧著良心看著死者含冤而去？」

「你謀害我表妹，我要挑了你！」此時莊明達提槍就上。

趙提刑一招手，官差上去把莊明達圍著，總不能叫他眾目睽睽下殺人吧？

而雷敬之轉身看向了康正隆。「康大人，我從這夢郎口中得知，你叫他做這事時，可與他說過這不是第一次了，敢問你第一次害了誰？」

第八十二章　昭雪

「什麼第一次？我聽不懂你在說什麼！」康正隆急忙擺手。

雷敬之冷冷的一笑，轉頭看向了那個伶人。「他說聽不懂，難道是你撒謊……」

「沒有，我沒撒謊，他真的有說！」當即伶人頂著青腫的核桃眼衝著康正隆就喊道：「康大人，對不起，我若不說實話，他們要把我送去淨身，我雖然是個伶人也做下那事，可到底我家只有我一脈單傳，我只有招了！」他說完衝向雷敬之。「大人我是不是把知道的全招了，你們就能免我一死？」

雷敬之直接看向了趙提刑，趙提刑略一沈吟說道：「只要你招得乾淨，再無一點隱瞞，並且句句屬實經得起查驗的話，本官保證免你死罪，判你監禁或是流放。」

伶人當即頭往地上砰砰的磕。「多謝大人，我招！」

這伶人說招便招，竟是從自己和康正隆怎麼相識上說起，世人皆愛看笑話，儘管這個時候也依然不改，明明個個都關心著第一次是誰倒了楣，卻還是豎著耳朵聽著那伶人講著在京城這三年裡兩人的勾搭。

林熙聽得撇嘴轉了頭，雖然恨透了這個人，但到底他曾是自己的夫，如今聽他種種醜事只覺得臉上臊得慌，便轉了頭，結果就看到林悠一臉怒色的盯著康正隆，手裡還緊緊的捏著帕子，顯然已經是在憤慨之中。

林熙轉著眼眸猜她是不是已經料想到自家大姊之事，這邊謝慎嚴就看到林熙那轉頭的動作，衝趙提刑眨眨眼。

「行了，你們兩個的情事不必說，就說那第一次是怎麼回事？」趙提刑立刻出聲提醒講正題。

伶人立時說道：「是，大人。我和康爺親近，他也常和我說起金爺娶了個河東獅，日子過得各種苦悶，彼時我就言：『那有什麼法子，遇上了再是獅子也只能供著，就算已經倒了臺，也不能把人抹下來啊，都是要著頭臉的，除了忍沒法子。』結果康爺和我說：『誰說沒法子，只要事情做得漂亮，照樣能順順當當的把人給抹下，別人還得把你當爺的供著你。』我當時說：『你就吹吧！』他說：『你不懂！』就沒接茬，這是頭一回同我提起。之後擱了兩年，他又和我說起過幾次這樣的話，我當他吹牛沒打岔，他也沒多說，可是今年初，他忽然又尋了我。」

「許青夢，我警告你，你少信口雌黃！」康正隆此時喊了一嗓子。

趙提刑一把抓了驚堂木朝著桌上一拍。「掌嘴！」他一喝，畢竟這裡不是衙門不是提刑司，更沒令簽，所以一喝以叫康正隆閉嘴。

這些人看著，康正隆也不能梗著脖子喊啊，再喊沒令簽也能打，丟人的不是他是誰？於是他恨恨地瞪了一眼伶人不再出聲。

此時雷敬之橫跨一步，擋住了康正隆的視線。「說吧，有些人已經自身難保，與人謀命、教唆殺害，別說烏紗不保，就是腦袋只怕也留不住！」

「你！」康正隆話噎在了喉嚨裡，因為雷敬之說得沒錯，這事若是別人出來喊冤他還對峙得起，可是雷敬之出來喊冤，又把一切都說了出來，在言論上，大家信誰？此時雷敬之手裡還有個伶人為證，他豈不是真的窮途末路？

一個人到了窮途末路，往往會生出凶心來，眼看伶人要道出更多的事來，康正隆發了渾，抬手衝著雷敬之一推，就想跑。可他萬萬沒想到這一推，雷敬之還沒動，兩個捕快倒動了，就在捕快抓住康正隆按住的時候，雷敬之一臉痛苦的捂住自己的腰。

雷敬之回身衝著康正隆一指。「你這毒人，竟想將我殺人滅口嗎？」

康正隆手中無有凶器，說是殺人滅口其實有過，但此時圍觀之人看政客嘴臉表現得那是淋漓盡致，一群人立刻喝罵著康正隆，群情激動的架勢就跟康正隆儼然已經把雷敬之給捅死並大卸八塊了一般。

在這些政權相關的人情世故裡，從來都是錦上添花者易，雪中送炭者難，落井下石者多，春風和暖者稀。

只是轉眼的工夫，康正隆便被抓扯唾罵得衣衫不整，面有唾液，他被捕快死死地按在了地上。

雷敬之才抬手喝住了大家的群情激憤，抱拳相謝後，一本正經的言道：「我只一時讓諸位做個見證，不過眼下還是弄清楚此人的惡行才好。」他說著看向了伶人。

伶人又不傻，立時言語起來。「他那次來找我，忽然說想幫我一把，把我從那勾欄裡贖出來，給我些銀兩叫我回鄉做買賣，我當時聽著很感動，可他說我得幫他一件事，便說了要我如何設計那女人背夫偷漢，我要如何說得那女人與我有私。我彼時聽了心驚，怕萬一不成，我受罪，他便保證不會出岔子，打也就無非幾下，捱上幾下，自會有人接手，打得凶卻不會真痛，我只要大聲喊了就是，被罵也無妨，忍過後便可得銀歸去，再不用受罪，倘若捱得多了，他說補我五十兩銀子就是，橫豎我都是賺的。我當時已經心動，可到底這是害人的事，我怕出什麼紕漏做了頂缸的，便是猶豫，結果他就告訴我，他早已輕車熟路，如此只是依葫蘆畫瓢再來一次罷了！」

「他第一次加害的是誰？」趙提刑大聲詢問。

林熙緊張的捏了帕子，伶人卻是猶豫著有些不敢說，而就在這個時候林悠卻大步衝了出來。「你說話啊，你是不知還是知？倘若知，你就該說出來，讓那個含冤的人得以昭雪！」

那伶人抬頭看向林悠，有些遲疑，此時林熙則捏了帕子也走了出去，她站在了林悠的身邊，望著那伶人說道：「你說吧！」

伶人聞聲深吸一口氣。「他說他夫人林氏便是如此被他逼得投井而死，彼時請了林家的人去見了姦夫伶人，又是一番痛斥。林家為保清名，不得不忍喪不發，直到很多年後才假稱其病死在他鄉！」

令人的話一說出來，林悠便怒得衝著康正隆喝罵起來。「你這豬狗不如的畜生，我大姊那般才華之人嫁給你，你卻如此害她，更以此事逼得我們處處還受你眼色，你這混蛋，你這畜生！」她喝罵了兩句，卻突然倒下。

林熙急忙抓了她的手扶著，立時有聰慧有眼色的太醫湊了上來給其瞧看。

莊家雖已沒落，謝家卻依然在，謝家當家主母的妹子，豈能不聞不問？

此時莊明達也看到了林悠倒下，抓著銀槍就衝到了跟前，一把就從林熙懷裡將林悠拽了過去，摟在了懷裡。

這舉動看得別人都替他害臊，他卻不管，直衝著那太醫嚷嚷。「快給我媳婦看看，快給我媳婦看看啊！」

那太醫急忙上前一號脈，臉上便有了喜色。「莊家二爺、謝家奶奶請不必擔心，她這是有喜了！」

林熙聞言一愣，直接傻住。「你、你說真的？」

當年林悠產子經了多大的苦、受了多大的罪，結果以為傷了身子，再難有孕，豈料老天爺開眼，時隔幾年竟給了她新的機會。

此時莊明達聽聞此話，立時激動的扯著那太醫問了三次，在確定沒錯後，他手裡的銀槍也扔了，竟當著眾人的面就直直的把林悠給抱了起來，彼時林悠還有些虛昏，不大清醒，被他一抱一轉的差點又昏過去。

此時謝慎嚴竟然上前招呼。「快別這裡轉著了，才有孕你別把孩子嚇到！」

莊明達立時抱著不動，謝慎嚴又招呼。「快抱著她回去啊，這裡舉喪，衝撞不得！」

莊明達當下應聲抱著她就走，雖然看起來狼狽了些，可在場的哪一位夫人又不是看著眼熱呢？日子清苦點，並不是過不得，衣食溫飽下，最是夫妻同心恩愛才是真，而身邊的哪一位不是把大把時間花在妾侍與鶯鶯燕燕之上，又有幾個人會這般抱著自家夫人？

莊明達抱著林悠大步離開，眾人的眼便落在了林熙這裡。

林家原來曾有此醜，然而醜卻為假乃被人陷害。

目光灼灼中，謝慎嚴站在她身邊，不前不後，既不像莊明達那般不管不顧，也不似溫情小子扯她手牽，就這麼站在她身邊，並肩而立。

林熙轉頭衝他一笑。

同行並肩，相伴一生，她懂，世家的禮儀不容他人詬病，就是在外牽手也有輕浮之嫌。

謝慎嚴沒有轉頭看她，他的目光向著前方，但是他有眨眼，似回應著她的懂。

林家塵封的事被說了出來，林家的女兒又做了謝家的當家主母，此一刻，眾人還能議論什麼？除了一起出來痛罵康正隆外，都在說著當年的康夫人必然是如何賢慧不阿才會被這種人陰謀殺害，而康夫人是如何心有冤屈這才投的井。

輿論聲中，康正隆被抓走，金家二少也被帶走，金大將軍固然心疼兒子，此時此刻卻發不出半點力來。

金家一場喪事，便在孫家與金家的打鬧對罵中草草進行，而林熙已經失去了圍觀興致，她轉身默默地退出了金家。

當她邁步上馬車時，謝慎嚴在身後扶了她一把。「要我現在陪妳回林府嗎？」

林熙搖搖頭。「想必這裡還有很多事要處理。這一樁到底也是林家的私事，關起門只我們姓林的，也好說得暢快些。」

謝慎嚴點了頭。「那晚些時候，我再去接妳。」

林熙這便駕車去往林府。

她一路上眼淚不由自主的向下流，以至於到了林府門口，手帕都徹底濕透了。

林熙這個時候來到林府，自是讓家人詫異的，下人言語著要報，林熙叫著免了，顧自的向內步去，卻發現二門口停著兩輛馬車，幾個下人正抬著一些箱籠往車上去。

「這是……」她不解地詢問。

管家一臉本分地說：「太太發的話，叫把萍姨娘的東西都收拾了，今兒個晚上往莊子上去！」

「去莊子？為什麼？」林熙有些意外。

管家又言：「這不清楚，太太沒言語。哦，老太太和太太這會兒正在福壽居那邊說這事呢，七姑娘不妨直接去那邊，去了，大約也清楚怎麼回事了。」

林熙聞言當下往那邊去，才踏進福壽居的院子，就看到常嬤嬤帶著人立在外面，瞧見林熙，自是詫異，正要招呼，內裡卻是一個摔了什麼東西的聲音，隨後常嬤嬤快速折身進去，林熙便也跟到了門口。

她沒進去，因為她聽到了母親怒不可遏的聲音。「秀萍，妳還要臉不要？妳自從進了陳家就跟了我，我何時薄待過妳？到了這個地步，我給妳留著臉面，把妳送去莊子上，給妳自由，再兩不相厭，妳倒來說我容不下妳，妳怎麼能這樣？」

「太太這話我不懂，我跟了您這些年，之前也算您的親信，之後卻莫名地就被疏遠了，這些年我沒爭過，也沒怨過，眼看著兒子就要出頭了，您卻叫我即刻收拾細軟的去莊子上，再不許進府半步，這不是容不下我，又是什麼？」

「妳可真會說啊，秀萍……不，是王雲兒！」陳氏的聲音透著惱色。「珍姨娘就是妳姊王霖兒對嗎？」

「您……知道了啊！」許久，秀萍的聲音才傳了出來。「是，她是我姊。我王家當年遭逢變故，我和姊姊從千金小姐變成了罰沒的丫鬟，我們失散我們分開，我本以為王家只剩下我一個，我也真心伺候在您跟前，和您一心。後來我隨著您到了林府，伺候許久後成了通房，還給老爺生了兒子，就此抬了姨娘，我以為這就是我以後的日子。豈料珍姨娘生產之時，我去幫忙，才留意到她腰上的胎記，後來藉機問話，才曉得她是王家罰沒的女眷，是我的姊姊霖兒！」

「於是妳們就勾搭在一處，偷偷助力她算計我……」陳氏的聲音帶著一種疲憊。「秀萍啊秀萍，妳幫妳姊姊也許無可厚非，但是妳摸摸自己的良心，妳當年進我陳家時，我可曾把妳當過卑賤的丫頭？可曾虧待過妳？」

「我也不想對您不好，可是那是我姊，我姊得手裡有銀錢才能去疏通去打點，才能查出當年到底是誰害得我王家被誣，至於後來，也是因為想要姊姊更加得寵……」

「所以為了親姊，待妳不薄的主子也都丟去了一邊！罷了！我沒什麼再和妳說的，妳快出去吧，東西都給妳收好了，妳這就去莊子上吧，到底我們主僕一場，終歸我不為難妳！」

「別，太太，您把我支走，那我兒子……」

「妳不用擔心他，他到底是姓林的，我會照看著，畢竟我待林家子嗣到底如何，妳眼裡心裡都清楚。我勸妳聰明點，走了好，免得我一看到妳，就想到妳對我的叛，連帶著為難妳兒子。妳更知道妳姊和六姑娘把老爺和林家傷得有多重！我想妳不希望老爺連帶著把長佩也惱上吧，要知道他這會兒隔三差五的和媳婦吵嘴，又不思上進，已經叫老爺著惱了。」

「一定要走嗎？」

「對，不管妳有沒有毒，我都不想在被窩裡捂著一條蛇！妳走吧，就當還了，妳欠我的。」

許久後，屋內是秀萍大聲的言語。「好，我走，我走！」

隨即聽著一些動向，似是磕頭之類，不多時萍姨娘便從屋內邁步而出，一眼看到林熙愣了一下，隨即言語了一句。「長佩是七姑娘的兄弟，您多照看著點，我染了痲瘋，屋裡住不成，這就不告而別去莊子上養著了！」說完人便疾步而去。

林熙抬頭望了望天色，嘆了一口氣。

一人心惡，便害得一家難做！

「熙兒來了？」大約是常嬤嬤這會兒和老太太說了，屋內便響起了老太太的聲音，當下林熙便趕緊的入屋了。

「妳怎麼這會兒跑來了？」林賈氏和陳氏都有些詫異，更瞧著林熙那明顯哭過的眼，有一些擔心。「熙兒，妳該不會是和姑爺……」

「娘，我今兒個回來是有事和您們說的，是關於大姊的事。」

林熙當下講起了今日的事，當林可死於陷害逼迫下的自盡一事被告知出來時，林賈氏第一個大哭了起來，陳氏更是抹著眼淚。

林熙說著從謝慎嚴那裡知道的後事，講著康正隆以謀殺罪名被押入大牢，老太太當即鬧著要去給祖宗上香，還說要去把可兒的骨灰接回來，總之自那時起，林府裡的大姑娘林可兒就再不是忌諱之詞了。

天色已暮，林賈氏哭了一氣也累得歇著了，林熙因瞧著天色晚，又思量著明日裡是放榜的日子，便差了人回去謝府告知一聲，說明日再歸。

林熙從老太太房裡一出來，就遇上了葉嬤嬤，對視了一眼，便異口同聲的說道：「我們去碩人居吧！」

燈籠掛上了遊廊，一個個到一排排，將昏黃慢慢變得明亮。

看著碩人居，她有些唏噓的感覺，卻又不知為何心中如此。

「小時候，小心翼翼看著四周，每一舉每一動，都生怕出了錯，於是立在那裡巴望著一切，而後才敢坐，若沒十足的把握，便乖乖立著，不敢坐，不出頭……」葉嬤嬤的聲音在耳邊輕響。

林熙轉了頭看她。「我那時定叫嬤嬤笑話了。」

葉嬤嬤搖了頭。「妳心中有個怕字，便能知道什麼叫制，這年頭，淹死的都是會水的，知道怕妳就不會冒進，不會去碰。」她說著看向林熙，衝她一笑。「我那時可沒笑話妳，是真真的喜歡上妳，也許妳瞧著我不好相處，或是凶起來不講情誼，但終歸是我出來教妳，可為什麼能教？就是因為我吃過虧，受了這份苦，所以我才悟，才知道什麼是怕，什麼是防患於未然，又什麼是到了那個位置上才能碰才能去想的，而妳，卻小小的就知道審度，這很難得！」

林熙聞言低了頭，她乃重生之人，死了一回才落在了妹妹的軀體裡做了林熙，她能不知道怕嗎？因為她就死在了無知無畏之中……

葉嬤嬤此時拉上了她的手。「走，還去我那屋裡坐坐吧！」

林熙點了頭。

手牽著手穿行在遊廊裡，兩人此時哪裡像師徒，倒似母女一般。她們入了這廂房，點上了燈火。

林熙看著一屋子的簡單，忽而有些不好意思。「這些年，熙兒越發過得順當，還不時的能得著嬤嬤您的提點，可我卻沒能報答您什麼，實在……」

「別說那些話，我不是那政客圈子裡的，也不歸貴婦圈子裡的，要妳花心思打發來往交情。何況妳也沒丟下我，年年逢節就叫人送東西來，我用不上的全給了唐家，現在唐家都成了莊子上的大戶，莊頭說話都客氣，這還不算嗎？」

葉嬤嬤說著坐去了繡凳上。

這碩人居平時就有府上人在打掃，雖不至於弄得處處新，倒也乾淨無灰。

「可熙兒還是覺得對您虧欠，要不您到我府上……」

「七姑娘，我年紀大了，身子骨也不好了，大限怕也將至了……」葉嬤嬤輕聲言語，林熙聞言自是急著想要說了兩句還早的話，但還沒吐出字來，葉嬤嬤就拉著她的手搖搖頭。「妳知我性子的，那些虛的都省了吧，我與妳說這些，也沒什麼別的意思，就一個，到底瑜哥兒是我收下的乾孫子，我去了，他便也沒什麼助力了，只有依靠著你們。故而今日裡我話也放這裡，妳要真和我說報答，就這一件事，日後幫我護著他，拉拔著，我就心滿意足了。」

葉嬤嬤說出了她的相託之事，林熙自是應承。「嬤嬤放心，瑜哥兒雖是姓唐，但大家這些年卻也是和一家人一樣，我給您一句實心話，我必當他是親兄弟對待的。」

葉嬤嬤笑著點點頭，伸手從懷裡掏出了一個絹布的小冊子，推到了林熙的面前。

「嬤嬤給我許多助力，到了此時也還要贈我書冊？」林熙這幾年把葉嬤嬤給的那些都快翻爛了，萬沒想到還有新的，當下說著動手拿起，便笑嘻嘻的翻開一掃，隨即那笑容就僵在了臉上。「這……」

「世家有世家的強盛之處，卻也有世家之軟，謝家我相信是有些手段底子，但我在宮中那些年，卻也不是混吃等死之輩。這個交予妳，是給妳一分底氣，畢竟我們心裡都很清楚，世家和宮裡現在是個什麼情形。他日若然妳夫婿輕鬆可將皇室掣肘，這東西妳就捏著，空了翻翻，就當是本書，日後教導子嗣也能拿上面的事當當例子教導一二；若然妳夫婿盤算上欠了點……那就當我送與妳和他的賀禮，祝妳夫家再旺三代權貴之命！」

第八十三章 一品誥命

從葉嬤嬤屋裡出來，林熙便叫著丫頭扶著嬤嬤去了福壽居。這人老了，什麼仇怨都看淡了，此刻葉嬤嬤竟然和林賈氏成了姊倆好，互相湊在一起絮叨著數日子，在她看來倒也是一種歲月的悠長。

看著她離開，林熙捏緊了袖袋，回到了當初的閨房，叫丫頭在外守著。她翻找出針線來，然後躲上了床放下了帳子，悶在裡面將葉嬤嬤給的絹書小心的縫製在了貼身的肚兜裡，將將縫製完，外面就傳來了丫頭的招呼聲。

林熙立時把肚兜穿好，把針線笸箕（注）放在了一邊，謝慎嚴便一臉酒氣的走了進來。

林熙披了件衣裳，招呼著他一邊洗漱，一邊言語。「不是打了招呼嘛，你怎麼又來接了，還喝了這許多？」

「我不是接妳的，我是自己喝高了，順勢到丈母娘家消一夜酒的。」謝慎嚴說著衝她一笑，乖乖接了帕子敷臉。

「你這是和誰喝酒去了？竟能把自己喝醉！」林熙瞧看著伸手幫他擦了臉，扶著人去了床上躺下。

注：笸箕，是一種形狀似籃的器皿，多數用竹皮或者條狀植物手工編織而成。

「還能誰？炮筒唄！」謝慎嚴閉著眼言語。

林熙看著謝慎嚴難得的有些醉醺醺的樣子，無奈搖頭，謝慎嚴口中的炮筒子除了莊明達還能有誰呢？

「可你今兒個怎麼會喝高了呢？都說酒不醉人人自醉，你這是太高興，還是太悲傷？」她問著取了披的衣裳，也躺下了。

「兩者皆有！」謝慎嚴說著一把摟了林熙的腰身，半趴在她的身上。「把妳心頭所憂解掉，我高興，把那炮筒子撿回來，我也高興，可是，身邊的爾虞我詐從來不休，我又怎能不悲傷？」

林熙聞言眨眨眼，大約明白他所言，便像摟著小寶一樣將他摟住。「你和我四姊夫恩怨已消？」

「莊家是一場奪嫡中的敗者，此刻人人棄之若敝屣，但到底我們是沾親帶故的親戚啊，何必生分呢？何況他那性子若沒人拉著，遲早得出事，所以三罈子酒換個恩怨盡消。」

「能消了最好，我只怕宮裡因此會給你尋麻煩。」林熙說著蹙了眉，這些年要不是為著這個，她至於和林悠見不上面，走不成親戚嗎？

謝慎嚴嘿嘿一笑。「我要的就是他們來尋麻煩！」

歇了一晚，第二日早上一家人又在一起親親熱熱的聊天說話，今日裡是春闈放榜日，思量著長佩同瑜哥兒的前程，便乾脆在此等著。

京城各處不時的有響鑼和鞭炮響起，才聽了幾處動靜，管家便急急跑來，一臉的喜氣。「報喜的進咱們胡同了！」

林昌聞言立時興奮的叫著管家去迎，更叫著眾人準備好香案候著，果不其然，那報喜官到了林府，不過唱音一出，卻並非是長佩高中，乃是唐瑜，甲等第六名。

當下瑜哥兒被簇擁著出去接了喜，這邊林賈氏就叫著人放了一掛鞭炮，葉嬤嬤更是眉眼裡都含著笑。

林熙在旁看著意氣風發的瑜哥兒，再看看葉嬤嬤的眉眼，她知道瑜哥兒的仕途就此打開，而葉嬤嬤之父安國侯爺的平反之事，也必然會開始步步為營。

瑜哥兒高中，林賈氏等人當即就給添了賞來接喜，隨後叫著人立刻往莊子上去，接瑜哥兒的父母入宅——畢竟此時瑜哥兒已是貢生，下月殿試再分出個等級來，便可以級得官，最差也能是個「同出身」，然後釋褐授官的，從此也就飛黃騰達了。

過了大約一個時辰，眼看快沒希望時，報喜官終於再次登門，長佩也中了，論著名額是丙等第九。一直數著京城裡響了幾掛鞭炮的林昌，卻知道長佩乃是這輪春闈裡京城得中的最後一人，也就是說差一點，長佩這輪就被刷下去了。

雖然是最末一位，卻也總算得中，一回春闈全國才一共能中三百來人，他能中上就是本事，當下拜香進祠的叩謝祖宗後，又自是家中設宴歡慶。

一道團圓飯用罷後，才各自散去。臨走前，林熙特意同陳氏在房裡悄聲說了關於萍姨娘的這樁事，如今她人已於昨夜送去莊子上，林熙因擔憂著母親這裡如何同父親解釋，還是多嘴問了幾句。畢竟長佩過上幾十年萬一出息了，秀萍還有作福的那一天，這種攆人除了現在眼前清靜，並不算什麼好的。

陳氏聽罷了林熙的意思，唏噓著嘆了一口氣，隨即擺擺手。「這事妳不用操心了，妳爹那裡其實我一早得知她和香珍是姊妹時就說了，妳爹打六姑娘這事上，已經徹底的懼了，只叫我安排，他不吭聲，反正說到底秀萍也是我帶來的人。至於今後……老太太給我招呼了，叫我把人攆莊子上去就是，餘下的，就什麼都別管了。」

聽著這話，林熙明白祖母早把擔憂的事想到了，因此倒也放了心，再看到母親那酸楚的模樣，便想到當年她們也是一對互相依賴的主僕，立時思及身邊幾個丫頭，想著還是得給她們都物色好的人家才成！想到好人家，也就想到了瑜哥兒和朱家的親事，林熙便覺得自己還是有不少事得幫襯張羅。

離開了林府回到了謝府，林熙便把換下來的肚兜小心的收進了箱籠裡，而後除了讓謝慎嚴幫忙去朱家招呼，定日子的陪著瑜哥兒上門訂親，便開始給五福、遊紅這些已經大了的姑娘尋摸人家了。

願意放出去的，便放出去，願意伺候就在謝家府院裡或是莊子上給尋戶合適相當的結親，嫁妝彩禮的她幫著置辦也就是了。

於是謝府上一時間都忙著給一等丫頭配對結親去了，林熙成日裡抓著夏荷和花嬤嬤幫著瞧看打聽，眼看著都定下四、五對了。正忙得歡騰著，謝慎嚴從大理寺得了消息來，便找了她一日的閒暇，同她提及了康正隆的判定之事。

「他行舉令人髮指卻到底是官家，康家又算是書香門第的，肯定使了銀子，皇上最後把死刑免了，改了流放，哦，聽說是在求三思的時候改的……」謝慎嚴說著捧了手邊的茶將整個案判結果告訴了林熙。

林熙聽得是眉頭緊蹙，使勁地捏了手裡的帕子。

古代輕易不判死刑，一年一度死刑宣判便是秋判，死亡名單報上去，皇上打勾，勾誰誰死，因此也叫秋決，而後逢皇帝生日啊、大豐收啊什麼的，還有大赦！如果一個人運氣好，正好趕上，那就是本來該殺的，也都能放了！

秋決，並非皇上打勾的時候沒人理會，還得有御史臺的人在旁求勸，就是遇上那種殺一千次都不解恨的該死之人，也還是有這套程序。御史臺的人說，皇上三思，老天也有好生之德等等說一遍，皇上說，此人該殺，御史臺的人再來一遍皇上三思，這麼來三次，才真能把他勾絕了。

實際上，這就是個程序，以此來彰顯帝王的仁義，彰顯帝王對每一個生命的認真和重視，顯擺他的好生之德，但偏偏走形式的東西往往也是貓膩轉機所在。康正隆牽扯的案子在第三次求告的時候，皇上筆一轉，康正隆參與兩起謀害的沒撈著死刑，判了流放，徒千里，金鵬謀殺妻子的則直接發配去戍邊——這明顯也是金大將軍求告成功了的。

這樣的結果無非顯示了官場的黑暗，林熙這個做世家主母的也並非不懂這些。可是康正隆就這麼流放徙千里，她不甘心，想到當初她被逼得跳井，林家上下當她是恥辱，連骨灰都供在庵裡，便覺得心裡跟插了把刀子似的上不來氣，一副憋住了的樣子。

謝慎嚴瞧著她那樣子，放下了茶杯，伸手拍了拍她的胳膊。「別這樣，這種事很常見。」

「我知道，可是他活著，我不舒服。」林熙望著謝慎嚴。「我大姊若地下有知，也不會瞑目。」

謝慎嚴點了點頭。「放心吧，流放就是皇上給臣子一個安慰，但流放並非不會出意外，到時老天爺要收他，誰也攔不住不是？」

林熙聞言立時明白謝慎嚴應承了她什麼，便激動的起了身。「慎嚴，我、我替我大姊謝謝你！」

「傻瓜！」謝慎嚴刮了她鼻子一下。「一家人可不說兩家話！」說著他咳嗽了一聲，衝林熙低聲說道：「上次我叫妳關起來的那個嬤嬤，叫人把她接出來吧！」

十一月的天，已經泛起涼意，雖豔陽高照，出出進進卻得披著披風了。

林熙這陣子忙著府上丫頭們的親事，說辦便是極為利索，一連四場親事辦下來，喜氣是足夠了，只是一想到瑜哥兒的親事，還是止不住的搖頭。

殿試一場下來，瑜哥兒著實本事，乃高中探花，林府上因此放了三日的鞭炮，陪襯著瑜哥兒跟著狀元、榜眼一路風光的京城巡遊，倒也頗有些得意——畢竟這些年瑜哥兒是養在林府上的，橫豎林府都跟著沾了光。

只是林熙卻還是頭疼，探花郎已經不易，朱家也因此對瑜哥兒極為親切，可是到底瑜哥兒的父母是老實巴交的鄉下人，再是就此丟了鋤頭，也掩蓋不了鄉下那份實誠的鄉土氣，林熙固然覺得親和，但在朱家眼裡，這又窮酸了，因此也不知怎麼想的，對著彩禮之需，獅子大開口，林熙願意幫襯，謝家也扶得起，可林熙卻也因此對瑜哥兒的未來有些擔憂——娘家太強勢，這朱家嫁女，也會生生弄成了瑜哥兒入贅一般。

是以這兩日上她有些猶豫，但婚約已經說成了，變了就會惹事，對方又是朱家，這年頭瞻前顧後，終到了，還是託了謝慎嚴叫他給瑜哥兒招呼一下，免得日後埋怨。

此刻，她披著披風在府院裡轉，身後跟著五福和遊紅，如今她們已經成為人婦，林熙尋了莊子上兩家合適又老實巴交的給他們成了親，不但添置了嫁妝，還順手就給操辦了，兩個丫頭辦得熱鬧，府上的下人們也自然會念著奶奶是個重情的人。林熙原本只是想著方便她們就近伺候著，也不枉主僕的情誼，反倒也得了個乖。

「姑娘，今兒個風大，您怎麼轉到這裡來了，小心涼著！」夏荷挺著微微隆起的肚子尋了過來，迎頭便是關心言語。

林熙衝她笑了笑。「我身子養得好著呢，沒那麼受不得風。」自孩子生下後趕上曾家那糟心事，謝府上下都在致力於怎麼把林熙養得無有瑕疵，好早點為謝家再添子嗣，如今她肚子已經收得乾淨，謝慎嚴便開始盤算下一胎。只是林熙記得葉嬤嬤給的冊子上說，女人若是順產還是將養上兩年才好，便沒怎麼上心——可她不上心，有得是人操心，這不，夏荷自有了身子，便開始盯自己的主子，只盼著她也早有動靜。

「姑娘，給唐爺添置的那些，這兩日都已經出了庫，今兒下午就能裝完車，您看是什麼時候送到玉石胡同去？」夏荷來便是問事，這瑜哥兒要成親，總不可能在林家安置下來不是？葉嬤嬤一早就在京城裡買了宅院的，只是她不吭聲，當林熙和謝慎嚴商量著是不是幫著置下房產換情誼時，她卻差人送了房契來，外加一封信，大體的意思就是——這房產早已置下，但葉嬤嬤不打算用自己的名義給他，要林熙以謝家的情誼給他，想讓瑜哥兒承謝家的恩。

林熙明白葉嬤嬤心底的意思，她這個人口中總是唸著怕欠了誰，結果連帶著對瑜哥兒也是如此，只要瑜哥兒念著她這個當祖婆的一番照顧就夠，至於別的，卻給得不多。要不然以葉嬤嬤手中的私藏，當年添到林熙手中的東西，至少也能讓瑜哥兒自立門戶，獨獨做個少爺，錦衣玉食吃香喝辣，完全不至於要在林家寄人籬下的讀書生活——歸根結柢，她還是想讓瑜哥兒能生養出個好性子來！

而還有什麼會比人生經歷更好磨練性子呢？

「先過去招呼一聲，叫管事的把人手備好，天擦黑的時候就送過去吧！」林熙做了吩咐，夏荷答應著去了。

財不露白，是以都是夜裡去，只是考慮到太晚也不好，故而選了天擦黑的時候。

夏荷前腳去，後腳花嬤嬤就來了，對著她擠眉弄眼的，顯然是有話要說。

林熙便乾脆同她一道回了屋裡，叫著奶媽送來了小寶，便打發了她們出去，自己一邊逗弄著小傢伙在床上玩，一邊輕聲言語。「什麼事，讓妳如此扭捏？」

「剛才外面又抓人了，那年歲身段和那位很像！」花嬤嬤完全湊到了林熙跟前壓低了聲音言語。

林熙挑了眉。「這是第幾個了？」

「動靜大的，撞見的，就七個了！」花嬤嬤說著還比劃指頭。

林熙抿了下唇。「我知道了，別作聲，當不知道。」

花嬤嬤一愣。「這個明白，可這事……」

「和我們謝府無關！」林熙一臉嚴肅。

「哦，明白、明白。」花嬤嬤點頭如搗蒜。

她擺了手，花嬤嬤退了出去，林熙便看著在那裡把身上衣服往嘴裡塞的小傢伙嘆了一口氣，輕聲喃語。「小寶啊小寶，你爹這一局玩得可不是一般的大啊！」

傍晚時分，謝慎嚴歸府，自春闈及殿試過後，他可忙了起來，有識之士要拜會，新進的三甲要邀約，一番應付之後，每次殿試過後都會舉辦的三公槐辯論大典也循例召開。

三公槐辯論，這是大周朝的特色，為了彰顯君王愛才之心，為了體現才者不論出身的道理，這個大殿已經成了有識之士的學識展現平臺，若能在此大殿上一夜成名，你可就從此金光照身，人人把你當大才子看，就算你不是進士貢生，仕途官路也會由此而風生水起，所以每三年才一會的三公槐辯論，更是各位文人墨客為自己掙下前途的機會。

而三公槐辯論，共分三場，分別是生、士、夫辯論，也就是還沒成為進士的、成為進士的，和已經做官的各有一場辯論，而這個辯論的結果，除了大家聽判外，還有幾個做判的人，以免辯論膠著不斷。

之前是老侯爺列席做判，開到最後，三場一完，少不得自己一番演說，趁著點評三場的機會，用來顯擺世家的風骨和眼界，以定世家不可超越的地位。後來老侯爺去世，繼爵的安三爺便參加了一屆，他性子較綿，不似老侯爺那般大開大合，對此事沒多大興致，尤其那些文人墨客的，一個個唇槍舌戰起來，開先還是引經據典，到了後面各種口水話就出來了，他又不善與人爭執，只覺得吵耳，內心更覺得他們不學無術、有辱斯文，以至於參加一屆後就實在沒什麼興致。

待到今年這輪，他為了躲清閒，竟把曾家的事在徐氏跟前唸了幾天，徐氏身子骨不好，思及這事也覺得梗得慌，九月上就鬧著想回娘家看看，安三爺立刻陪著她車馬勞頓的回娘家去了，也因此今年這攤顯擺的機會就落在了謝慎嚴身上。

謝慎嚴雖然看起來年紀輕輕，但人家有天賦，且老侯爺當年那是大力栽培，於是這為期三天的辯論會一結束，謝慎嚴最後一日的總結發言，可出盡了風頭。

第一日那場，乃生者論，辯論的是「民生在民，還是在君。」

第二日那場，乃士者論，辯論的是「臣心系民，還是系君。」

第三日那場，乃夫者論，辯論的是「社稷於君，還是，君於社稷。」

這三場的命題，在林熙看來，就是嚼不爛的辯論題目，你能說百姓不重要？不行，那你能說國君不重要，更不行，所以說來說去就是大家爭一場的事而已。

卻不料謝慎嚴在陳詞總結時，直接把三個命題合一，談起「民、君、社稷三者關係」，而後引經據典的把孟子提倡的「民為貴社稷次之君為輕」的道理洋洋灑灑闡述起來。

十句之內，必有典故所出，五十句便已闡述明白，只說了小半時辰，就把文人墨客們給驚了，一個個不但震驚於世家家主的學識，更好奇那些被引經據典的書冊孤本，故而自那日後，謝慎嚴名聲大震，滿京城都是議論他的聲音，而一時間，謝府上拜帖都能當柴燒了。

林熙因此一連幾日都沒見著他，沒法子，謝慎嚴跟趕場子差不多，從這邊出來，就奔那邊，中間能回家洗澡換身衣服，再抱抱兒子，就已經很擠出時間了。

「今兒個怎麼這麼早就回來了？是不是還要去別處？」林熙見他進來，立刻出言招呼，手裡更把小寶抱了起來，湊到謝慎嚴跟前。「來，快讓你爹抱抱！」

謝慎嚴將小寶接過，先在他臉上印了一口，結果小傢伙抬手就抓上了謝慎嚴的鬍子，謝慎嚴一面小心的跟兒子搶鬍子，一面逗他。「來，叫爹！」

小寶張張嘴，先是樂呵呵的笑了笑，而後嘴裡咿咿呀呀的冒出一個音來。「嗲……」

「爹！」

「嗲……」

「爹！」

「嗲……」

謝慎嚴抽了抽嘴角。「為讓你叫我一聲爹，我都不知叫了你多少聲爹了，你好歹也叫準一回嘛！你看你叫你娘叫得多順口！」

「爹……」

小寶終於對了音，謝慎嚴立時就樂得又吧唧一口。

林熙見狀言語。「你成日忙得不在家，他能叫上幾回？」當下動手把小寶抱了過去。「快去換了你的衣裳吧，欸，問你呢，還去別處不？」

「不了，我這一個月都沒閒著，今兒個我全推了，怎麼也得在家陪陪兒子媳婦不是？」謝慎嚴說著已經脫去了外面的衣裳，自己捉著常服換上了。

林熙眨眨眼，抱著孩子去了羅漢榻上，讓小寶自己在羅漢榻上晃著步子走兩步坐一步的奮戰，人則看向謝慎嚴，一臉欲言又止的表情。

謝慎嚴見狀當即湊到跟前，往她身邊一坐，一面瞧望小寶一面言語。「怎麼了？是遇上什麼事了？」

林熙咬了咬嘴唇，聲音低低地。「當初你要那嬤嬤，我叫人接了出來交給你，之後那嬤嬤就不知被你塞去了哪裡，只知道自那日後，京城裡關於曾家的流言就開始到處傳，如今京城裡像她的，都被捉了不少，動靜大的就七個了，小大的還不知幾個。我知你做事向來有分寸、有見地，不過，你這法子我真不懂，這就能把宮裡的那位給……」

「妳說人在什麼時候是最難熬的？」謝慎嚴忽然問了一句。

林熙一愣。「你怎麼問這個？」話出了口她卻也反應過來，隨即作答。「生病、痛苦之時吧！」

謝慎嚴搖搖頭。「非也，病痛在身，固然受罪，卻並非是難熬，而是痛苦。難熬者，心懸不墜，懼而不凝，終日如繩勒喉，上氣難，下氣，也難！」他說完一臉笑色，轉身去提壺倒茶。

林熙望著他眨眨眼。「難道你是要宮裡那位也……」

謝慎嚴喝了口茶後，不緊不慢的言語。「沒錯，太后這人其實也算是巾幗梟雄了，畢竟宮也罷，朝也罷，角逐的永遠是權、是利，她一路運籌帷幄，走到今日，已是得利者，就連我謝家大爺也都敗在她的手裡。其實這樣本已經足夠，畢竟成王敗寇嘛，她已是王，應該大氣一些才好，應該學會計較今日、忘掉昔日，畢竟權力場上沒有永遠的朋友，也沒有永遠的敵人！只可惜，到底是女流之輩，心小不說，見識欠缺了點，如今她自己又諸多心虛，便想著要把所有的把柄都清乾淨，可是哪裡就好清了呢？結果還不是說多錯多，做多送尾！」

林熙聞言點點頭。「是啊，不過我倒也能理解她的心思，畢竟她做了那麼多事，謝家偏捏著她的尾巴，她坐臥不安啊！」

「有道是水至清則無魚，混跡在權力場上的，誰能乾淨了？她想把自己剔乾淨，反倒是沒事尋事！」謝慎嚴說著放了茶杯，捉了帕子出來擦手。「她不是要清理乾淨嘛，好，我給她機會清理，那嬷嬷我就放出去走一遭，她要清，那就清，清不到，她心裡就慌！這就跟在菜市口挨腰斬的犯人一樣，刀懸在頂上，你不知什麼時候會下來！死，已經改變不了，十八年後又一條好漢，你可以不怕，痛，也是一眨眼的事。可是刀懸而不下，我不信她不熬著、不難受！」

林熙望著謝慎嚴，眼珠子轉了一圈。「我懂了，你是想把她逼急。」

謝慎嚴轉頭看了林熙一眼。「沒錯！不過我倒想問問妳，我把她逼急之後呢？」

「太后急著想要殺人滅口，便會下功夫的抓人，如今京城裡抓人的動靜已經大了起來，足可見太后是急得下了狠口，但如此反而更容易讓別人心中惶惶，猜測推斷，也更容易生出口舌是非來，那之後……」林熙的眉眼一亮。「你是不是要借這有學之士的悠悠眾口來……」

謝慎嚴抬手止住了她繼續說下去，反而是扭頭看了眼還在扭動著肥嘟嘟身子，在那裡晃悠起身走路的小寶。「太后手中的人不少，可很多人只看到好處，看不到鳥盡弓藏、兔死狗烹，一個嬤嬤被追殺至此，鬧得京城隱有風雨，妳覺得那些人會怎樣？他們的腦袋上也懸著一把刀，他們會明白，有朝一日，自己的下場和這位不會有差別！」

林熙蹭的一下站了起來。「難道你是指望著她手下的人……」林熙把手掌翻過，謝慎嚴卻笑。「他們反不反輪不著我操心，但多個可能沒什麼不好，何況當今聖上這幾年過得多安穩啊！他當初或許有清剿之心，眼下卻未必肯動了，畢竟這些年世家也好，臣工也好，誰不是低著頭兢兢業業，他天子龍威依舊，好端端的太平盛世，他偷著樂還不夠呢，豈會有殺伐之心？」

林熙慢悠悠的坐回了榻上，她想起了當年她進宮時，看到的那一幕，兩位皇子彼時親近在一處，現在回憶當時，卻記不得兩人當時的神情了。

「至於妳說的有學之士，呵呵，我是要借他們讓皇上明白，世家現在還不是他能動的時候。」

林熙點點頭。「如此我便放心了，說真的，你這可是和宮裡對上，我縱然信你，還是會有些不安。」

謝慎嚴動手攬了她的腰。「歷代名臣、能臣、在位久遠者，那都是有一套和宮裡對上的本事，要不你事事順了帝意，身後背一身罵名；要不，你事事順了良心，到頭連個埋骨之地都無，伴君如伴虎，這話多耳熟啊，可在我看來，不是伴，而是導，引導的導，把他往對的事上導，把他往你的理念上導，誰能把帝王導到自己的身邊，統一了戰線，誰就是贏家！」

林熙聞言咋舌。「這也就是說說吧，皇上又不是小孩子。」

「為君者，耳目在臣，身更在紅牆碧瓦中。為何後宮和太監一律不得干政，因為他們會引導著皇上的耳目，故而可干政的不就是臣子？皇上年輕的時候，也會血氣方剛，只要讓他感覺到本來安分的一切開始不安分了，他就會慌了，他會比誰都希望一切安好，為君者玩的不就是制衡均衡嘛，賞罰相交，說白了，就是要穩。」謝慎嚴說著昂起了腦袋。「放心吧，很快京城的不安穩就會讓皇上坐不住的，到時……太皇太后會提醒一二的。」

林熙當下點點頭，忽而衝著謝慎嚴眨眼而問。「當年宋朝有位三朝宰相，莫不是就是你說的那樣？」

謝慎嚴笑了笑。「莫說宋朝了，歷朝歷代都有這樣的人。」

轉眼就是年關前，小寶已到了周歲，謝府便舉辦了抓周之禮，除了各路親戚外，權貴們也紛紛到府飲宴觀禮。

莊明達是個直性子，和謝慎嚴一醉消恩怨後，這半年也早受了謝家的關照，自己開起了馬場。按說世家和權貴是不做生意、不經商的，怕跌份兒（注），可莊家已經徒剩虛名，尤其莊明達，也倒騰不出個啥來——他雖是紈袴，卻不通古董鑑寶，舞刀弄槍還成，但你要把他弄去做個教頭的話，一來還得賣官家臉，二來還怕他惹事，索性，謝慎嚴給他拉了關係，結了緣分，關照他在京郊開了馬場，這半年倒也有了起色。

至少莊明達現在不用把宅子裡的東西拿來典當了！

如今小寶周歲，他可是四姨父，自然也得前來觀禮，更得準備禮物。只是他這人太實誠，也不知哪根筋搭錯，禮物準備了，送來了也就是了，他還非要牽進內堂——那是一匹小馬駒，汗血寶馬的種，雖然看起來因為尚小還是拟可愛，但馬臊有之，加之畜牲嘛，豈能約束有道？何況一屋子的人，小傢伙自是驚著，連尿帶糞的弄了不少在內堂，害得林熙只能把大家全部往廳裡移，林悠更是羞愧歉疚的瞪了莊明達好幾眼。

莊明達再是性子直，也知道自己惹了麻煩，他那性了以往早嚷嚷了，一來受了謝慎嚴點撥，二來自己那挺著肚子的媳婦又瞪著他，他只能咬咬牙生生的憋著，直到小寶被抱了出來，大家都湊到一起時，他才委委屈屈的口中嘟囔。「抓周的嘛，馬兒不出來，他怎麼抓來騎呢！」

林悠聞言嘆了一口氣，一胳膊肘杵去了他的腰眼。「人家是世家子，捉筆拿書就夠了，騎什麼馬啊，回頭等我肚子裡這個抓周的時候，你直接抱去馬場，讓他抓個夠！」

莊明達努努嘴，不情不願地應了。

禮物擺了一桌，什麼都有，謝慎嚴考慮到好意頭，幾乎放在他跟前的都是這些日子在他面前亮過的東西。只可惜小傢伙大約見過，沒太大興致，穿著厚厚的衣裳，連路都走不直，

注：跌份兒，丟面子、失身分之意。

顫悠悠的巴著矮桌一圈的轉，最後拿起根毛筆來看看，眼瞅眾人，大家立時好詞送上，還沒說兩句呢，小傢伙把毛筆在自己下巴上一杵，抹了一把，口裡含糊地唸著。「鬍鬍。」繼而就丟了。

林熙抿了唇掃了一眼謝慎嚴下巴上的鬍子，生生地憋下了笑意。

小寶轉啊轉，又抓了把鑰匙，這會兒大家都不著急了，個個不說什麼讚美的話，想等他確定了再說。小傢伙拿著那把鑰匙直接就往嘴裡塞，嚇得一旁的花嬤嬤就要動作，結果人才站出去，手還伸著呢，小寶手一鬆，鑰匙就丟了。

陳氏見狀笑著嘆了一口。「這孩子以後啊，就不是個操心的命！」

小寶就這樣，抓一樣看看丟一樣，七、八個之後，他抓起東西來，只做一件事，看大家的反應，沒人動，他捏著，但凡有人動，他就丟。

林熙看著小傢伙如此，也覺得無語，就在考慮是不是等到他抓了個像樣的，就趕緊上去抱了他見好就收呢，小寶忽然在桌上一抓，繼而轉了身子，用一種站不穩的跑步前栽姿勢，直接扎進了一旁謝慎嚴的懷裡。

「抓了什麼？」林賈氏急聲詢問，徐氏也急急的張望。

謝慎嚴抱起了小寶，將他的手舉了起來，立時他手中小小的印章便露了出來。

印章寓意著官位權力，眾人一看，都立時賀詞紛紛上。謝慎嚴笑望著小寶，伸手想從他的手裡把印章拿出來，小傢伙卻死死抓著不放，謝慎嚴無奈地搖頭，林熙急忙上前抱了他到懷裡，此時間，外面管家卻來傳信，竟是宮裡送了兩份禮物來。

急忙置備香案，謝府上的人出列答謝，收了禮——一份是太皇太后賞賜來的玉如意，一份則是皇上送來的金鎖，唯獨少了太后娘娘的。

謝慎嚴見狀滿臉笑色，他叫著黃門太監稍等，自己離開了片刻，轉瞬回來時，手裡拿了一樣東西，它包裹著五彩織錦，看起來就很華貴，不過依著大小長短，很像一幅卷軸。

謝慎嚴將其直接放進了黃門太監手裡。「太皇太后和陛下恩澤，謝家感激不盡。這裡有一份高祖墨寶，乃當年高祖與我祖父歡飲達旦後所做，它自賞賜到我謝家後，便記述著皇家濃濃恩情。太皇太后乃重情之人，相信這幅高祖墨寶，定然能讓她歡喜，所以還請公公幫我轉交。」他說著又給黃門手裡放了一錠金子。

黃門太監激動言謝後捧著那畫卷恭敬而去，謝慎嚴立時招呼大家吃酒歡飲。

到了席後將散時，黃門太監又來了，這次不但他來了，還手捧了聖旨來，再列香案，叩拜後接旨，林熙聽著那拉長的調子，只覺得驚奇——

聖旨來傳，除開那些表彰的套話外，就兩個訊息，第一說謝家德高望重，伴朝多年忠心耿耿，總之賞謝慎嚴良田百畝、錦帛百疋，外加賜謝家長子一等伯爺的爵——好呀，小傢伙才剛滿周歲，就有爵位了；第二，謝家主母林熙晉封誥命，升品為一品夫人。

林熙能不驚奇嗎？她家男人沒做什麼啊，她怎麼就莫名其妙的升品了呢？

有不解，卻沒法問，林熙只能壓著一肚子的疑惑，在眾人恭喜聲中，接過了一品朝服。

依舊是歡飲，依舊是暢飲，該散的席，沒散成，直吃到日暮，各家權貴也紛紛傳話叫人速速備了新的禮物來。

終於到了月上梢頭的時候，謝府才算歸於寧靜。

林熙就近把林家大小和姊妹親戚的安置在了謝家的客院裡，反正地方足夠，她可不想寒冬臘月的凍著了誰。徐氏也樂意如此，自她姊妹離開京城後，她大約覺得寂寞，從娘家回來，就特別想和誰湊在一起熱鬧。謝家妯娌不少，但隨著謝慎嚴當家，也都慢慢的分散了出去，這大府上真沒剩下誰，是以她見林熙把林家人留在府上過夜，便提議，今年過年謝、林兩家便湊在一起，好圖個熱鬧！

侯爺夫人提議，焉能不從？何況林熙也樂意如此，當即同徐氏謝了多遍，伺候著她歇下了，這才回到了房裡。

小寶已經乏了睡了，林熙看著他睡得呼呼的模樣，心裡一片溫馨，起身準備回屋時，花嬤嬤將印章遞了過來。「一直攥著呢，睡了才鬆了的。姑娘把它收好吧！」

林熙接了印章回到了屋裡，就著燈火無意識的打量，可這一打量，人就懵了——印章之身乃墨竹刻圖，和當年謝慎嚴給她的一模一樣！

她起身去了床邊，將床頭的箱籠打開，翻出了壓在底下的荷包來，把那方印一倒出來，再一對比，還真是從墨竹刻圖，到底下的「曲直」兩字一模一樣。

她看著兩塊印章，起身去了案桌前，才就著紅泥在白紙上落下一模一樣的兩方印，謝慎嚴便進了屋。

「這天可越發冷了，喝了這些酒還是覺得寒風凜冽……妳在做什麼？」謝慎嚴注意到林熙一手一印的望著自己，當下一邊問著一邊湊了過去。

「這印，你有兩枚？」林熙捏著印看向謝慎嚴。

謝慎嚴嘿嘿一笑，將印並在一起。「這是一塊石料，但是我本只做了一枚，遇上妳那日正好帶在身上便給了妳，回來後看到餘料，乾脆又做了枚一模一樣的帶在身上。」他說著衝林熙眨眨眼。「今兒個一時興起，就把這印取下來放在了桌上，豈料這小傢伙偏就拿了這個！」

林熙聞言心裡發暖。「他是長子，繼承父業也是應該，你這世子之路，雖不為官，卻也和官差不多了。」

謝慎嚴放了印章在桌上，動手抱了林熙的腰身。「妳可得抓緊再生幾個才成，咱們的長子已經做伯了，妳得給我多生幾個來繼承謝家衣缽才好。」他說著就把林熙抱起要往床邊去。

林熙急忙按住了他。「去，洗洗再說，一身的酒氣！」

謝慎嚴聞言笑著把林熙直接抱去了床邊，根本不理會她的言語，林熙無奈只得伸手推他。「別急啊，我心裡有樁事一直扎著我呢，你好歹也叫我理順了唄！」

謝慎嚴抱著林熙坐在床上，臉貼著她的臉。「能扎著妳的，不就是一品誥命嘛！」

林熙捉緊了他的手。「你又知道。」

謝慎嚴輕輕地笑了一下說道：「妳得了一品誥命，我們的兒子得了爵，妳說明日裡，我們該做什麼去？」

「進宮謝恩！」林熙說著眉眼一挑。「難不成是為了這個？」

謝慎嚴點點頭。「明日便是一戰，看誰能導了誰！」

第八十四章　唇槍舌戰見機鋒

進宮謝恩，這是身為命婦最大的榮耀，但林熙卻知道，明兒個少不得要話語間打打機鋒，你來我擋的應對一番，畢竟她是謝家的主母，今日這麼一場，她得讓兩位太后明白，謝家無有反骨，但同樣的，謝家也不是任人可欺的。

有了這番心思，在與謝慎嚴親熱後的時間裡，她沒多少瞌睡，想了半天最後還是爬起來，摸出鎖匙打開了箱子，將那肚兜拿了出來。

「明兒個還要早去謝恩，有一套累人的流程，妳還不趕緊歇著，翻騰什麼呢？」謝慎嚴聽著她動靜，索性撐身而起問她。

林熙把肚兜展平。「葉嬤嬤當初拜託我們關照著瑜哥兒時給過我一樣東西，她說對於你和宮裡來說，應該能助力你不少。」她說著取來剪子，謝慎嚴直接把燭檯拿到近前，看著林熙把肚兜上的縫線剪開，最後從裡面拿出一冊絹布做的小冊子來。

「你看看吧！」林熙說著遞給了謝慎嚴。

這東西輕盈，裝成了冊，也不過巴掌大小，其上之字並非墨留，乃是用的針線縫製，密密麻麻的，卻把內容清楚留下，這讓謝慎嚴挑了眉——繡出這些東西來，那得花多少時間！

「葉嬤嬤給過我許多幫助，光小冊子就給了不少，都是教我如何做人做事的，那些都是用的墨記載，唯獨這一本，乃是用的線，想來她也是怕墨久難保，才如此的。」林熙輕聲說著，腦海裡卻映出在孤幽的燈火下，葉嬤嬤把所有那些見不得的人和事，用一針一線的方式留在了這上……

謝慎嚴看了兩頁便已經面色凝重，繼而抓了衣裳穿戴起來。

「你……」

「我得好好看看這東西，妳且睡吧，等我想好怎麼弄了，再和妳說起，有了這東西，往好了說，那叫如虎添翼；往過頭了上說，便是催命符，我祖父書房裡掛著一塊匾，上面只有四個字——過猶不及，所以這個分寸得好好拿捏，妳先睡吧！」

「謝夫子、謝夫人，您二位這邊請！」近了巳時，終於有黃門太監晃蕩著拂塵、熏爐前來引領。

謝慎嚴同林熙一道跟隨入內，走了半途時，忽然又遇上了一個穿著五品太監服的人，林熙立時低頭半避在謝慎嚴之後，她本就退著一步，此刻便是一步半了。

論理，林熙此刻封的是一品，五品太監不算什麼，可太監最高的品銜也就是正四品的敬事房大總管，而身為五品的自然是伺候在皇上身邊的副總管了。

你在這種人跟前耀武揚威，沒什麼好處，畢竟小鬼難纏，日後遇上點什麼，碎唸兩句，就夠你喝一壺的，因而林熙客氣避讓。

她這舉動讓副總管頓生優越，對著謝慎嚴也不覺得氣短卑微了，一臉笑容上前。「謝夫子，皇上知道您今日攜尊夫人來謝恩，便想邀您過去一起對弈一局，所以……」

「慎嚴明白，敢問副總管大人，那拙荊……」

「尊夫人照例去太皇太后、太后以及皇后面前謝恩。」副總管一臉笑意，謝慎嚴淡然的點點頭，繼而轉頭衝林熙言語。「過去之後替我向二后言謝。」

「是，老爺。」

謝慎嚴嗯了一聲，直接跟著那副總管就走，此刻黃門引著她繼續向前，兩人便在抄手遊廊裡分去了兩處。

林熙明白，這就是各自攻守一處，但她已經做了萬全的準備，謝慎嚴一早上在路上就教了她許多。

到了福安宮，黃門進去通傳，立了約莫不到半刻鐘，裡面傳音出來，林熙便整了整身上的一品朝服，按照葉嬤嬤教的儀態，步步規矩的入內。

不急不緩，不驕不躁，平常之心帶敬畏，乖順皮相藏傲骨。

葉嬤嬤教的她記得，小心的步入到正中，這行走當中便偷眼掃了兩側，看見左下有年輕女子，頭戴鳳冠，身穿金色大衫襯著繡鳳霞帔，便知乃是才從淑妃被冊封為皇后沒多久的朱氏，當下放心上前，對著正中先拜。

「臣婦謝林氏叩見太皇太后，願娘娘千歲千歲千千歲！」口中唸詞，規矩叩拜，頭磕三下，老態龍鍾的聲音傳來一句免，林熙才應謝起身，略側了身子對著太后又是一番如此，太后發了話免，林熙再次應謝起身，如此才對著朱氏叩拜了下去。

對著祖宗，乃是三拜九叩，對著這三位，今日也倒湊了個滿。

禮數盡到，並未完，今日乃是謝恩的，是以她又再度跪下，高聲叩謝封賞。

「快起來吧！」太皇太后招呼著言語，一旁的宮女上前虛扶了一把，太后招呼了一句賜座，太監便送來一張繡凳。

林熙規矩著言謝後，這才理了半裙屈膝而坐，只沾了半邊屁股，實打實的遵循著禮儀規矩，之後雙手輕側在身旁，這一套動作行雲流水自然而然，毫無半點做作與生硬，看得那朱氏眉眼挑高，太后溫笑，而太皇太后則是立時笑著言語——

「瞧瞧，這才是命婦的頭臉，這才是一品夫人的樣兒，日後她家謝夫子做了侯，她便是侯夫人，命婦中的一等一，橫豎都是咱大周命婦中的頭臉！」

林熙立時起身言語。「太皇太后真是虛抬了臣婦的臉，臣婦可不敢當！」

「妳安心坐著吧，不必一句一起身的，妳是葉嬤嬤教養大的，便是我這一路，算我的嫡系至親呢！」太皇太后一句話便給林熙歸了隊。

林熙豈會不知話中意思，立時起身笑言。「能算到您這一路的嫡系來，定是臣婦祖上燒了高香的，臣婦當真是好福氣了！」

她這言辭讓太皇太后聽著熨貼，便笑著點頭。

此時太后卻是一清嗓子開了口。「時光荏苒，一眨眼妳都是有孩子的人了。林氏啊，妳還記得當年妳到宮裡來參加乞巧宴嗎？那時妳同謝家的十四姑娘在一處，可叫本宮為難了，真不知是選妳好，還是選十四姑娘好。」

林熙淡笑不語，並不出言接茬——這話她可沒法接，接不好就要栽進坑裡，她可沒忘記當年她差點就當了絆腳石，更沒忘了，她全然就是被當年的這位太后給算計去當坑的，這會兒她倒賣好來了，難道她就真不知道十四姑娘是早定的人嗎？

「那後來母后是如何選的啊？」此時朱氏見林熙不接茬，便張口遞梯子，立時太后言道：「最後啊，還是淑貴太妃拿了她的喜盒給了林氏，我想著她有此殊榮也不枉這一行，才安心點了謝家的十四姑娘，也不知林氏可怨我不？」

「原來是這樣啊！」朱氏轉頭衝著林熙言語。「一品夫人當年原是如此敗北的啊！」

林熙聞言一笑。「是太后和太妃恩澤，看臣婦年輕，怕臣婦不懂事，才有心照料。說實話，臣婦可比不上我那十四姑姑，她乃謝家嫡女，自小便是飽讀詩書的，她的才華與本事，對得起那個巧字，是以太后與太妃當年抉擇，臣婦可服氣得很呢！」

「謝夫人這話可謙遜過了。說實話，本宮當時看妳，覺得妳乖巧敦厚，是個溫柔細弱的小姑娘，可誰料這一眨眼的工夫，妳年紀輕輕的就做了謝家的當家主母，倒是雷厲風行起來，不但手段高明，治下也更嚴明啊！」

林熙聞言欠身衝著太后一彎。「太后娘娘與謝家親密無間，臣婦便也不怕丟醜了。哎，我凶狠起來這也是沒法子啊，有道是——這不當家不知柴米貴，自我成了當家主母起，前有刁奴盤算，後有小人撤脫，我若溫溫柔柔的，豈不成了軟柿子？我夫家滿門都是飽學之士，更知禮義廉恥，家中人雖未為難，偏生那些吃了謝家好處還手腳亂抛的，一心生非，我是當家主母，就得看住這份家業啊，不然哪對得起公婆信任，又哪能在謝家立腳？是以我才只能狠下心來，快刀斬亂痲，削了這些孽障，免得吃著我謝家的好，還生著我謝家的非，當我謝家是好欺的主嗎？您說是不是啊，太后？」

太后聞言尷尬的一笑，強自當自己沒聽出這話中影射之句。「府大便生刁奴，這不稀奇，小門小戶的可就沒這些是非了。」

林熙笑著言語。「太后這話有道理。可是我這幾年莊子上的事也不少，小門小戶也有鬥嘴的瑣碎，是以還是覺得老話有道理，家家有本難唸的經，哎，我呀，既然在這個位置上，也就只能扛起來不是？再苦再難，就是頂著風言風語不也得做？」林熙說著微微抬了頭，眼神沒直視太后的臉，卻也明顯的衝了她。「太后您是過來人，當年先帝大行，若不是您和太皇太后撐著，何來今日這般天下太平？不也是您二位守定了江山，助力陛下萬代社稷的嗎？」

太后悻悻的一笑沒有言語，倒是太皇太后聞言笑了。「妳倒會說，一轉頭，倒扯上我們了，我們又與妳治家有什麼相關了？」

林熙起身，輕輕一福。「回太皇太后的話，我們做女人的，以誰為榜？天下臣民當以皇室為榜，女兒家的自然是向著母儀天下的皇后學習。太皇太后、太后，您們一直是臣婦心中的榜樣，是您們用堅定的信念、高雅的儀態、親切的言辭，讓臣婦明白命婦該如何做，是您們的睿智果敢和護衛皇族的心，讓臣婦明白護衛一個家庭應有的態度啊！臣婦謝林氏，真心叩謝二位娘娘對臣婦的感召之力，臣婦有生之年必然向二位學習，如何待人接物，如何恩威並舉。」

她說著又是一個福身，但言辭卻已經敞亮了她想說的話。

太后的嘴抿了抿，太皇太后則抬了手。「免了吧，妳這幾句可把我們都誇上天了，哀家這張老臉啊，都聽得燙了！」她說著衝邊上一招手，此時宮女們送了茶果上來。

林熙接過，裝模作樣的抿了一下，水剛碰唇便放了。

「難為林氏妳如此把我們當榜樣，不過有件事本宮不是很明白。」太后說著衝林熙目色凌厲起來。「去年年歲跟前，妳家中姊妹的婆家出了事，隨後妳姊妹便去了，妳和她好歹也是姊妹，怎麼不多盯著她啊！妳是不是對自己的姊妹太疏離了？」

林熙嘆了一口氣。「疏離也是無法，嫁出去的姑娘是潑出去的水，出嫁便從夫，什麼都跟著夫婿一路。按說曾家和謝家也是親戚，可曾家人傲骨有才華，不願讓別人說他們攀附謝家，是以兩家之間親近，也只限於我婆母同曾姨媽。何況自我進府，就忙著學規矩、學禮儀，好不容易才有點頭緒，偏家中老爺子遭遇橫禍，就那麼去了。別人也許道我們福氣，可我同夫婿，真心只願家人平安，其他一切都不重要，是以夫婿接手後立志護衛謝家以慰祖父在天之靈，我更是忙前忙後。後來我六姊出事的時候，恰逢我生產之日，等我知道的時候，我六姊已經殉情而去，我雖痛惜，卻也對我六姊的忠貞不二深感敬佩！太后娘娘今日責怪我的疏離，我也深覺不好，這不前陣子已有所悟，便和我四姊也熱絡起來，到底一家親的，不能再看著我四姊出事。」

林熙說著還做足了樣子擦抹，葉嬤嬤教過她什麼是假表情，那麼相應的，也知道如何作假來偽裝。

果然太皇太后看著林熙一副眼淚上湧，隨後略見激動的模樣，以為她是真心惋惜與期許善待，便是開了口。「妳這孩子，和葉嬤嬤一個性兒，待人忒真、忒實誠，生怕欠了別人似的，得一點好，就掏心窩子的還，妳呀，還真討我喜歡！」

「能得太皇太后的喜歡，這是臣婦祖輩上修來的福分，臣婦願意一輩子都討著您的喜歡。」

太皇太后聞言笑著點頭，太后此時清了下嗓子又言。「當年有這老侯爺與侯爺夫人的一場意外，莊家和謝家之間還能回到過去嗎？」

林熙眨眨眼。「臣婦是這樣想的——飯要一口一口的吃，路要一步一步的走，事在人為嘛，何況，那到底是一場意外，天要下雨娘要嫁人的，我們誰能攔、誰能阻？與其為著過去耿耿於懷，老死不相往來的，不但傷的是姊妹情誼、親戚情誼，更傷著我們的臉，畢竟這天下最難的事，不是誰能贏了誰，而是誰能容了誰。」

林熙說著看向了太皇太后。「我記得葉嬤嬤在教導我們幾個姊妹的第一天，就對我們說了這樣一段話：『賢者，高才也，德者，高義也，能容難容者為君，因其大量故有王者之風，堪稱君；小肚雞腸者小人也，因其心胸狹窄，舉止計較而嫌為小人。我今日教妳們，不求妳們能賢，也不求妳們為君，但絕不可做小人，睚眥必報，不擇手段，是為恥！妳們為人當以德為先，以君之心相守，能容難容之事才可成大業！』當時她說完這話，我一直銘記在心，也努力去做，但到底人小，家中受些誤解委屈便哭，總覺得氣不忿，很想討回來。可是嬤嬤卻告訴我，守得住多少詆毀，才得得起多少風光，吃得其苦，必受其耀，她還說這是她昔日伺候在太皇太后跟前，太皇太后教她的道理呢！」

她這話最後幾句借著葉嬤嬤的名頭送到了太皇太后的身上，太皇太后聞言一愣，隨即笑言。「昔日不過一番感慨，她倒記住了，還教了妳，倒也真格是嫡系了！」

林熙笑著福身，規規矩矩，但她卻偷眼掃了一眼太后──這些話，她其實根本就是說給太后聽的，她要太后明白自己的態度。

太后陰陰一笑。「看來我們的謝夫人很是能容難容之事啊？」

林熙轉頭衝她笑言。「其實也未必，人嘛總有個底線，不觸及了，倒也無視，老話也說，兔子急了會咬人的嘛！我呀真是疼惜姊妹緣分，就好像太后娘娘和太妃，昔日也曾是姊妹佳話，如今的太妃已去，太后還處處拉巴著莊家，足可見您是個念情重義的人。臣婦也是真心想要仿效，不想讓外人道我們姊妹之間的閒話而已。」

太后聞言捏了手裡的茶杯，她望著林熙，眼裡卻是笑意滿滿。

林熙明白自己的話會讓太后有多麼激動，可是與其讓她以為自己好拿捏而死咬不放，自己寧可先下手為強——想咬我，妳可要小心了，我會崩掉妳的牙！

「這話說得有道理，到底是葉嬤嬤帶出來的，知道做人的規矩和道理，聽妳這麼說，我可放心了。」太皇太后此時言語起來，緩和了氣氛，繼而一招手，身邊的太監便捧著托盤到了林熙的身邊，托盤裡是一個玉件，乃是一個拳頭大小的平安扣。

「這是我賞妳的，不知妳明白其中的意思不？」太皇太后笑盈盈而問。

林熙沈吟了一下，微笑作答。「臣婦大膽一猜，若出錯，還請太皇太后包涵！嗯……玉為君子也，溫和低調，從不出風頭，而平安扣，為圓，圓便是和，便是滿，它自身又是平安扣，想來太皇太后是希望臣婦在主家相夫的日子裡，時時謹記——玉的品性，少是非，多溫和，求一個平安圓滿，求一個皆大歡喜！不知臣婦所猜對否，還請太皇太后指正！」

太皇太后呵呵的笑了，繼而扶著身邊的太監站了起來。「妳很聰明，很好，這才對得起我嫡系的身分。拿著回去吧，日後好好相夫教子，妳謝家定能隨我朝千秋萬代的！」

「謝太皇太后賞！」林熙急忙跪謝，接了之後，又言告退，一一行禮。

在她行禮時，太后瞟了一眼朱氏，朱氏便在林熙告退時，忽然起身。「兒臣也告退片刻，為著我那妹妹，我也得從謝夫人口中去問問我那妹夫的人品如何。」

太皇太后笑著擺了手，朱氏立時出殿，召喚住了林熙，說著要她去前面遊廊裡說說話。

林熙耳朵又不背，殿裡朱氏的言語，她聽見了，但她很清楚，這是藉口，畢竟瑜哥兒什麼人品，朱家過篩子一樣的早查過了，哪裡還輪得到她費口舌？顯然是太后還不甘休，想要留下她，再說教一番。

是以她從善如流，隨著朱氏去了遊廊，閒話的候著。殿內，太皇太后已經坐回了榻上，一擺手，屏退了左右，便看著太后嘆了一口氣。「過猶不及，懂嗎？」

太后一愣。「母后這話叫兒臣難受，兒臣也是不想日後皇帝江山不穩。」

太皇太后的眉眼一挑。「什麼叫不穩？他謝家手裡有兵權嗎？悠悠眾口雖能詆毀，但是我大周若是更替主君，他謝家焉能不蒙羞？我前陣子，身子不大爽利，想著妳也不是一般的角色，自能處理好種種，卻不想妳為了清算，把人插了下去，如今倒好了，人家捏著把柄，妳滿意了？」

「我也沒想到那林嵐那般不中用！」太后說著一臉不悅。「謝家更是可惡，還留著那嬤嬤作甚？」

「作甚？妳能做初一，人家就不能做十五？」太皇太后瞟了她一眼。「林氏的話妳剛才也聽清楚了，人家是很樂意保著局面，與我們一路和氣，我勸妳少算計下去，謝家到底是世家，動不得，動了對皇帝沒任何好處。如今我們要的是穩，這江山大業，本就是相守最難，有這謝家在，護著圍著，皇帝也不至於手裡沒人不是？」

「難道就由著他們不管了？」

「制衡之道乃是均衡，睜一隻眼閉一隻眼的事而已，如果什麼都計較得太過，那就過了頭，觸及了人家的底線，兔子也要咬人，妳以為謝家真是兔子嗎？擺擺威風，也差不多了。大家說好，好好相處也就是了，何必魚死網破？」

「可是……」

「沒什麼可是！」太皇太后忽然拍了桌子。「我明話說給妳，謝家動不得。謝家藏書乃國之瑰寶，雖不得我皇室手中，卻也在大周、在他謝家代代相傳，生出飽學之士來暗扶著我大周皇業。若是動了他們，一怒之下毀掉，那大周的瑰寶便無，日後便少了這樣的賢能之人相助。為君者，求才若渴，求賢達而不眠求告，我們必須珍惜！他們無有攪動池水之心，何必咄咄逼人地逼他們起來，就這樣大家一起把那些事掩埋過去，才是最好啊！」

「可是他們和莊家親近起來了啊！」

「人家不說得清楚，姊妹情誼，姊妹親和，堵著別人的嘴。我要是妳，我現在就善待莊家後人拉巴著，人人都會相信妳和太妃是有情誼的，才會少些言語說妳毒害。即便大家心知肚明，但到底有不明是非者，更有子孫後代這不知情者，難道妳希望百年之後，民間野史念妳惡毒不成？與人為善，能容難容之事，不就是高德之君嗎？誰還能動得了妳？」太皇太后說著起了身。「妳算計人家的時候，也知道謝慎嚴的賢名玉郎，叫妳下手極難，那妳何不仿效之，也做個和謝家親和的賢明之后呢？我還有幾年活頭？說與妳這些也是希望妳明白道理，還有，葉嬤嬤教出來的人，可不是好拿捏的。」

太后聞言撇了嘴。「當年是您執意要善待她，真不知道這奴才怎麼就討了您的好。」

太皇太后眨眨眼。「因為她是個明白人，永遠知道怎樣自己才能活下去！」她說著看了太后一眼。「記住，不管葉嬤嬤會做什麼，妳都不能動她，不能牽連她，切記！」

「啊？這……」

「不該問的別問，妳記住這是我要妳做的唯一一件事！」太皇太后說著衝她擺手。「行了，妳去吧，非要單獨會一會隨妳，只是我提醒妳，現在的太平盛世屬於妳的皇兒，妳莫給他尋出事來！」說著太皇太后揚手招了人進來，扶著她去了內堂。

太后在殿中左右轉了半圈後，眼掃著外面，略待了片刻，這才走了出去。

朱氏和林熙已經廢話不少，甚至都談及到了瑜哥兒當年小時候看著她們學禮儀的事，如今朱氏眼看著自己的婆母走了出來，立時鬆了一口氣，衝著太后行禮，林熙自然而然地也跟著行禮。

「皇后問得差不多了吧？」

「問好了，替我妹妹放心了！」朱氏說著一愣。「哎呀，太皇太后賞我的釵，我竟忘了拿！」說著立時裝模作樣的告退去了那邊。

太后便衝林熙一笑。「陪我去御花園轉轉吧！」

第八十五章　芳華日老，錦繡一路

雖是冬日，可御花園裡，此時節依舊姹紫嫣紅的——外間處處掛著假花綢帶，應著景色，只有小的花圃苗園裡，依稀能有幾株真正的，卻都嬌貴得很。是以這寒冬臘月的，園子裡也就一溜子應景的臘梅算是繁花似錦，造就著這一方的錦繡。

「妳說這臘梅如何？」太后走到一株臘梅枝幹下，看著它們輕問。

「臘梅雖小，卻是冬日之景，香氣淡淡，既可賞目也能沁人心肺。」林熙淺笑而答。

太后聞言從暖手裡抽出手，以纖細的手指撥弄了一下嫩黃的花苞，那花苞立時在她的甲下翻身滾落於地，她的嘴角輕揚。「嘖嘖，我只不過撫弄它一下，它便隕落，再是賞心悅目又能如何？到底歸於泥、落於土。」

林熙的眉微微一挑，半低了腦袋。「人有生死，花有開落，花雖身弱不堪一擊，但花香卻在娘娘您指尖猶存，它便也死得其所。所幸冬日裡花開甚少，只有這一方臘梅守春，倘若這是繁花似錦的盛夏，院子裡花開得多了，娘娘一時興起撥弄兩朵，可能便是指尖要受罪了。」

太后轉頭看她。「為何受罪？不過嬌花而已，看著錦繡，實則狂風可掃。」

「是，可是很多花開得美豔，卻是有毒之物，更有花下利刺，娘娘若要掃花見落，需要小心才是，免得扎手惹毒，反倒不如由它靜靜地開著的好。」

「牙尖嘴利！」太后剜了林熙一眼。「當年瞧著也不過一個乖巧的孩子，卻不料走了眼。」

林熙輕笑。「御花園裡百花齊放，小小花朵豈敢爭鋒？它不過想安安靜靜的守著自己的一方小小錦繡而已，它不礙著誰，也不算著誰。只是御花園裡的花太多了，有些花霸道得很，明明地盤不小，卻依然難容對它絲毫無礙的小花，小花為求自保，便只得長出利刺來相護。」

「弱肉強食，這是道理。」

「沒錯，可是御花園裡豈能只有一種花做賞？就似牡丹嬌貴，也少不得有芍藥、月季的來襯，這才能顯出它的華貴來。若偌大的院落只有牡丹，就算它得了尊貴之名，卻也因損其他花草生存之地，而得霸名、惡名，使人詬病……」

「放肆！林氏，妳是在指責我嗎？」太后聞言立時衝林熙輕喝。

林熙眨眨眼，既不搖頭也不點頭。「娘娘何必動怒，我說的是花草之道罷了。不過娘娘既然如此想，臣婦便大膽言上幾句：人也罷，花也罷，知道收斂，知道分寸，才能皆大歡喜。臣婦一家便如園中小花，比不了牡丹尊貴，卻也有自己的錦繡芳華，人不斷其生路，花不斷其香魂，便能安樂自得，襯著那牡丹的榮華。否則，為求自保，人能拚命亂其業，花也能生刺生毒，終到頭落得兩頭不美，豈不是自尋煩惱！」

太后聞言兩步衝到林熙面前。「拚命？拿什麼拚？妳有刀槍、有兵嗎？」

林熙搖頭。「沒有。」

「那妳拿什麼拚？」

「我有一張口，還有一雙手，我夫婿更有千萬飽學之士仰慕之心。太后娘娘應該聽過一句話吧——眾口鑠金，積毀銷骨！這人心最愛是非，假若京城內傳出流言，說朝華宮裡當年很得先皇寵愛的德妃惠氏的病故並非死於心漏，而是死於喝了摻有夾竹桃碎葉的粥，您猜大家會不會樂於私下談起？」

太后雙肩一挑，她看著林熙有些激動。「胡說八道！妳怎麼能信口胡言！」

「是非流言這種東西，從來就不會遠離人的口與心。臣婦是可以胡說八道、信口胡言，畢竟小燕姑娘已死，這叫做死無對證。但是這個世道，很多時候，以為已經做到好，卻未必是，若有人站出來，告訴大家那天小燕的舉動落在她的眼裡，她目睹了全部，不知這流言因有此證，是不是就會成真呢？」

太后退後了一步。「妳……」

「太后不必驚訝，我只是舉例而已。」林熙一臉的淡然。「人要撒一個謊，就要用無數的謊言來彌補和掩蓋，於是謊言就越多，越容易錯漏百出，終歸越想要掩蓋越暴露了自己，何必呢？斷人生路，逼人不得安寧，別人可是會豁出命來的啊，倒是一根繩子可以扯起千條繩子來，豈不是作繭自縛？」

太后的眼裡閃著一分慌亂，而她的眼角已經暴起殺意之紋。

林熙見狀立時言語。「臣婦今日斗膽和太后您說起這個，臣婦自然早已做好萬全應對。別說今日了，就是日後，我和謝家、林家乃至相關的人，有誰遭逢了變故，便會相當於扯起了那根繩，終到頭能叫始作俑者自己捆住自己的手腳而大白於天下。」

「妳是在威脅我？」太后的眼裡閃著一抹厲色。

「您要這麼理解也可以，但我更想說，這是在亮籌碼，做一場交易。」

「交易？」太后挑眉。

「沒錯，只要您肯放下屠刀，作為大周臣民的我們，也願意相守一個太平盛世和您的天下美名。大家只會一如既往的歌頌您的賢德仁厚，不會有人知道二皇子並非死於意外落水，不會有人知道淑妃死於難產是有人做了手腳，不會有人知道……」

「夠了！」

「不，別的可以不說，這個一定要說。」林熙向前一步，聲音很低。「不會有人知道先帝大行的真相，不會有人知道先帝曾詔立三皇子為帝，更不會知道四皇子登基背後的博弈……」

太后激動得抬手要捂上林熙的嘴，林熙卻向後退了一步。「娘娘不必激動，臣婦到底是臣婦，求的是一家安樂、錦繡芳華而已，其他的與我們有什麼關係呢？」

「妳……」太后左右掃看。「妳如何知道這些？」

林熙不言，太后卻也反應過來。「是葉嬤嬤？」

「家有一老，如有一寶，您可別動我們的寶貝，那會讓我們注定拚個魚死網破。我們不過是世家子弟而已，比不上您們皇族高貴，鬥到最後，誰更輸不起，我想太后是明白人。」

「放肆，我乃堂堂太后，豈能由著妳言語不尊？」

林熙眨眨眼。「臣婦願意同夫婿尊重所有可以庇護我們的人，太后您美名天下，賢慧仁慈，會庇護我們嗎？」

太后看著她。「謝家的當家主母好大威風。」

「沒法子，如同您會愛護自己的孩子一樣，我也會為了我的家人在所不惜。」林熙說著抬頭，毫不避諱的直直對上了太后的眼眸。

這一刻雙方似較量一般，互不相讓。

許久後，太后捏了拳頭。「我怎麼知道妳是不是會從此成為我頸子上的刀？」

「我說過，我們是無名小花，要的只是那一片的錦繡芳華，要的是一家人的安樂。其實誰為帝王，根本不重要，重要的是一方百姓能否得到惠澤，能否就此安居樂業。您總想著死人的口不會說話，可是卻不知您的行徑落在您身後人的眼裡，他們看到的是在慈祥高貴之下如同魔鬼的您。您猜，當事件層層被揭露時，您的執念會不會讓您殺人如麻，您身後的人會不會為了自保推您落入深谷？」

太后的眼眸裡閃過慌亂，林熙立時言語。「收手吧，當年動手是為了自己不在傾軋裡被人蠶食，而不得不奮起反抗才先下手為強。身為一個母親，一個堂堂的皇后，自然是要為自己的嫡脈皇兒拚出一條血路來，我們都理解，都懂，所以我們什麼也不說，沈默的看著，因為您有您的立場……」

太后看著林熙。「妳、妳明白？」

「明白。但差不多了，該停止了，不要用無休止的殺戮來逼得大家反抗，千萬不要把您辛苦為自己皇兒打拚下來的一切，都毀在掩蓋這個心思上。掩蓋是不可能的，我們能心照不宣，就是最好的掩蓋，別的，做得再多都只能是此地無銀。」林熙輕聲說著。「收手吧！」

太后有些猶豫，林熙再補幾句。「為什麼我要說我六姊是死於殉情，那不僅僅是給我林家粉飾太平，而是我想幫您遮掩啊，官逼民反，書上可寫過那麼多用鋤頭造反的過去。世家不是百姓，不用鋤頭，只用悠悠眾口就能動盪朝堂文人。您斷我謝家一脈，毀去的只能是已得業的您們，到時我們謝家沒了，可您們還坐得住這個江山嗎？還是您希望有朝一日，身在蜀地的安南王，身披龍袍坐回那張本就屬於他的龍……」

「不、不可以！」太后立時搖頭。「我好不容易才打敗了那個賤人，才為我的皇兒固守這片疆土，我不可以讓它毀掉，不可以！」

「您既然能讓安南王活著，來證明您們無有加害和篡改之舉，來彰顯您們的賢厚仁愛，那何以要咄咄逼人的逼著根本不想生事的我們呢？」

「我是怕謝家有朝一日捧了那個……」

「他已是安南王，現在的皇上是您的兒子啊，我們都是他的臣民，好好的安穩日子，我們不想要嗎？謝家是世家，又不是官場上的誰，爭名逐利到非要一搏，只要我們能安穩，誰會沒事找事呢？」林熙說著嘆了一口氣。「若不是您做得太絕，我們何以會把那位嬤嬤放出來呢？各退一步，海闊天空，您做您的仁愛太后，享受世人敬重，我們過我們的安穩日子，不好嗎？」

「可是……」太后蹙著眉。

林熙眨眨眼。「您別覺得我們捏了您的把柄就不痛快。您是太后，也曾是皇后，您應該見識過為君者如何制約手中臣子，讓他們互相制約吧，大家不都是互相捏著把柄一代代熬過來的嗎？」

太后抬手制止了林熙繼續說下去，她深吸了一口氣，猛然轉身。「妳跪安吧！」

林熙明白她妥協了，於是她跪了下去。「臣婦謝太后仁愛，臣婦定不負太后賞賜一品誥命之恩，有生之年必當為太后仁慈日宣夜訴。」

太后擺了手，林熙起身告退。

她離開御花園後，太后有些頹然的立在那棵臘梅樹下，許久後才低聲喃喃：「幸好，她當年沒入套做了三皇子的妃嬪，要不然，今日人齊，未必在我兒之手！」

啪！雲子被皇上按在了棋盤上，謝慎嚴立刻拱手。「臣輸了。」

皇上瞪了一眼謝慎嚴立刻擺手，立時兩邊的太監湊上來數子，片刻後太監們沈默無聲了。

「幾子？」皇上瞪著謝慎嚴，卻問著太監。「朕贏了幾子？」

「一子。」太監小聲作答，此刻他們誰都沒有先前的笑意，因為這已經是第四盤了，先前第一盤和第二盤，皇上贏了一子還高興，但現在他們已經完全高興不起來了，因為第三盤和第四盤，還是只贏一子。

「朕用心下，不用心下，盤算著來，完全胡來，無論結果都是贏，但為何就是一子？」他盯著謝慎嚴，要一個答案。

「因為您是皇上。」謝慎嚴一臉淡色。「而臣是謝家的家主。」

「這算你的臣服還是示威？」

「兩者皆有。」謝慎嚴不改淡色。「謝家乃世家，受皇恩眷顧，自然臣服，甘願輸給陛下，然世家亦有傲骨，千百年的傳承容不得踐踏，故而只敢輸陛下一子。」

「謝夫子好手段，一子卻誅朕之心！」

「皇上這話言重了，這一子並非誅殺之意，乃是溫，溫暖的溫。臣乃謝家家主，非朝臣，不以官途是非而混淆視聽，也不以派系黨爭而亂其心。臣只知道，誰為帝王誰是主，好生助力一方天下，使其臣民安樂，他日皇上大行之後，史書鐫刻字字讚美之詞，這便是謝家的榮耀，是以這是我們臣服之心。然臣並非愚忠，若皇上有所不逮，為臣者該諫言、該提醒的自當提醒，只為皇上能得個流芳百世。然此必有傲骨，是以輸於一子，便是我們世家隨在您的身後，不離不棄助力於您，這是我們忠於您的方式，以溫以敬，而非阿諛媚上。」

皇上聞言忽而抬手屏退左右，當殿裡只有他們兩人時，皇上輕聲言語。「你們會真心輔佐於朕嗎？」

謝慎嚴淡淡一笑。「皇上，臣這不是輸給您了嗎？」

皇上愣了一下，隨即呵呵的笑了起來。「如此說來，是朕多慮了。」

「為天下者，賢者居之，皇上您用自己的才智和手段將盛世延存，天下太平，臣想不出有什麼不真心輔佐的理由。」

「可是當年……」

「皇上，臣的年歲只比皇上虛長幾歲而已，當年？臣那時可不是家主啊！」謝慎嚴說著眨眨眼的一笑。

皇上隨即哈哈大笑起來。「謝夫子，有你此話，朕可安眠！朕要賞你，給你封……」

「別啊皇上，臣已是謝家家長，他日還要繼爵，這封賞就免了吧，賞無可賞，臣這一家可要坐臥不安了。還是就這樣吧，皇上若特別想賞賜臣下，不如賞這一個雲子予臣，讓臣永遠和皇上之間，有這一子之溫可好？」

皇上點了頭，親手拿起一枚雲子落在了謝慎嚴的手心裡。「一子之溫，朕會永遠記得！」

宮門口的甬道處，林熙終於看到了向她走來的謝慎嚴，她很想過去擁抱他，但她還是忍住了。

沒有言語，只有彼此的雙眸相對，繼而在黃門的引導下出了宮，坐上了馬車直奔回府。

「如何？」在馬車上，她依偎在他的懷裡輕聲詢問。

謝慎嚴亮出一子。「成了。」他說著衝她一笑。「妳呢？」

「應該也是成了。」

「應該？沒有十足把握嗎？」謝慎嚴微微蹙眉。「太后是聰明人。恩威並行，她應該明白投鼠忌器的道理……」

「她明白，但到底這是她的心結，我想，她應該還需要一點時間。」她說著主動摟了他的脖頸，輕聲言語。「你知道嗎？我從來沒覺得有哪一天，我似今天這般，一身驕傲。」

謝慎嚴聞言一笑。「我也沒覺得有哪一天如此時這般快活，妳呀，總算學會主動抱我了！」

林熙聞言一愣，隨即羞紅了臉，全然縮進了他的懷裡。「謝謝你，讓我脫胎換骨。」

她聲音不大卻也能讓他聽得清楚，於是緊緊地擁了她。「我們要好好的相守一輩子。」

「嗯！」她認真答應。

「妳還得再給我生幾個孩子！」

「嗯！」她埋得更深，像一隻鵪鶉。

車馬到了府上，夫妻兩個將下了馬車，便有黃門騎馬追了過來。

謝慎嚴立刻捉了林熙的手，瞧望應對。

那黃門下得馬來，手捧一個卷軸，滿面笑意。「一品夫人，咱家可追上您了，這是太后賞賜之物，叫小的給送來的。」說著他一招手，身後的兩個小太監立刻上來，就在謝府的門口打了開來，但見其上四個大字——

錦繡芳華

林熙看著這四字，內心的一點擔憂徹底消失，她明白這是太后的答案。

這幅字被謝慎嚴親自動手裱好做了框架掛於內堂，林熙看著那字一臉笑色，她身為謝家的主母，做出了她最好的答卷。

「芳華日老，妳我卻要一路錦繡。」謝慎嚴說著拉上了她的手。

林熙笑著點頭，而後紅著臉在他的耳邊輕聲言語。

謝慎嚴隨即一愣，哈哈大笑。

「太好了，小寶要多個兄弟姊妹嘍！」

——全書完

文創風 125

錦繡芳華 5 完

國家圖書館出版品預行編目資料

錦繡芳華 / 粉筆琴著. --
初版. -- 臺北市 : 狗屋, 2013.10
冊 ; 公分. --（文創風）
ISBN 978-986-328-152-8（第5冊：平裝）. --

857.7　　102018256

著作者　粉筆琴
編輯　王佳薇
校對　黃薇霓　黃亭蓁
發行所　狗屋出版社有限公司
地址　台北市104中山區龍江路71巷15號1樓
電話　02-2776-5889～0
發行字號　局版台業字845號
法律顧問　蕭雄淋律師
總經銷　知遠文化事業有限公司
電話　02-2664-8800
初版　102年10月
國際書碼　ISBN-13　978-986-328-152-8
原著書名　《锦绣芳华》，由起點女生網〈www.qdmm.com〉授權出版

定價240元
狗屋劃撥帳號：19001626
網址：love.doghouse.com.tw　E-mail：love@doghouse.com.tw